マインド・クァンチャ The Mind Quencher

森博嗣

KODANSHA NOVELS 講談社ノベルス

振り返るな
目を瞑《つむ》るな
敵を見ろ
ただ、敵を見ろ

己を思うな
そうではなく
敵の心を思い
敵の目で見ろ

その目は
己の足を捉《とら》えている
その心は
己の指の力を測っている

己が動くことを
己よりも早く見るだろう

したがって
勝つためには
己を滅するしかない

己を消すには
己の目で見ず
己の心を信じず

敵の心に入り
己を倒す筋を見ろ

それがしっかりと
本当に見えているうちは
お前はけっして斬《き》られない

カバー装画・挿絵
山田章博
カバーデザイン
コガモデザイン
ブックデザイン
熊谷博人・釜津典之

CONTENTS

The Mind Quencher
by MORI Hiroshi
2015
Kodansha Novels edition
2021

If we attempt to examine the Nō plays in terms of some traditional definitions of drama in the West, we become immediately aware of how unsuited these criteria are. Drama begins with conflict, we are often told, but scholars of Nō have insisted that the Nō plays totally lack conflict because there is only one true personage, the *shite*, or protagonist; the other persons are merely observers of the action and not antagonists. The point is overstated, but it contains truth; most Nō plays lack the confrontation of characters typical of drama elsewhere, and some are virtually devoid of action. *Yōrō* ("Nurturing the Aged") tells of the discovery of a mineral spring with miraculous curative powers, a happy augury for the emperor's reign. The story is felicitous, but hardly dramatic. *Unrin-in*, as currently performed, is concerned mainly with explaining the meaning of certain obscure poetical terms in the tenth-century novel *Ise Monogatari*. Numerous other plays are mainly retellings of the history of a shrine or some other auspicious site, described with no suggestion of conflict.

(Nō: The Classical Theatre of Japan/Donald Keene)

いわゆる西洋的な尺度で能を捉えようとしても、それは不適当であるとすぐに分かる。ドラマとはなんらかの対立と共に始まると言われてきたが、専門家によれば、能には対立そのものがなく、実質的には一人の登場人物、すなわちシテしか存在せず他《ほか》の者たちは存在しても対立相手とはならないという。これは言い過ぎであろうが、一面の真実も含まれている。ほとんどの能には他の劇で見られる登場人物の対立がなく、それどころか動きを欠いた能楽さえあるからだ。また、別の例を挙げれば、『養老《ようろう》』は若返りの泉の発見が天皇の治世にとって幸運の兆《きざ》しであるという、おめでたい内容ではあるが、ドラマティックなところはまったく見られない。あるいは、現在上演されている形の『雲林院《うんりんいん》』は『伊勢物語《いせものがたり》』の中の不可解な詩的表現の意味を語るのみといったものであり、他にも神社や由緒ある史跡について述べられるだけで、なんらの葛藤《かっとう》も示唆《しさ》せぬ語りに終始する能楽も少なくない。

（能／ドナルド・キーン）

prologue

プロローグ

目が覚めたが、なにも見えない。誰かの声が、その響きだけが僅《わず》かに耳に残っていた。名を呼ばれたように思う。しかし、起き上がって暗闇の中へ腕を伸ばし、刀を握ったときには、既に周囲の気配は消え去っていた。自分の名を呼んだのは、おそらくはナナシだろう。そう思い、「どうした？」と囁《ささや》いたが、返事はない。

風が強い。加速する音が暗闇を揺する。自分がいるのは、炭焼き小屋の中だということを思い出した。乾燥した藁《わら》が隅《すみ》に残っていて、その上で眠っていた。風が凪《な》いだときに息を止めて耳を澄ませる。屋根と壁の隙間《すきま》に、外の弱い光が留まっている。月明かりよりも弱い、明るさとはいえない微《かす》かな光だった。

立ち上がって、ゆっくりと戸口まで進む。風が強くなったときに、力を入れて戸を少し開けてみた。冷たい空気が刺々《とげとげ》しく吹き込む。しかし、不審な音は聞こえない。風以外には静まり返っている。それが、少し怪しいといえば怪しい。

息の音か……。近くはない。

あれは、馬だろう。人間ではない。馬がこんな山奥にいるとは思えないが、道を歩く者がいるのかもしれない。だが、この時刻、この闇の中だ。山道を行く者がいるとも考えにくい。馬は、どこかにつながれているようだ。そして、その馬に乗ってきた者がいる。馬だけを遠くで待たせて、さらに近くに潜んでいるはず。

この時刻に炭焼き小屋を訪ねる者はいない。いても、百姓《ひゃくしょう》や樵《きこり》ではない。不審な臭いも今のところ皆無《かいむ》。鉄砲ではないのか。風上にはいないということか。

低く構えて、壁際に躰《からだ》を寄せて待った。

まもなく、誰かが近づいてくる。

ナナシが慌てて消えたことからも、相手が四方から大勢で近づいていることが推測できた。片側から少人数ならば、ナナシはもっと事情を説明できたはずだ。それに、物音一つ立てないこの統制の取れた陣容は、盗人《ぬすっと》や賊の類《たぐい》ではない。

小さな光が現れた。近づいてくる。

沢山《たくさん》の光。たちまち、白く眩《まぶ》しいほどになる。

幾つもあった。炭焼き小屋の前に、集まっている。光は十数個、つまり人間は二十か三十か。

提灯《ちょうちん》を持っている。松明《たいまつ》ではない。松明は風で消えてしまうだろう。

音もなく、動いていた。それが恐ろしい。

今のうちに外へ出て、どちらかの方向へ走るのが得策のように思えた。相手が布陣を整えるまえに出た方が良い。こんな真夜中に大勢で押し掛けるというのは、敵意あってのことにちがいない。おそらくは、小屋に火をかけるのではないか。

もちろん、何者かに命を狙《ねら》われるような心当たりはない。身に覚えはない。けれども、山を下りて以来、人の世というものにも慣れてきた。これまでに経験したことからすれば、人はそれぞれの都合で動くものだ。この身に覚えがなくとも、相手にとっては問題ではない。そういうもののようだ。

白い光が動くのをしばらく眺《なが》めていた。一番近くにいる者でも、まだ遠い。小屋の正面から少し下ったところに道がある。そちらから登ってきた。林の中にも分け入り、小屋の周囲を固めているのにちがいない。小屋の背面に向かって地面は高くなっている。登れない崖《がけ》もある。背後へ逃げることは不利。正面へ突っ切り、道を避け、さらに林の中へ抜けるのが良い。暗さと風の音が助けになるだろう。

それでも、まだ斬《き》りかかってきたわけではない。人違いかもしれない。そう考えると、いきなり走り出る理由もない。後ろめたいことはないのだ。そんな迷いもあって、じっと好機を窺《うかが》っていた。

ゆっくりと提灯が一つだけ近づいてきた。侍だ。少なくとも、話ができる相手であることはわかった。

戸が開いていることは相手も知っている。声が届く位置まで来て、その侍は立ち止まった。提灯を持った左手を前に差し出している。

「中の方に申し上げる。表に出られよ」落ち着いた声で、侍はそう言った。

「どなたですか？」こちらは尋《たず》ねた。

「拙者《せっしゃ》は、トビヒといいます。突然のこと、無礼を許されたい」

「私はゼンといいます。人違いでは？」

「ゼン殿といわれるか。出てこられよ」

「出ていって、火縄で撃たれては困る」

「そのような心配は無用」

戸をさらに開き、左右を確かめてから外に出た。相手は、こちらに一礼した。

「何の用ですか？」

侍は一歩前に出た。まだ、刀が届くような距離ではない。提灯を差し出し、こちらをじっと見ている。どうやら、人相を確かめているようだ。

「人違いではありませんか？」そう尋ねた。

侍は険《けわ》しい顔でじっとこちらを見つめている。黙っているが、しだいに肩に力が入るのが見て取れた。

「いかがか？」との声が後方から届いた。

だが、相手はまだ動かない。鋭い視線をこちらへ向けたまま、立ち尽くしている。

ようやく、息をつく。瞬《まばた》きをした。足の位置を変える。

提灯を持った手を少し下げた。

「拙者も、人違いかと思っておりましたが、どうやらそうではない」ゆっくりとした口調だった。

「では、私に用があるということですか？」

「さよう。貴殿のお命をいただきに参上した。お覚悟召されよ」

後方で、提灯の半分が地面に落ち、大勢が刀を抜いた。その音が僅かに一瞬だった。手慣れた者ばかりということ。

目の前のトビヒは、まだ刀を抜いていない。提灯を吹き消し、地面に置いたが、こちらから目を離さない。屈《かが》んだときの物腰で、相当な腕前だとわかった。

「なにかの間違いです。私は、貴殿を知らない。命を取られるような覚えもない」

「申し訳ないが、問答するつもりはない。貴殿を斬るのが、拙者の役目」

「誰かが私を斬れと言ったのですね？　それは誰ですか？」

トビヒは、息を大きく吸い、腰を落とした。左手が鞘《さや》を摑《つか》み、右手の平が柄《つか》に触れる。まだ握ってはいない。しかし、もう話をすることはできないようだ。

後方の提灯は、すべて消えた。

闇の中に潜む者たちの姿は、樹々に遮《さえぎ》られて見えない。気配もほとんど感じられない。抜いた刀も光らない。おそらく、刃を陰に隠しているのだろう。

トビヒは一人で出てきたのだから、一人で役目が果たせる自信があってのこと。こちらの力量を知らないとは思えない。

気迫が伝わってくる。短い時間のうちに、敵の力を読む。出方を窺う。それを両方がする。理由もきけない。事情もわからない。しかし、それどころではない。命を取りにきているのだ。

お互いが刀を抜いても、切っ先の距離は一間《いっけん》はある。飛び込んでくるにはまだ遠い。こちらが刀を抜くのを待っているのか。

なにか言おうと考えていたが、もはや忘れてしまった。相手の呼吸を読み、腕の曲がりと、指の形を捉える。地面を擦《こす》るようにゆっくりと、右方向へ重心を移動しているようだった。正直で真《ま》っ直《す》ぐな剣と見える。

こちらが出ると思って、待っている。

どう出る？

否、わからない。出るつもりはない。

刀を抜くには、理由が小さすぎる。

それよりも、奥に控えている者たちが気になった。

提灯が消えて、闇が広がったが、しだいに目が慣れてきた。

月はないが、星は出ている。まったくの暗闇ではない。

左手に刀を持っていた。腰に差しているわけではない。ただ、鍔《つば》に指は届いている。充分ではないが、すぐに抜くことはできる。

トビヒは、体格が良い。肩幅も広く、上背がある。歳は三十まえか。力がありそうだ。刀の長さは普通。

風が逆に吹いた。正面からだ。このあと、強く戻しが吹くだろう。背中から風に押されて、前に出るか。

お互いに、もう呼吸は読めない。息を止めている。

躰も、ほとんど動いていない。

来る、と思ったとき、後方から風が来た。

トビヒは前に出て、柄を握り、一瞬で刀を抜いた。

その切っ先が水平に走る。

刀を抜くと見せて、右斜め方向に出る。そのまま、走った。

敵の返す刀が頭の後ろで風を切った。しかし、一旦《いったん》前に出たものを引き返すのはどうしても遅れる。こちらの方が速い。

暗闇の中へ突き進んだ。

無言のまま、刀が枯草の中から出ようとしている。その僅かな光を認めて、逆へ進む。そちらにも、別の刀が待ち構えている。

走りながら、刀を抜く。だが、鞘を捨てるわけにもいかない。相手が振ろうとする筋へ、さきに刀を大きく回す。左から右へ。別のもう一人を牽制《けんせい》し、さらに前進。

いずれの刀も、無駄な動きをしない。腕の立つ者ばかりだ。これだけの人数を相手にして勝てるとは思えない。

だが、この闇の中、逃げるには好都合。とにかく走った。

右から刀が来る。横へ飛び、地面を転がって躱《かわ》す。つぎつぎに刀が振られる。次の者も近づいてくる。

草の中へ飛び込み、ようやく膝《ひざ》を立てた。

後ろから刀が来る。それを躱して、水平に切っ先を回した。相手の刀とすれ違う。その者の懐《ふところ》へ切っ先が届いた。相手の切っ先も脇の下に届く。斬られたか。確かめることもできず、そのまままた走った。後方で、人が倒れる。

走りながら、脇を押さえる。暗くてわからないが、濡《ぬ》れている。血の臭い。

「こちらだ」という声が重なる。

下る方向へ走った。地面は枯葉に覆われ、深いところでは膝まで埋まってしまう。音を立てるし、進みにくい。しかし、それは相手も同じこと。若い小さな樹が、細い枝を伸ばしていて、これを折りながら走った。一時《いっとき》も止まることはなかった。

気配が消えたところで、立ち止まって音を聞いた。

近くに人はいないように思えた。

どうしたのだろう？

諦《あきら》めたのか。

刀を腰に付け、懐から手甲《てっこう》を取り出して、これを着けた。何人もの敵と刀を交えなければならないからだ。

だが、あれだけの人数がいて、追ってこないのはおかしい。まるで、この方向へ逃がしたとでもいうように思えた。ほかの方向へは進めなかった。それは確かだ。では、なにか策があったのか……。

できるだけ音を立てないように、ゆっくりと進むことにした。後方からは、もう声も聞こえない。もちろん、動く光も見えない。

森林の葉はすべて地面にある。覆《おお》い被《かぶ》さる無数の枝の間から星空が見える。

それにしても、何故《なぜ》命を狙われたのか。しかも、あれほど正々堂々と。もし殺すだけが目的であれば、火縄を向けて取り囲めば良いこと。おそらく、あそこにいた中ではトビヒが最も強いはずだ。彼が一対一で決着をつけるつもりだった。敵が戦わず逃げ出すことは考えていたはず。そのために、左右にも、後方にも味方が配置されていた。

自分の刀が触れたのは一人だけ。その者も怪我《けが》は深くはないはず。今思うと、相手は踏込みが足りなかった。もしかして、決着をつけるつもりがなかったのではないか。

だんだん、その考えは確信に変わった。

細い道に出て、その先に白っぽい広場が見えてきた。白く見えたのは、枯草だった。大きな樹がなく、緩《ゆる》やかに傾斜しているが、さらに先にはなにもない。まったくの闇が黒い壁のように佇《たたず》んでいる。

どうやら、崖縁《がけふち》のようだ。

なるほど、この先へは行けないというわけか。それで、この方向へ走らせたのか。

もう少し進んで確かめた。左右の闇も、先へ行くほど近くなる。地面が先細りになり、尖《とが》って突き出ているのだ。この闇が海ならば、岬《みさき》になる。しかし、ここは海からは遠い。深い谷か、岩場というわけだ。どこかから、下りていく道がないか探すことにした。

縁まで行き、下を覗《のぞ》いてみた。屈んで確かめると、岩の固まりのようだ。暗くて、下はまったく見えなかった。僅かに、霧が立ち込めているようだ。谷に吸い込まれる風の音が、ときどき笛のように鳴った。それに靡《なび》いて、白い枯草が波のように寄せる。

ふと振り返ると、驚いたことに、すぐ近くに人が立っていた。

一人だ。

まるで気配がしない。いつからそこにいたのか。

そんなはずはない。たった今、そこを歩いてこちらへ来た。どこから現れたにせよ、音も立てずに来たことになる。

幽霊でなければ侍だ。黒い影にしか見えなかったが、こちらを向いている。

よく見ると、顔には赤い面を付けているようだ。赤いのか黒いのかははっきりしないが、そこだけが、ほかとは色が違っている。

息をしているようには見えない。

瞳《ひとみ》は動かない。

生きているのか。

口は面に隠れている。

白い手が見えた。手の平にだけ、黒い覆いがないからだ。

右手だ。刀の柄を握り、ゆっくりと引き抜く。

同時に、左腕、腰が下がり、流れるような滑《なめ》らかさで刀を斜め下へ向ける。

その構えの美しさに、一瞬この身が震えた。

さきほどのトビヒとは格が違う。

この者が大将か。

ここで待っていたのだ。

静かに一歩こちらへ出た。

刀を抜かないわけにはいかなかった。

それと同時に、右に少し動いた。

相手は僅かに反応し、精確にこちらを捉えている。

刀は少し長い。細身の刃で、自分が持っているものと似ている。

その構えは、不思議なくらい自然で、仕掛ければ、軽く刃を翻《ひるがえ》すのがわかった。そのような腕と指の形。黒い着物に隠れて見えないものの、脚は膝で曲がり、いずれの爪先《つまさき》も同じ力で、瞬時に跳躍ができるだろう。

強い。

今まで出会った誰より強い。

闇の中に一人立つ敵は、この命を懸けるだけの価値がある。

それがわかった。

躰の熱がしだいに増し、
息を抑制し、
躰中の力を配分し。

重さは消えて、己《おのれ》は煙のように宙に漂い始める。

どこから来る?

どこから攻める?

おそらく……、
勝つことはできない。

逃げるべきだ。

逃げるべきではない。

違う。

こんな素晴《すば》らしい相手と刀を交《まじ》えないわけにはいかない。一生の望みといえる。

ここで斬られて死ぬのならば、それは武士の本望《ほんもう》ではないか。

「私は、ゼンといいます」気持ちを落ち着け、息を気づかれぬよう、ゆっくりと名乗った。「素晴らしいお手前とお見受けしました。何の因果《いんが》か、説明していただけませんか」

赤い面が左右に首をふった。

「名乗られないのですか？」

赤い面が一度だけ頷《うなず》く。

「承知しました」

刀を逆へ振り、さらに低く構え直した。

相手は、それに応じ、躰の後ろへ刀を引く。

素晴らしい。

一瞬にして、あらゆる隙を消す。

あれは、こちらが振った刀を受ける剣ではない。こちらが振るよりも早く、下から来る。出るところへ、確実に切っ先が走るだろう。それがわかる。

その美しい速さがわかる。

比類のない鋭さが見える。

こんな剣が、この世にあったのか。

本当に人間だろうか？

落ち着け。どこかに、必ず隙がある。

じっと動かないまま、相手の出方を待った。こちらからは攻められない。待った方が得策だ。

出てくれれば、その瞬間に少なくとも相手の筋がわかるだろう。

なんの前触れもなく、相手の刀が流れるように走った。

こちらも、最短の返しで応じた。

届かない。

駄目だ。

即座に後ろへ下がる。

脇を斬られたかもしれない。だが、確かめている余裕などない。

刀を下げ、構え直す。

こちらの刀が届かず、相手の刀は届いたのは、何故だ。

ほぼ同時に、一寸ほどの間で、お互いの刀がすれ違ったはず。

刀の長さは同じ。体格も差はない。

何故だ？

脇が熱くなった。腕に血が流れ、柄を握る指にまで届いた。
次が、勝負だ。
どうすればいい？
同じ筋では勝てない。
待っていては、それだけ遅れるということか。
けれど、後方へ引かれた刀は、こちらが出ればたちまち下から振られる。
返されるだけだ。
風が吹き、顔に当たり、髪が揺れる。
赤い面の穴の奥に、瞳が見えた。瞬《またた》かない。呼吸はわからない。
足の位置も同じ。重心も変わらない。
素晴らしい。
美しい。
この世のものとは思えない。
いつの間にか、闇は消えて、真っ白な草原にいた。
目の前に立つ者は、赤い能面。
その顔は、微笑《ほほえ》んでいるようにも、怒り狂っているようにも見えた。
自分の呼吸で出た。

躰を横へ振り、出ると見せて、相手の動きを確認。
そこへ、下から斜めに刀を振り、敵の首を斬りに出る。
相手は、後ろへ一歩下がり、軽く躰を傾かせて、これを避《よ》ける。
同時に、躰に隠れていた刀が、横から来る。
刀を握り直し、刃を翻して、逆へ。
また、お互いの刀がすれ違う。
出て、さらに振る。
刀は当たらない。
敵も躱して、上から刀を戻す。
切っ先が肩に当たる。その衝撃で、躰が後方へ弾《はじ》け飛《と》ぶ。
一瞬、膝が折れ、倒れそうになった。そのまま後退。
相手はさらに出てくる。
もう駄目だ。
肩の傷は深そうだ。
血飛沫《ちしぶき》が目に飛び込み、視界が赤くなった。
息を吐く。
息を吸う。

刀が来る。

地面を蹴《け》って、斜め後方へ避ける。

なんとか、立たなければ。

地面の土を摑み、投げつける。

敵がそれを避けた。

面に石が当たった音。

その隙に立ち上がった。

刀を構え直す。

どうしたら勝てる？

再び、闇の草原に戻っていた。

敵の後方に白い光。幾つも動いている。提灯の明かりだ。

辺りは明るくなった。月だろうか。しかし、空を確かめる余裕はない。

赤い面がよく見えた。

だが、穴の中の瞳は見えない。

敵は、刀を真っ直ぐに立てて構えた。これまでにない構えだった。次は命を取りにくるつもりか。おそらくは、突きを狙っている。そう思った。

こちらの動きは、既に読まれている。

力量の差はどうしようもない。

何故、さっさと踏み込んで攻めないのか。武士の情けというものか。

息が苦しい。

右の脇と左の肩が出血している。熱いというよりも、感覚がない。

左腕は痺《しび》れていた。

もう、完璧な振りは無理だ。

何人かの人影が見えた。トビヒたちだろう。しかし、顔までは見えない。

目がよく見えなくなっていた。血が染みているのか。

それでも、刀を握り直した。指は血に濡れている。

ここで死ぬしかない。

活路はない。

それでも、最後まで最善の筋を探す。

それ以外に、できることはない。

静かな時間が流れ、ほぼ同時に出た。

刀を握る手が、僅かに震えた。もう力が入らなかった。これでは勝てないと思って、不思議な気持ちになった。自分の刀よりも、敵の筋を見たかった。敵の鍔が見えて、指の握りがわかった。

そうか……。

あの握りは、そうだ、カシュウが言っていた。

力を入れて握ってはいけない。人差し指と中指は遊ばせておく。その遊びが、振りをいっそう速く、そして思いの筋へ導くと。

敵の切っ先が、自分の躰へ向かうのが見えた。

己の刀は、まだ遅い。

届かない。

さきに、切っ先が来る。

避けることはできなかった。

踏み込んで、刀を振っている腕と肩へ。

斬られる音が聞こえた。

衝撃を躰が受け、後方へ倒れる。

刀は左手にまだある。

右手は、動かない。

もう握れない。

地面には、草。

冷たい草に、頬《ほお》が。

今のは、傷が深い。もう確かめることもできない。

痛くなかった。

感じなかった。

これが、死というものか。

素晴らしい剣に出会った。人間がここまで到達できるとは思わなかった。凄《すさ》まじい速さと精確さ。それがこの目で見られただけで満足だ。

意識が遠のくのがわかった。

もう目は見えない。

真っ暗闇の中、寒くもない。

血が流れるのがわかる。脈を打つのも感じられた。

ゆっくりと。それが止まるように思った。

近くに、誰か立っているようだ。

一人ではない。

大勢に囲まれているのか。

「まだ生きている。止《とど》めを」トビヒの声だった。

「その必要はない。急所を斬った」誰の声だ？

赤い面の者か。

低い響く声。どこかで聞いた声にも思えた。

「しかし、念のために」

光を感じ、刀を握った左手に力が戻った。最後の力で、それを振り上げ、躰を回転させる。僅かな手応《てごた》えがあった。切っ先が誰かに当たったか、それとも地面を削ったか。

躰を起こし、膝を立てる。

風が吹いた。

刀が来る。

首の近くを通った。

斬られたか。

後ろへ飛び跳ね、転がるようにして。

草の中へ。

岩に当たり。

左手は刀の柄を握ったまま。

右手は動かない。

ようやく足の感覚が戻り、走った。

振り返れない。

背中を掠《かす》るような刀の振りも感じる。

光に照らされているため、僅かに白い枯草が前方に残っていた。

そこへ走る。

その先は、まったくの暗闇。

視界は狭く、半分以上が赤い。

音はもう聞こえなかった。

躰の感覚も薄れていく。

力を込めているのに、進まないように感じた。

だが、もう、敵の刀は来なかった。

暗闇の中へ、飛び込む。

躰が回転し、岩に当たったが、幸いにも、腰の近く。

横に跳ね飛ばされ、急に軽くなった。

ああ、谷へ落ちていくのだな、とわかった。

下は川か。

岩に当たれば、それでお終《しま》いだ。

世界は回っているようで、もうすべてが無に思えた。

これが、無か。

既に、自分は死んでいるのではないか。あの侍に斬られて、命を落としたのではないのか。だから、誰も追ってこない。これから、落ちていく先は、もうこの世ではない。

ただ、あの赤い面の者だけが、心残りだった。
死んでも良い。
ただもう一度、あの剣が見たい。
なにかにぶつかって、頭を打つ。
でも、割れたようでもない。
躰中に、衝撃があった。
樹の枝か。
細かいものが躰に刺さる。
不思議なことに、痛くもない。
躰が左右に揺さぶられ、次に急に冷たくなった。
完全な暗闇になった。
水だ。
水の中に落ちた。
凍るような冷たさは、しかし一瞬のこと。
血の臭いも、
僅かに蘇《よみがえ》ったものも、
たちまち綺麗《きれい》に消え去った。

泡が躰の周囲に纏《まと》いつき。
やがて、浮かび上がり。
星空か？
そんなものが見える気がした。
頭に固いものが当たり、躰の方向が変わる。
水に流されているようだ。
刀は？
左手を意識したが、刀を持っているとは思えない。
終わりだ。
もう、これ以上、生きなくても良い……。
これが、自分の剣だったのだ。

episode 1 : Rending silence

The atmosphere evoked in this poem is lonely rather than inviting, monochromatic rather than colorful, but beneath the externals one may glimpse a deeply-felt beauty. Poets of this school felt that the emotions aroused by more conventionally admired sights were real but limited, but there was no limit to what might be evoked through suggestion. A monochrome suggests more than the most brilliantly tinted landscape.

第1話　レンディング・サイレンス

　ここに託された感情は色鮮やかに誘いかけるものではなく、むしろ哀切で、いわばセピア色の情景といった風だが、心深く感じられた美が内側《うちがわ》から浮かび上がって見える。この流派の歌人たちはいわゆる誰が見ても美しい情景によって湧《わ》き出《で》る情感を否定したわけではないのだが、そこには限界があるとし、それよりもむしろほのめかす美の内にこそ限りない想《おも》いを託すことができると考えたのであった。色のない世界はどんなに華やかな景色より多くを語るであろう。

1

美しい風景を眺めていた。

その風景を眺めている自分が、丘の上の岩に座っていた。緩やかに下っていく草原は、まだ新しく、鮮やかな緑。樹木の枝には、葉がない。風はなく、空には雲もない。動くものが一点。黒い鳥が一羽、飛んでいた。翼を動かさず、滑らかに浮いている。それを目で追う自分を、このとき初めて意識した。

ここに自分がいる、ということに気づいたのだった。

一瞬鳥肌が立つ。

たぶん、驚いたのだろう。

自分の手を見て、その手を動かし、足を見て、着ているものを確かめた。風は少し冷たいものの、寒いほどではない。着物のおかげだ。誰が、この着物を作ったのだろう、と考えた。いつからこれを着ているのだろう。

自分は、誰だ？

なんとなく、自分だということはわかった。懐かしい感じがたしかにある。手の指を眺めて、握り締めてみた。右手と左手、どちらも自在に動く。足の指も触れて一つずつ確かめた。履物《はきもの》はない。裸足《はだし》だった。触ってみると、足の裏は固くなっている。黒く汚れている。洗った方が良いな、と思った。裸足でずっと歩いてきたのだろうか。

どこから来たのか?

立ち上がり、周囲を見回した。立ち上がったことで、自分の背の高さを思い出した。風景には見覚えがない。背後に山があるようだが、頂上は見えなかった。今は、草原にいる。ところどころに黒い岩が地面から突き出ている。その一つに座っていたのだ。離れたところに林があって、そこの樹には葉がある。細い葉で深い緑色だった。座っていた岩のすぐ横に、小枝を束《たば》ねたものが置いてあった。自然にそうなったものではなく、人が集めた跡だ。これは、つまり自分の持ち物だろうか。ほかに誰もいないのだから、そう考えるしかない。これを運んでいる途中だったのか。

小枝を集めるのは、なんとなくわかる。これは燃やすためのものだ。火を使うために山で小枝を集める。そう、柴《しば》だ。それが自分の仕事か。

しかし、どこへ帰れば良いのだろう。さっぱり思い出せない。

喉《のど》が渇いていた。近くに水が飲める場所があるだろうか。急に、知らない場所に出てしまったのだろうか。のんびり風景を眺めていたのは、どうしてなのだろう。柴ならば、山に入って集めてくる。荷が重くなるから、帰りは下るのが普通だろう。

その柴を背負って、少し移動することにした。草原と林の間に、道らしいものがあった。道というよりも、草の少ない筋、という程度のものだ。これを、左右どちらへ行くか、と考える。やはり、下る方向だろう。もう一度、周囲を確かめたが、誰もいない。自分一人だ。

道に沿って歩く。日は山の陰に隠れようとしていた。なんとなく、方角がわかった。つまり、夕方だ。林の中を通り、急な傾斜地を下っていく。石や木がところどころに埋められていて、足場が作ってあった。人が通る道なのだ。

しばらく下りていくと、竹林になり、下に沢が見えてきた。水があるようだ。道は、そちらへは向かっていない。しかたがないので、竹林の中に入って下り、岩場を横断して、水辺まで行く。右から左へ流れていた。流れの両側は、いずれも岩が切り立っていて、上流も下流も、川の先は見えない。

冷たい水を手で掬《すく》って飲んだ。

美味《うま》いな、と思い、ふっと息を吐いた。水を飲むのが久し振りの気がしたが、そんなはずはない。人は毎日水を飲むものだ。覚えていない。忘れてしまったようだ。冷たい水が喉を通ったことで、自分が生きていることに気づいた。

では、今まで死んでいたのだろうか。不思議だ。なにも覚えていない。どうしていたのだろう。

自分の顔が見たくて、浅瀬の水を覗き込んだが、しっかりとはわからない。顔に手で触ってみた。どんな人間だろう。頭を触ると、髪が長い。

後方で音がした。振り返ると、上の道を歩く人影が見える。子供だろうか。こちらを見て、手を振っている。歯を見せて笑っている顔だった。

そちらへ上がっていく。柴を背負ったままだ。子供はそこで待っていた。

「水を飲んでいたのか?」とその少年がきいた。

覚えのない顔だ。色が黒く、目が片方小さい。頭の毛が真っ白だった。こちらが答えるのも聞かず、さっさと歩き始める。

「水を飲んでいた」とその背中に向かって話した。

自分の声を初めて聞いた。こんな声なのか、と思った。まったく覚えがない。

少年は立ち止まり、驚いた顔で振り返った。右の目だけが大きくなり、左の目はそのままだった。片方の目は見えないのかもしれない。

「話せるのか?」少年は言った。「今、しゃべったの、お前だろう?」

「喉が渇いたので、水を飲んでいた」もう一度ゆっくりと話した。

少年の口が開き、前歯が見えた。半分くらいしかない。

「凄《すご》いじゃないか。しゃべれるのか。どうして今まで黙っていた?」

「名前は何という?」と尋ねた。

「え？　俺か？　知らないのか？」

「知らないので、尋ねた」

「俺は、ケジロだ。毛が白いだろ」少年は、頭に手をやる。

「私のことを知っているようだ」

「知っているさ。一緒に暮らしているじゃないか」

「私は、何という名だ？」

「は？　自分の名前だろう。何ていうのか、こっちがききたい。今まで黙っていたじゃないか」

「自分の名を忘れてしまったようなのだ」

「忘れた？　ふうん、そうか。じゃあ、しゃべることも忘れていたのか？」

「そうらしい」頷いてみせた。友好的なことを示すために、少し笑ってみせた。

「良かった。しゃべれるとは驚きだ」ケジロは声を上げる。「話ができるなら、いろいろ仕事が頼める」

　二人で道を歩くことになった。同じ場所へ帰るところのようだ。その住処《すみか》に、ケジロと自分は一緒に暮らしているという。そういうことがわかった。ケジロは、竹の道具を持っていた。魚を獲《と》ろうと思ったが、駄目だったと話した。だが、さきほどの沢にいたわけではない。どこか別の場所へ行っていたようだ。

　大きな熊《くま》を見た、という話をケジロはした。熊というのは、黒い動物のことだとわかる。不思議だった。思い出せないものが多いのに、言葉はわかるし、熊がどんなものかも思い浮かべることができた。すべてを忘れてしまったわけではない。しかし、一番大事な自分のことを忘れてしまった。今までは、すべてを忘れていたということか。少しずつ思い出せるようになったのかもしれない。

「いつから、私はケジロと一緒にいる？」と尋ねた。

「いつからって……、えっと、ちょっとまえからだ。雪がまだ少し残っていた頃」

「どこから、私は来た？」

「来たんじゃねえ。川辺で倒れていた。あんときは、絶対に死んでると思ったぜ」

「川にいた？　濡れていたのか？」

「あんた、侍だろ？」

「さむらい？」

「斬られたんだ。姉ちゃんがそう言っていた」

「姉さんがいるのか？」

「え、どうしたんだ、それも忘れちまったのか？」

「思い出せない」

道を下っていくと、煙を上げる小屋が見えてきた。傾斜地に建っている。ケジロが戸を開けて中に飛び込んでいった。話し声が聞こえる。自分が言葉をしゃべった、と話しているのだ。ケジロは、「あいつ」と呼んでいた。やはり、名前はないということか。

背中の荷を下ろし、小屋の横に柴が積み上げてあったので、そこに置いた。小屋の中から少年と女が出てきた。女は灰色の着物で、髪も灰色だった。一見すると老婆のようで、顔も煤《すす》で汚れていた。こちらをじっと見つめる。よく見れば、たしかに若い。だが、ケジロとはずいぶん歳が離れているようにも見える。

「話ができるようになったと聞きましたが」彼女はそう言った。ケジロとは大違いの落ち着いた物言いだった。

「はい。話はできます。あの、ケジロから聞いたのですが、助けていただいたようで、そのお礼を申し上げたい」

「ああ、本当に……」女は口に両手を持っていく。目を見開き、しばらく動かなかったが、やがて視線をさまよわせる。「とにかく、中へどうぞ」

小屋の中へ入った。床というものはない。片側に火を焚《た》く場所があって、周囲に石が積まれていた。この煙が、屋根の隙間から外へ出ていたのだ。なにかに被せた筵《むしろ》があり、そこに座るように言われた。こちらが腰を下ろすと、その前の土間に女は膝をつき、手をついてお辞儀をした。

「ご無礼をいたしました。私は、マサイと申します。ここで、弟と二人暮らし。貧しいゆえに、充分なお世話もかないませんでした。それなのに、弟が貴方様《あなたさま》を連れ回し、荷を運ばせていたようです。ご立腹のことと存じますが、なにとぞお許し下さいませ」

「立腹などしておりません。お礼を言わなくてはならないのはこちらです」慌てて、腰掛けから立ち上がり、地面に膝をついた。「まだよく思い出せないのですが、お世話になったようです。ありがとうございます」手をついて頭を下げた。

「そのような……。あの、どうか、そちらに」マサイは、慌てて手を差し伸べる。

しかたがないので、また筵の台に座り直した。

「何やってんだよ。腹が減った」ケジロが言った。壁の隅に立ったままだった。

マサイは厳しい表情で弟を睨《にら》みつけたが、すぐにまた、こちらへ頭を下げた。弟の物言いに謝罪をしているようだ。自分が侍だからなのだろう、と思った。

「私は、侍ですか？」そう尋ねてみた。

「はい、そのようにお見受けいたします」マサイが答える。

「どうして、それがわかるのですか？」

「貴方様の持ち物、それに、立ち居《たちい》でわかります。今、お声とお言葉を聞いて、確信しました」

「そうですか。それがわかるのは、侍をよく知っているからですね」

「はい。私は侍の娘でした。故《ゆえ》あって、このように身を窶《やつ》しておりますが……」

「え？　じゃあ、俺も侍の子か？」ケジロが言った。「そんな話、聞いたことねえ。嘘《うそ》だろう？」

「嘘ではありません」マサイはそちらをちらりと見た。「でも、これは誰にも言ってはいけないことです」

「誰にもって……、誰もいねぇじゃん」

「しばらくお待ち下さい。召し上がっていただくものをご用意いたします」

「あ、いえ、その……」腰を浮かせて、手を広げた。

「めしあがるって、何だ？」ケジロが言った。

2

白い汁を飲んだ。これが食事のようだ。冷たくはないが、熱くもない。味はといえば、仄《ほの》かに苦い。土の匂いがする。芋の粉を溶いて、そこに細かい実か種を入れたもののようだった。

マサイから話を聞いた。自分がここへ来たのは一月《ひとつき》ほどまえのことだという。大怪我をしていて、躰は冷たく、血の気がなかった。それでも、二人でここまで運んだという。この小屋から少し下ったところに沢がある。そこでいつも水を汲《く》む。朝、その浅瀬で水に半分浸《つ》かって侍が倒れていた、ということらしい。

顔を見たことはない。そもそも、滅多《めった》に人に会うような場所ではない、とマサイは話す。弟のケジロは十になる。マサイは、この山奥でもう何年も暮らしているという。暮らし始めたときには、弟は幼かっただろう。そんな中、生活するには大変な場所ではないか、と想像した。人が住む里は、麓《ふもと》へ半日ほど歩く距離らしい。

自分の躰の傷痕《きずあと》を確かめた。数カ所の切り傷があった。いずれも、瘡蓋《かさぶた》になっていて、もう痛まない。刀傷だということはわかる。相手は侍らしい。どんなふうに出会い、どんなふうに斬りつけられたのか、まったく覚えていなかった。

「私は、刀を持っていましたか?」とマサイにきく。

彼女は立ち上がって壁際へ行き、そこにあった長細いものを持ってきた。それをこちらへ両手で差し出した。朱に塗られた鞘だった。

「刀はありません」マサイはそう言った。「けれども、その鞘を見れば、立派な刀であることは明らかでございます」

そういうものか、と思って見直したが、自分にはその価値はわからない。もちろん、その鞘にも見覚えはなかった。はたして、本当に自分の持ち物だろうか。

「俺、川でちょっと探してみたけど、刀はなかったよ。まだ寒いから、あんまり長くは探してないけどな」ケジロが言った。

「少なくとも、私も刀を抜いたということです」

「抜いた? だったら、何なの?」ケジロがきいた。

何を言うつもりだったのか、そこでわからなくなった。相手が一方的に斬りつけてきたのではなく、自分は応戦した、という意味らしい。だが、それがどのような意味を持つのか、言葉にする途中で見失ってしまった。なんとなく、相手を悪く捉えてはいない、というような気持ちだっただろうか。そんな気がする。

「そのほかに、金子《きんす》を幾らかお持ちでした」マサイは、近くの籠《かご》を引き寄せ、その中から黒い布袋を取り出し、こちらへ差し出した。

「そうですか。では、これはお二人に差し上げます」そのまま返そうとする。「お世話になったお礼に」

「いいえ、そんなわけにはいきません」マサイは首をふって、手を出さない。「それほどのお世話をしたわけではございません」

「金なんかあっても、ここじゃあ、なんにもならねぇからな」ケジロが言った。「もうちょっとしたら、村まで出ていって、なんか買ってこられるかも」

「ケジロの欲しいものを買ってくれば良い」と彼に言う。

「傷に塗る薬が欲しいと思いましたし、熱を冷ます薬も欲しかったのですが……」マサイが話す。「里へ下りても、そのようなものは買うことができません。貧しい村があるだけです。米でも分けてもらい、貴方様に召し上がってもらおうかとも考えましたが、勝手に金子を使うことはできません。理由のあるものかもしれませんので」

「そうですか。いえ……、この金が自分のものかどうかも、覚えておりません。使ってしまっても、たぶん、かまわないと思いますが」

「そうだよ。なんか、美味《うま》いもんが食べたいよぉ」ケジロがそう言って大きく溜息《ためいき》をついた。

「見苦しいことを言うものではない」マサイが静かな口調で言い、ケジロをまた睨みつけた。

この女は、しっかりとした人物のようだ。歳はいくつくらいなのか。自分よりも上だと感じたのだが、そもそも、自分はいくつだろうか。

「私は、何歳くらいに見えますか？」マサイにそう尋ねていた。

彼女は、その質問に少し驚いたようだ。こちらを見据《みす》えていた目を、まだすぐに下へ向ける。話しているときには、顔を上げない。そういう決まりでもあるのだろうか。

「おいくつくらいでしょうか……」マサイは首を少しだけ傾《かし》げた。「私よりも、お若いとは思いますが」

「そうですか。なにしろ、自分の顔も覚えていません」

「そのようなことがあるのですね……。でも、ご回復に向かわれていることは確か。じきに思い出されることと存じます」

話をしているうちに、外はだいぶ暗くなった。薪《たきぎ》を取りに、ケジロと二人で外に出ると、辺りには霧が立ち込めていた。少し先はまったく見えない。

「明日は雨だ」ケジロが言った。

「雨だと、どうなる？」

「どうも」首をふったあと、ケジロはにやりと笑った。「仕事に出られないから、暇だってだけだ」

「仕事というのは？」

「魚を獲ったり、柴を運んだり、あと、いろいろ」

「ここへは、誰も来ないのか？」

「誰も来ない。こんなところまで来る奴はいねぇ」

「しかし、私は、こんな山奥まで来たわけだから」

「ああ、うーんとな、上の方に道があるって。俺も見たことはねえ。そこを通って、夜に道に迷ったんじゃねぇか？」

「なるほど。しかし、斬合いをしたわけだから……。相手も迷ったのかな」

「思い出せば、わかるじゃん」

「うん、そうだ」

　二人で、一抱えの薪を小屋の中に入れた。雨を避けるためだ。マサイは、枯草を叩いていた。何のためなのかききたかったが、長い話をしたあとだったので控えることにした。まだまだ知りたいことが沢山ある。

　なにを聞いても、思い至ることがなかった。自分は何者なのかわからない。何のためにここにいるのか。しかし、傷を負って瀕死《ひんし》のところを救ってもらったことはまちがいなさそうだ。躰に残っている痕が証《あかし》といえる。ただ、少し気になるのは、マサイがあまりにも自分のことを丁寧に扱いすぎること。刀の鞘だけで、何がわかるというのだろう。彼女から渡された金子を確かめてみたが、それがどれほどの価値なのか、自分にはさっぱりわからなかった。

夜になり、眠ることになった。戸をしっかりと閉めて、土間に筵を敷いて、そこで寝るのだが、それだけでは寒い。さらに布や筵を被る。横になってじっとしていたら、しだいに躰が温かくなった。火はもう消えているかもしれない。音がしなかったし、煙も出ていない。ただ、匂いだけが残っている。

今日の仕事は、楽だったのではないか。躰はまったく疲れていなかった。目が冴《さ》えて、すぐに眠ることはできない。なにしろ、考えることがありすぎる。

近いうちに川へ行き、あの鞘に納まるべき刀を探してみよう、と考えた。何故か、刀がなによりも大切だと感じた。刀があれば、自分が何者なのかわかるような予感もあった。その刀の握り具合のようなものを、手や指が覚えている。目を瞑《つむ》って、両手を前に出す仕草《しぐさ》を思うと、右手と左手の前後がたしかに感じられた。逆にすることはできない。これは、たぶん刀の持ち方なのだろう、と考えた。

傷口も触ってみたが、肉が傷に沿って膨《ふく》れているだけで、痛くはない。どれくらいの深さの傷だったのだろう。大きさからすれば、さほどでもない。骨には届いていないはず。血は流れたかもしれないが、突き刺されたものではなく、鋭利な刃で切り裂かれた傷だっただろう。一月というのが、傷が治るには早いのか遅いのか、それもわからない。ただ、それでも、治るということが不思議だと思った。生き物は、どうして元に戻ろうとするのだろうか。どのような仕組みで、それを成すのか。そんなことを考えているうちに眠ってしまったようだ。

朝、目が覚める直前に夢を見た。夢を僅かに覚えていたのだ。赤い面の男と戦っている場面だった。その者を懐かしく感じた。会えて良かった、と思った。けれども、友人ではない。お互いに刀を持ち、斬合いをしているのだから、敵であることはまちがいない。そのはずなのに、親しみを感じた。

場所は、真っ白な明るい草原だった。それがどこなのかわからない。雪で白かったのだろうか。この近くにそんな場所があるのか。目が覚めてから、そのことをマサイかケジロに尋ねてみようと考えた。ただ、考えるほど、その夢の光景は遠ざかり、曖昧《あいまい》なものとなった。

昨日のことは、鮮明に覚えていた。一夜眠ったわけだが、マサイとの話を、その言葉遣いの一言一句を覚えていた。それなのに、もう一日まえのことはなにも記憶がない。覚えているのは昨日からのこと。草原で自分という存在に初めて気づき、ケジロに出会い、この小屋まで歩いてきた。そして、マサイという女の話を聞いた。それが覚えていることのすべてだった。

目を覚ました場所は、まさに、そのマサイの小屋だった。すぐ隣に、ケジロの寝顔があった。

二人を起こさないように、そっと起き上がり、小屋の戸の近くへ行った。ずっと音が鳴っていたが、それが雨の音だとわかった。水の粒が沢山、つぎつぎに屋根に当たる音のようだ。小さな粒なのに、集まるとこれほどの音になるのか、と気づく。この音を聞いたことが、これまでになかったのだろうか。今日が初めてだと思ったが、そんなはずはない。なにしろ、雨という言葉を知っているし、雨がどんなものかも知っているのだ。それは覚えているのに、自分の経験がすっぽりと抜け落ちている。

戸を開けて、外に出た。空気はそれほど冷たくはない。雨が降っているからだろう。山の夜は、晴れている方が冷える。そういうことを覚えているのに、たとえば、ここがどこなのかはわからない。

自分が誰なのかも思い出せない。それどころか、誰の顔も思い浮かばない。人には名前があるはずだ。しかし今、自分が知っている名は、ケジロとマサイの二人だけだった。ほかにも大勢の人間がいて、これまで沢山の人たちに出会っているはずなのに、誰一人、顔も名前も覚えていない。

不思議だ。では、動物の名はどうだろう、と考えた。猿と犬と熊と馬、と幾つか思いついた。けれども、それは動物の名ではない。個々に名づけられたものではない、ということだ。花や樹の種類も、幾つか思い浮かんだ。そういうものは、思い出せるようだ。

小屋の中が冷えてはいけないと考え、戸を閉めた。小屋の庇《ひさし》が突き出ているので、壁に背をつけて立てば、雨には濡れなかった。雨は細かく、辺りは煙に包まれたように真っ白になっている。近くで小さな鳥が動くのが見えた。その名前はわからない。

すぐ近くに誰かいるような気がした。そちらへ視線を向けたが、誰もいない。小さな動物だったかもしれない。

小屋の中で人が動く音。やがて、戸が少し開いた。マサイが顔を出し、こちらを見つける。

「どうされたのですか？」小声で尋ねられた。

「いえ……、雨を見ています」

彼女は、外に出てきた。戸を閉めて、それから近づいて、すぐ横に立った。

「なにか、思い出されましたか？」

「いいえ」首をふって答える。

こちらを見ていたマサイは、視線を逸《そ》らし、白い雨の先を眺める。周囲を見回しているようだが、しかし、遠くは見えない。

「もう春でございます。雨なのに、ずいぶんと暖かく感じます。数日もすれば、芽が出て、花を咲かせるものもありましょう」

「この山では、どんな花が咲きますか？」

「どんなときかれましても、私にはお答えできません。花の名を知りません。ああ、でも、桜は咲きます。もう少し里の方へ下ったところに幾つか」

「桜ですか」

「ご存じですか？」

「樹に咲く、白い花ですね」

「はい、薄く紅が混ざったような」

「あれは、すぐに散ります」

「そうです。思い出されたのですね？」

「たぶん、見たことがあるのでしょう。どこで見たのか、いつ見たのか、それはわかりませんが……」

「貴方様は、この近くの方とは思えません。遠くからいらっしゃったのでしょう。それとも、逆に、都からでしょうか」

「みやこというのは……」その言葉の響きに、なにか引っ掛かるものがあった。

「人が大勢いる街のことです。国を治める尊いお方、その一族がいらっしゃいます」

「それは、侍ですか？」

「さあ、どうなのでしょう。私にはよくわかりません。都の話は、小さい頃に聞いただけで、私は行ったことはありません」

「遠いのですか？」

「いいえ、二山ほど先だと聞いています。馬に乗れば、一日で行けると」

「馬に乗る？　ああ、そう……。馬に人間が乗るのですね。そうだ、私も乗ったことがあるかもしれない」

「馬に乗る侍は、一角《ひとかど》の方です。貴方様ならば、きっと馬に乗られたでしょう」

「そういうものですか」

「ああ、嬉《うれ》しゅうございます」マサイは、両手を合わせて、拝むように一礼をした。

「何が嬉しいのですか？」

「こうしてお話ができることが……」彼女はこちらを向いた。目を潤《うる》ませているのがわかった。

「本当に、よくご回復なされました」

「マサイさんのおかげです。助かりました」

「私たちは、ここへ貴方様を運んで、ただ、火を起こして、暖かくすることしかできませんでした。水はありますが、ろくに食べるものはありません。特に、この季節にはもう蓄えもなくなって、ケジロにもひもじい思いをさせておりましたところ……」

「そうでしょうね。そんなところに、私が来たのだから、余計に大変なことになったのでは？」

「いいえ、とんでもありません。そのようなことはけっして……」マサイは首を左右にふった。

「実は、貴方様がここへ来てから、小屋の外に、幾度か芋や菜が置かれておりました」

「え？　誰が置いていったのですか？」

「たぶん、この山に住む仙人様でしょう」

「せんにん？　それは、どんな人ですか？」

「どんなというか、その……、見た感じは、普通のお年寄りです。お目にかかったことが、三度ほどございます。お話もしました。その方から、傷に効くという膏《あぶら》もいただきました」

「膏というのは、私の怪我のためですか？」

「はい、そうです。貴方様がここへいらっしゃった翌日でした。なにも話していないのに、怪我人がいることをご存じだったようでした。ですから、そのあとの施《ほどこ》しも、あの仙人様だと思います」

「なるほど」

「ずいぶんご高齢のはずですが、険しい崖を軽やかに登っていかれます。私など、とても追いつきません」

「その人が、食べ物を持ってきてくれる、というのは、これまでにもたびたびあったことですか？」

「いいえ。ですから、貴方様がいらっしゃってからのことです」

「膏をもらったときは、話をされたのですか？」

「はい、どのように使うのかを伺いました」

「どうして、怪我人がいるとわかったのでしょう？　見ていたということですか」

「どこからでも、見通されるのではないでしょうか」

「まさか……。でも、それが本当ならば、神様のような方ですね」少し笑ってしまった。「是非、一度お会いしたい。お礼を言わなければ……。それに、もしかしたら、私の身の上について、なにかご存じかもしれない」

「では、この雨が上がったら、ご案内いたします」

マサイは、軽く頭を下げ、小屋の中へ戻っていった。なにか仕事があるのだろう。その仙人の名前をきくのを忘れた、と思いついたが、名前を知っているならば、その名で呼ぶだろう、と思い直した。

　腕組みをして、しばらくあれこれ考えてみたが、やはりなにも思い浮かばなかった。自分も小屋に入ると、マサイは火を起こしていた。ケジロは口を開けて眠っている。物音がしても、まったく起きる様子もない。それほど、ここは安全な場所だということか。

3

　雨は上がり、霧も晴れた。暖かい日差しが届き、濡れていたものから、仄かに湯気が上がっていた。仙人の住処《すみか》へは、マサイではなく、ケジロが案内してくれた。マサイにはしなければならない仕事があるようだった。歩きながら、ケジロにそれを尋ねると、すぐ近くに畠《はたけ》があるから、そこで土を掘り返すのだと言う。何のために掘り返すのか、ときいたが、それにはケジロは首をふった。ただ、芋の育て方は、仙人が教えてくれたものだと話した。

「それでは、その仙人は、自分も畠を持っているのかな」

「うーん、どうかな」ケジロは首を捻《ひね》る。

「畠を持っていなければ、芋を届けることはできないのでは？」

「そうかな。うん、でも、人にやるほど芋は穫れねぇんじゃあ……」

「仙人だというのは、どうしてわかった？」

「え？　ああ……、姉ちゃんがそう言ったから。でも、あれは人間だよ」

「仙人は、人間ではないということか。それでは、何だ？　獣か？」

「わからんけど、獣が長く生きているうちに賢くなって、人間のように化けるんじゃねぇか」

「化けるというのは、姿を変えるということだ。何故、そのようなことをするのかな」

「それは……、さあ……、そうだな、どうしてかな」

「誰も見ていないのなら、どんな姿でも良いのではないか」

「俺とか姉ちゃんの前にいるときだけ、あの姿なんだ」

「そうかもしれない」

　道はほとんどが上りだった。やがて渓流が下に見えた。滝のように水が落ちている場所で、周囲は岩が切り立っている。そこへ下り、岩場をしばらく歩いたのち、また森の中へ入った。ケジロの話では、こちらへはあまり来ないという。その理由は、仙人様の庭だから、というものだった。庭というのは、領地という意味かもしれない。

　この仙人の住処への行き方は、仙人に会ったときに、本人について歩いて覚えた道だ、とケジロは説明した。芋をやるから来いと言われ、マサイと一緒に半信半疑でついていったという。それが、一年ほどまえのことらしい。それ以前にも、仙人は、何度か姉弟の前に姿を見せていたそうだ。だから、信頼して従ったということだろう。

「そんとき、芋をもらったが、それは食べるんじゃない。土に埋める芋だった」ケジロは言った。「そうしたら、そこから芋が増える」

「うん、そのとおりだ」

「え？　そうなのか……。知ってるのか」

「いや、芋を植えたことはないが、たとえば、木の実などは、土に埋めるとそこから芽が出て、育てば大木にもなる」

「本当か？」

「たぶん」

「うーん、本当かなぁ。なんか、頼りねぇよな」

「そうかもしれない。なにも覚えていない人間が言っていることだから、そう思うのも無理はない」

「難しいことを言う」ケジロは首を傾げる。

何が難しいのか、と考えた。おそらく、理屈というものをまだケジロは知らないのだろう、と思うしかなかった。

森を抜けたところに、空が広く見える土地があった。つまり、そこだけ樹がない。どうして樹がないのか、理由はわからないが、ケジロはその草原を迂回《うかい》して進んだ。彼は、細い枯枝を一本持っていた。自分の背丈の倍ほどの長さがある。杖《つえ》のように地面につきながら歩いたが、おそらくは動物に出会ったときのための用心だろう。それを振り回して相手を驚かそう、と考えているのではないか。

「あっちだ」とその枝でケジロが先を示した。「あそこに、道が見えるだろ」

「どうして、ここを突っ切らない？」

「足を取られる」

「何に？」

「さあ……」ケジロは首をふった。「でも、鹿《しか》が動けないのを見たことがある」

「どうして動けない？」

「わからない。土に埋まってしまうんだ」

「ああ、沼か」

「ぬま？　何だ、それは」

「水を含んだ土だ。池と同じ」

「ふうん。でも、仙人は、ここで芋を採るらしい。そう言ってた」

「仙人は、足を取られないのか？」

「うん。わからんけど。でも、姉ちゃんも、ここへ入っては駄目だと言った。帰れなくなるって」

そこを迂回して森へ入る道に戻った。道といっても、ただ、樹がない隙間のような細い筋である。ずっと奥に、なにか櫓《やぐら》のようなものが見えてきた。ケジロは急に立ち止まった。

「あそこだ」

「そうか、しかし、家のようなものはないな」

「あの奥に穴がある」

「穴?」

「岩場に穴があって、その中に仙人がいる」

「わかった」

「じゃあ、俺は帰る」

「どうして? 一緒に行かないのか?」

「仙人は恐い。俺は帰る」

「そうか」

「戻ってこられるか?」

「大丈夫だと思う」

「ぬまに気をつけろ」

「ああ、わかった」

ケジロと別れ、一人でその先へ進むことになった。櫓のように見えたのは、門というのか、それとも鳥居というのか、ただ柱を二本土に埋めて立てたものの上に一本、細めの梁《はり》が渡してある。それらは蔦《つた》のような植物で結ばれていた。何のためにこんなものを作ったのかわからない。

その下を潜《くぐ》り抜《ぬ》け、さらに奥へ進む。上り坂になり、ところどころに土留めの丸太が埋められていた。最後は、黒い岩がそびえ立つ場所で行止まりになった。ケジロが言った穴というものは見当たらない。左右に歩いて確かめてみたが、ただごつごつとした岩壁があるだけだった。

　ところが、どこからともなく声が聞こえてきた。

「どなたかな?」そう聞こえた。老人の声だ。

「私は、マサイさんとケジロさんに助けられた者です。お世話になったと聞き、お礼を申し上げに参りました」

「それはご丁寧に。承知した。では、もう用は済んだ。お帰りなさい」

「あ、いえ、是非、お目にかかって、お話を伺いたいのです」

「わしにかね? 何の話じゃ?」

「それは、その……、あの、私が何者かをご存じなのではないかと」

「ほう、それは面白い。いや、わしは知らん。お主《ぬし》は、何者なのかのぉ」そこで言葉が切れ、は、は、はという大きな笑い声が響いた。

　すぐ目の前にいるような感じだ。何故、姿が見えないのだろうか。

「面白いのぉ。何者かときたか……」まだ笑っている。

　相手が笑っている間に、少し移動して、声の方角を確かめた。やはりほぼ正面、前方である。もう少し岩に近づいた。

するとと、凹凸の陰かと思われた黒い部分が、穴だとわかった。ただ、非常に小さい。高さは膝ほどしかなく、また幅は、頭がなんとか通る程度。人間の大人は通り抜けられそうもない。狐《きつね》の巣ならばそれらしいが、人間の住処とは思えない。屈んで中を覗いてみても、真っ暗闇で、奥は見えなかった。ただ、たしかに笑い声はその中から聞こえてくるのである。

「おお、覗いておるな」

「見えません」

「お主は、ちと大きすぎる。無理じゃ。さあ、帰りなさい」

「いえ、是非、お目にかかりたいので、中に入ってもよろしいですか？」

「待て待て、うーん、まったく、しかたがないのぉ……。どっこらしょ」

その隙間から白い毛が現れ、次に痩《や》せた肩が片方ずつ、そして、躰がすべて外に出たところで立ち上がった。

急いで地面に膝と手をつき、頭を下げた。

「ありがとうございます。わざわざ申し訳ありません」

「うん、もう良いわ。何の話だったかのぉ？　おお、そうかそうか、己は何者か、じゃったのぉ」老人はまた笑いだした。

4

土色というのか、薄汚れた布らしきものを躰に纏っているものの、腕と足はほぼ露出している。細く皺《しわ》だらけの躰の上に、小さな頭がのっていた。その頭も半分以上が白い髪と鬚《ひげ》に包まれていて、目と鼻がどうにか見えるといった具合だ。肌の色は黒く、岩のような表面で、まるで亀《かめ》のようだった。

相当な高齢であることはまちがいないが、動きは意外にも軽やかで、少し歩いたところに転がっていた枯木に腰掛けた。躰は子供といっても良いほど小さく、瘦せ細っている。杖も持っていないし、履物もない。手の平だけが白く見えた。人間というよりは、出会ったことのない不思議な動物に見える。

「傷に塗る膏をいただいたと聞きました」

「うーん、そうだったかのぉ」

「芋や菜をいただいたとも聞きました」

「芋や菜？　うーん、あまり覚えはないのぉ」

「あの、どうして、私があそこにいるとわかったのですか？」

「それは、どうしてだったかのぉ」

「なにか、ご存じのことがあったのですね？」

「うーん、説明がちと難しいのぉ。うーん、いや、説明は簡単なんじゃが、信じてもらえんかもしれん」

黙って待った。老人は、じっと考え込んでいる様子である。

「おぅ、そうそう……。わしは、誰かな？」突然尋ねられた。

「え？　あの……、いえ、お名前は聞いておりません。失礼しました。何とおっしゃるのでしょうか？」

「うん、それがのぉ、わからんのだわ。な、はは……、愉快じゃろうが？」

「いえ、愉快ではありません。わからないとは、どういう意味ですか？」

「なんとも、難しい質問じゃのぉ。お主は、誰かな？」

「いえ、私は、それがききたかったのです。私は、自分が何者なのか、覚えておりません」

「おお、そう……、そうなのか。実はな、わしも、同じでのぉ」

「え、本当ですか？」

「うん。嘘だったら、それこそ愉快じゃな」

「ということは、怪我をされたかなにかで、以前のことを忘れてしまったということですか？」

「そうそう。まあ、そんな感じじゃのぉ。気づいたらば、この山におったわさ。つい最近のことじゃ。ああ……、そうだのぉ、十五年か二十年くらいか……、そのまえのことはさっぱり覚えておらん。そのまえも、やはり山に住んでおったのかもしれんがな。ただ、都のことをときどき、なんとはなしに、思い出してのぉ。してみると、都におったのかもしれんわ。まあ、そうはいっても、良いところ、たぶん乞食《こじき》だったのではないか、と考えておるがのぉ」

「都で乞食を？」

「そうそう。乞食がせいぜいじゃのぉ。それで……、うーん、なにか悪いことをしでかして、この山に捨てられたのじゃろう」

「都は、この近くだと聞きました」

「まあ、近いといえば近いが、遠いといえば遠い」

「都は、どんなところですか？」

「いんや……。さっぱり忘れてしまったのぉ」

「そうですか、お名前も覚えがないのですか？」

「そうそう。わしはのぉ、名前はない。まあ、しかし、誰に呼ばれるわけでもないからして、あ、特に困るというわけでもないわな。呼ぶのならば、ひげとか、じじいとかで充分じゃのぉ」

「わかりました。マサイさんは、仙人様と呼んでいました」

「ほう……、仙人か。それも、なかなかええのぉ。お主は、何と呼ばれておる？」

「貴方様と」

「ほう、そりゃまた、ちと差がつくのぉ」

「あの、さきほどの、説明をお願いできないでしょうか？」

「何の説明じゃ？」

「私が来たことをどうしてご存じだったのか、という……」

「おお、それはな……、わしは、その、ケジロの目を使ってものを見ることができるからじゃ」

「は？　どういうことですか？」

「だから言ったじゃろう。説明は簡単じゃが、信じてもらうのは難しいと」

「ケジロの目を使うとは？」

「ケジロの目を使うということじゃ。それ以外になんと言うこともできん」

「わかりません」

「ま、たとえばだな、うーん、たとえばだな、そう……、そうそう、あのケジロという餓鬼《がき》はな、あれは、実はわしじゃ」

「は？」

「ほれ、よく見てみなさい。同じくらいの背格好じゃろう。髪も白いしな」

「でも……」

「そこまで、お主を案内してきたわのぉ。それが、最後には帰ると言いだした。わしが恐いと言ったじゃろう。うん、ほらな、わしとケジロは実は一人の人間じゃからな、同時に二人の姿では現れん、というわけじゃわ」

「いえ、でも……」

「信じられんと言うのか？」

「はい、信じられません。そんなことができるとは思えません。あの、つまり、神様でもなければ、そのようなことは」

「ま、そう思うのは、お主の勝手じゃ」

「はい……」頷いたものの、どうにも合点《がてん》がいかない。ケジロとこの老人では、年齢が違いすぎる。見間違えるわけはない。

「だからな、うん、あちらへ帰ったらば、これからは、ケジロをわしじゃと思って、丁寧に扱うように。良いか？」

「はぁ……」

「浮かぬ顔じゃのぉ」

「はい」

「まあ、ええわ。そんなことよりも、そう、お主は何者なのか、少しは明かしてくれぬかのぉ」

「いえ、それが、まったくなにも覚えていないのです。怪我をしていたようですし、その怪我は刀傷でした。また、持ち物に刀の鞘だけがあったそうですから、刀を持っていた、ということです」

「侍だということは、見ればわかる」

「どこから来たのかも覚えておりません。昨日、ふと自分がいることを思い出して、言葉がしゃべれるようになりました」

「自分がいること？」

「そんな感じです」

「うーん、そうか。で、それまでは、口をきかなんだわけか？」

「そのようです。あ、それは、ケジロだったら知っているはずですが」

「そのときは、たぶん、わしは別の目を使っておったのじゃ」

「別の目を？　別のとは？」

「ほかにも幾つか使う目があるということじゃ。わしは、大勢の子供の目を使う」

「大勢の子供？　どこにいるのですか？」

「どこかにおる」

「では、ケジロと同一人物だというのは嘘ですか？」

「あれは、その、喩《たと》えじゃ。たとえば、と言ったじゃろう。お主が信じないので、どのように説明すれば良いかと考え、喩え話をした。同じ人間になったかのように見ることができる、という意味じゃわ」

「そんなことができるのですか？　どうすればできるのですか？」

「さあのぉ……。それが、その、肝心なところなのじゃが、うーん、今一つ、こう、しっかりと思い出せん」

「なにか、修行をされたということですか？」

「まったく、覚えておらんのぉ」

「そうですか……。私の場合も、このまま思い出せないということですね」

「まあ、なんというのか、夢をな、見ておると思えばええわ」

「夢？」

「お主は今、夢を見ておる。ここは、夢の世界というわけじゃのぉ。どうじゃ、面白いじゃろう？」

「いえ、面白くはありません」

「夢を見ているときには、寝るまえのことを忘れておるじゃろう。そのうち、夢から覚めるかもしれんが、そうしたらば、今度は夢の出来事を忘れておるわのぉ」

「覚えていることもあります。自分が誰なのかということくらいは、夢を見ていても、思い出せると思いますが」

「そうかのぉ……。ま、夢にもいろいろあるということじゃ」

「たしかに、夢かもしれません」周囲をぐるりと見回した。「ただ、あまりにもいろいろなものが見えます。夢の中であれば、これほど詳しくものが見えないように思います」

「それは、覚めてから考えること。忘れておるわけじゃ」

「はい……。たしかに、そうかもしれません。他人の目を使ってものを見ることができるなんて技は、夢の世界でなければできないことのようにも思います」

「お主は、なんだな……、その、なかなかに理屈を捏《こ》ねる癖《くせ》があるな」

「そうでしょうか」

「うん、侍にしては珍しい。侍とは、なにも考えず、ただ命じられたとおり、刀を振るものと思っておったわ。理屈を考えておったら、できぬのではないか、あんな野蛮なことは」

「野蛮なこと？」

「そうよ。獣と同じじゃのぉ。生きた人間を斬るのじゃぞ。命を取るのじゃぞ。普通にできることではないじゃろう。そうは思わんか？」

「うーん、どうでしょう。自分は、侍かもしれませんが、侍だったときのことをまったく覚えておりませんので、今の野蛮だというご意見には、なにも返す言葉を思いつきません。自分は人を斬ったことがあるのかどうかも、わかりません」

「お主は、何人も人を斬っとる」老人はそう言って、じっとこちらを睨んだ。笑っているような顔に見えたが、口が鬚で隠れているので、はっきりとはわからない。目の形だけのことだ。

「どうして、そんなことがわかるのですか？」

老人は答えなかった。説得されてしまいそうな断定した言い方だったように思う。誰かの目を通して見たのかもしれない。夢の世界なのだから、すべてお見通し、つまり、これはこの老人の夢なのではないか、とも感じた。

　ただし、刀傷が残っている。自分の躰にそれが今もある。それだけの斬合いをした証だ。突然斬りかけられたのならば、一刀両断で終わっていたのではないか。刀の応酬をする斬合いの途中で受けた傷のように見える。自分は、そういった斬合いをするような侍だったのだ。であれば、これまでに人を斬ったことがあったとしても、不自然ではない。

　実感というものはまるでない。人を斬る、刀で人の躰を切り裂く、それはいったいどういうことだろうか。

　想像はできる。何故そんなことができるのか、とも感じるし、同時に、それくらいはできるのではないか、とも考えた。

「さぁて、もう、ええじゃろう」老人は前屈みになってから立ち上がった。「わしにものぉ、それなりに仕事がある」

「あ、そうですか。申し訳ありませんでした」慌てて立ち上がった。「また、ここへ来てもよろしいですか？」

「何のために？」老人は顎《あご》を上げて、こちらを下から睨んだ。

「お話を伺いたいと思います」

「話が好きか？」

「いえ、その……、よくわかりませんが、人から聞く言葉の中に、真実があるように感じます」

「また、小難しいことを言うのぉ。何じゃ、それは。わけがわからんわ」

「そうですね、えっと……、いろいろ聞いて、自分でも考えることができます」

「ふうん、ま、どうでもええがのぉ。ああ……、そうそう、そのな、わしもときどき考えるんじゃが、つまりのぉ、忘れてしまったのは、自分が、忘れたかったからなのじゃ。わしは、その、たぶんじゃが、忘れたいことがあって、それを思い出したくないから、こうなった。うん、お主ものぉ、きっと忘れてしまいたいことがあったから、そうなった」

「そうでしょうか。しかし、忘れたいことがあっても、全部を忘れてしまっては、何が何だかわからなくなります。忘れたいことだけを忘れれば良いのでは？」

「なにもかも忘れたかったのかもしれん」

「そんなことがあるとは、ちょっと、その、信じられませんが」

「ま、今となってはのぉ」

「はい……」

「それともな、おお……、忘れることで、なりたい者になったのじゃな」

「なりたい者になった？」

「そうそう。わしものぉ、それをよく思う。こうなりたかった。今の自分に、うーん、そこそこ満足しとるわけじゃな。だから、いつまで経《た》っても、思い出せん、となる」

「あ、それでは、不満があれば、思い出せるかもしれませんね。こんな状態では嫌だと思えば……」

「お主は、今が嫌か？」

「そうですね……、嫌というほどではありませんが」

「そのうちわかるじゃろう。なにか得るものがあったわけじゃのぉ」

「どういうことですか？」

「忘れたことで、お主は、なにか得をしたのじゃよ」

「得を、ですか」

5

本物の仙人かもしれないな、と思いながら一人で道を戻った。

ケジロが言っていた沼を迂回し、急な岩場も注意して下りていった。躰は思うように動く。自分が身軽であることがわかった。傷も癒《い》え、脚も腕も、手も指もすべて自分の思いどおりに動かすことができる。それなのに、自分が何のためにここにいるのかはわからない。自分が何者なのかもわからない。

老人が言ったことを考えた。なりたい者になったのではないか、という最後の言葉である。なにかを手に入れるために、このような忘れた状態になった、とも聞いた。それは、どうも理屈が正しくないように感じた。何故なら、忘れていない方が、忘れてしまったよりも多くのものを持っている状態だからだ。つまり、忘れるというのは、覚えていることを失ったのと同じで、失ったのに得られるということが矛盾しているように思える。知っていて損をするような場合があるのだろうか。

小屋に戻ると、マサイ一人しかいなかった。彼女は、昨日と同じように、草を叩く作業をしている。ケジロは魚を獲りに川へ行った、と話した。

「仙人様とお話しできましたか？」と尋ねられたので、

「はい」と答える。

それから、しばらく黙っていたのだが、彼女が手を休め、顔を上げてこちらを見た。

「あの、なにか、私にできる仕事がありますか？」とマサイに尋ねる。

「はい、仕事ですか……、ええ、薪《まき》割りをしていただこうかしら。でも、急ぎのものではありません」

「では、やってきます」

「あの、どのようなお話だったのか、伺えないでしょうか」マサイが言った。

「ああ、あの老人との話ですか？」

「そうです」

「うーん、特にこれといって……、あ、そうそう、芋と菜はここへ持ってきた覚えはない、とおっしゃっていました」

「忘れたということですね？」

「そうかもしれません。あの方も、以前のことをよく覚えていないそうです。つまり、私と同じように……」

「そうなのですか、それは存じませんでした」

「それから、これは言って良いものかどうか、迷いますが……」

「何でしょうか？」

「喩え話だとおっしゃっていましたが、ご自分とケジロは、実は同じ人物で、一人だと」

「どういうことですか？」

「でも、マサイさんは、あの方とケジロの二人を一度に見たことがあるのでしょう？　二人であそこを訪ねた、一緒についていった、と聞きましたが」

「二人を一度に見たかどうか、ですか……」マサイは目を閉じて思い出そうとしているようだ。

「さて、どうだったか……。仙人様のところへ伺ったときは、私一人でした。たしか、ケジロは一緒ではありません」

「え、そうなんですか。でも、一緒に行ったとケジロは私に話しました」

「弟の思い違いでしょう。芋をもらうためでした。そういえば、仙人様が呼んでいる、と言いにきたのはケジロです。それでここで火を見てもらっている間に、私が出ていきました。ですから、二人一緒ではありませんでした」

「では、あの方とケジロが、実は一人だということもありえるわけですね？」

「そんなことは……」マサイは口を手で隠す。笑ったようだ。「いえ、子供とご老人です。そのようなことがあるはずも……」

「まあ、そうですね」頷いてみせた。「とにかく、そんな夢のような話を聞いてきたのです」

話はそれで終わってしまった。不思議なままでも良い、ということだ。それよりも、しなければならない目前の仕事がある。自分も薪を割ろうと思い、小屋の外で斧《おの》を手にした。この仕事をするのは初めてなのか、それともこれまでにもやっていたのか、どちらともいえない。しかし、斧の握り方は自然にこれしかない、という形になった。違うふうに持つとしっくりこない。覚えていないことであっても、手や腕には、なにか感触のようなものが残っているらしい。忘れているのは、心のようだ。心がどこにあるのかわからないが、傷を負ったときに、そこに不具合が生じたのかもしれない。傷のように治るものならば良いが。

薪を割る仕事はじきに終わってしまった。割るべき木が多くない。もう春なので、それほどいらないということかもしれない。それから、マサイが小屋から出てきて、近くで土を耕しているのを見た。その作業も手伝えるのではないか、と考えた。土を軟らかくし、石を取り除いてから、芋を植えるのだという。つまり、畠にするということだ。そう彼女にきいたら、そうです、と頷いたあと、失礼しました、と頭を下げた。自分が畠というものを知らない、と思っていたらしい。おそらく、これまでの自分は、それほどものを知らなかった、言葉も通じなかった、ということのようだ。少なくとも言葉を思い出して、いろいろ話ができるようになったことは、彼女にとっても嬉しいだろうし、なによりも自分としても、喜ばしい。

でも、言葉を思い出さなければ、その喜ばしいこともわからなかったわけだから、比べてみても、どちらが良いのかは判然としない。言葉を思い出し、こうして考えることができるようになったおかげで、自分の名や、何者なのかが気になりだした。これはつまり、言葉を知らなければ、こんな不安は抱かなかったわけだ。

そこまで考えて、老人が言った、忘れたことで得るものがある、という意味を少しだけ理解できた。ようするに、忘れてしまえば、余計な心配をしないで済むという道理だ。心配というのは、さきのことを考えて不安に感じることだが、なにも考えなければ、不安もない。結果として、失うことで得られるものがあることになる。

マサイに代わって、鍬《くわ》で土を耕《たがや》した。鍬といっても、ただ枝に枝を結びつけただけの質素な道具だった。金物ではない。自分は、金物の鍬を知っているのだ、と気づく。そういうことは覚えている。本当に不思議なことだ。

午後になり、日もずいぶん傾いた。マサイが、助かりました、もうけっこうです、と言ったので、その仕事は終わった。彼女は、また雨が降ると良いけれど、と独り言のように呟《つぶや》いた。土が湿った方が、なにかを植えるのに都合が良いということだろう。それは、自分もそのように思った。日照りが続くと、植物は弱る。人間や動物も水がないと生きられない。それがどうしてなのか、理由はわからないが、水が必要なことを、自分は知っているようだ。

　小屋に戻ったが、ケジロはまだ帰ってこない。マサイにきくと、もう帰ってきても良い頃だという。

　少し心配になった。ケジロは昨日、熊を見た、と話していたからだ。マサイは、火を起こし、これからまた別の仕事があるようだった。彼女に、ケジロが行った川はどちらか、ときき、だいたいの道順や方角を教えてもらった。どうやら、昨日歩いた道のようだ。あの先だろう。

　そちらへ一人で出かけていく。途中でケジロに出会うのではないかと期待したが、彼に出会わないまま、昨日の場所まで至り、さらに道を進むと、水の流れる音が聞こえてきた。昨日、水を飲んだ沢と同じ川だろう。その上流になる。

　急な斜面を、枯れた蔦に摑まりながら下りていった。少しだけ開けた場所に出た。正面には黒い岩が高くそびえ、地面はどこも石ころばかりだった。水は、岩の近くを流れている。かなり流れが速い。その川に沿って上流へ歩くと、流れが穏《おだ》やかで、川幅が広がっている場所に出た。大きな岩が幾つもあって、そのうち半分は川の中だった。

「ケジロ」と呼んでみた。しかし、応《こた》える声はない。

　もしかして、ケジロはここへ来ていないのではないか。そして、今はあの老人になっているのではないか、という考えが浮かんだ。しかし、それはあまりにも不思議なことだ。あの二人が同じ一人の人物だとしたら、躰は一つということだろう。躰が二つあって、心だけが出たり入ったりしている、などということはおかしい。具合の悪いことになる。それだと、心が抜けた躰は、眠ってしまうのだろうか。

　川の流れを眺めていた。自分はこの川で見つかったのかもしれない。この場所ではないにしても、この流れのどこかだったのではないか。見つかった場所よりも上流で、斬合いをしたことになる。

　自分を斬った人物は、何故止めを刺さなかったのだろうか。もう死んだと勘違いをしたということか。大きな傷は四カ所だったが、いずれも致命的ではなかったようだ。どういった戦いをすれば、そのような結果になるのだろう、と少し想像してみたが、刀をどのように使って戦うのか、考えが及ばない。

　川の中へ少し入ってみた。水が冷たい。長くはいられないだろう。魚がいるかどうかを見たかったのだが、水の中に動くものは見つからなかった。もっと深いところにいるのか、それとも岩の下に隠れているのだろう。魚は、人間が近づくのを見るか、聞くことができるはずだ。

　水の匂いが、とても優しく、懐かしかった。たぶん、子供の頃に川で遊んだのか、あるいは魚を獲ったことがあるのだろう。けれども、自分は泳げるとは思えない。なんとなくそう感じた。深いところへ行くのは危ない。これは、躰がそれをできない、と訴えているように感じた。自分が何者かを忘れてしまっても、自分の身体的な得手不得手《えてふえて》を、躰が覚えているということだろうか。

　さらに岩場を上流へ歩いていくと、大きな岩の上に子供の腕が見えた。そこで、ケジロが寝ているのがわかった。

「ケジロ」と声をかける。

　彼が頭を上げた。昼寝をしていたようだ。今はもうそこは日向《ひなた》ではないが、ケジロがそこで寝ようと思ったときは、日差しで暖かかったのだろう。

「おう」こちらに気づいて、ケジロが応じた。「何だい？」

「魚は獲れたか？」岩の下まで行き尋ねた。

「いや、魚はいねぇ。だから、嫌になって寝ていたんだ」

　竹で作った道具をケジロは持っている。それで魚を掬うようだ。たしかに、簡単ではないだろう。自分もその岩に登った。岩の上は、二人でほぼいっぱいになるほどの広さしかない。ケジロが躰を起こしたので、二人が座れる。三人は無理だ。そこに座ると、背中側の下を水が流れていて、さらに水の向こう側の岸壁が迫っている。正面は、石がごろごろと転がった川辺で、その先には深い森がどこまでも続いていた。いずれにしても、この場所が一番低い。水は、少し先にある小さな滝から落ちてくる。

「仙人、会えたか？」ケジロがきいた。

「ケジロには、それが見通せないのか？」

「は？　何言ってんだ？」

「いや、冗談だ。あの老人とは話ができた。また会いたいと思っている」

「芋をくれたのか？」

「いや、なにももらってはいない」

「ふうん、話だけか。つまらねぇなぁ。魚も獲れないしなぁ」

「寝ていては獲れないだろう」

「獲れないから寝ていたんだって……。それに、水の中に潜っていたんで、躰が冷えた。だから、ここで日に当たってたんだ」

「魚を獲るには、水に潜る必要があるのか」

「いや、魚は浅瀬で獲る。ここは深すぎる」

「では、何故潜ったりした？」

「うーん、もしかして、あんたの刀が落ちてるかもしれんと思って」

　これには驚いた。ケジロがそこまで考えていることが予想外だったからだ。

「そうか、それは、お礼を言わないと。ありがとう。でも、見つからなかったんだね？」

「見つかったよ」

「え、本当に？」

「だけど、取れないんだ」

「取れない？　どこにある？」

「だから、その下の水の中。底に沈んでる」

「どうして取れないんだ？」

「深すぎる。俺は、そこまで潜れない。姉ちゃんなら取れるかもしれん」

「水が冷たいからか？」

「違うよ、力が足りない。息が続かない。子供じゃ無理だ。沈むってのは、けっこう難しい。石でも躰に縛ったら、できるかもしれんけど、浮かんでこられなくなるし」

「浮かぶときは石を離せば良い」

「息が続かねぇよ」

「うーん、そうか……。とにかく、ある場所はわかったのだから」

「うん。あんたは、潜れないのか？」

「え、私か……。ああ、たぶん、無理だと思う。泳げないんだ」

「泳ぐんじゃねぇよ、沈むんだってば」

「そうか。息を吸って、止めていれば良いわけか」

「息を沢山吸うと、潜れなくなる」ケジロは首をふった。

「そうなのか」

「なんにも知らねぇんだなぁ」

「そう、たぶん、川がないところで育ったのだと思う」

それは、自分でも嘘だとわかったが、子供にはそう言わないといけないように感じた。けれども、刀がある場所だけは、確かめておこうと思う。

「どの辺り？」

「そっちの滝の方、一番深いところだよ」

「一月まえに私を見つけたのは、どこだった？」

「ああ、それは、もっとずっとあっち」ケジロは下流の方角を指さした。

「ということは、ここから、流れていったということか」

「あの滝から落ちてきたんじゃねぇか？」ケジロは、反対を向く。

つまり、滝よりもさらに上流で水に落ち、そこは流れが急だったために刀も流された、ということを言いたいようだ。

もしかして、自分ならば、水の中に入って沈んでいる刀を取ることができるのではないか、とふと思った。泳げないというのは、確かなことではない。そんな気がしていただけだ。実のところはわからない。それに、ケジロの言ったとおり、泳ぐのではなく沈んでいけば良いのだ。少なくとも、ケジロよりは深いところまで行けるのではないか。息を止めるだけのことでも、子供よりも有利だろう。ただ、一つだけ心配なのは、刀を取ったあと、ちゃんと水面まで浮かび上がれるかどうか、という点だった。

「人間というのは、水に浮くものか？」とケジロに尋ねた。

「さあね。そんなのは、浮く奴と浮かない奴がいるんじゃねぇか」

「それは、そうだな」

「やってみないとわからんと思う。でもさ、あんた、ずっと向こうまで流されたんだから、その間は浮いていたってことじゃん」

なるほど、それもそうだ。子供の理屈ながらあっぱれだ。

しかし、息を吸い込まないで潜れば、そのまま浮かび上がれないような気もする。刀が重い分、余計に上がってこられなくなるのではないか。

「駄目だったら、溺《おぼ》れるだけだし」ケジロは言った。「そうしたら、また、あっちへ流されていくんじゃねぇか。もう一回、助けてやるよ」

ケジロが高い声で笑ったので、こちらまで愉快になった。もう一度そうなれば、再びなにもかも忘れてしまい、やり直しになるかもしれない。もちろん、沈んだまま死んでしまう可能性もある。けれど、考えてみれば、斬られて死んだも同然だったはず。マサイやケジロに助けられなかったら確実に死んでいただろう。

「姉ちゃんに、頼んでみよう」ケジロが言った。

「いや……。ちょっと試してみる」

6

　二人とも着ているものを脱いで、水の中へ入った。場所は、滝の近くだ。腰くらいまで水に浸かったところで、やはりこれは無理なんじゃないかと後悔したが、ケジロは既にそこで、水面に頭だけを出している。

「こっから深くなるんだ。水の中を見てみな」そう言って、ケジロは頭を沈める。

　少し進んで、深くなってきたところで、思い切って水の中に顔を入れてみた。ケジロは、背中を水面に出して浮いているが、顔は水の中にある。手足を動かし、移動しようとしているが、浮いてしまって、潜ることができないようだ。指をさしている。こちらを見て、指を同じ方向へ何度も向ける。

　水は透き通っているが、刀は見えない。そもそも、その深い底がどこにあるのかわからなかった。

　ケジロが顔を上げる。こちらも水面に出た。二人とも息をする。

「わかった？」

「わからない」

「ここの先だよ。ここから、あと十歩くらい滝に近づくんだ」

「底を歩いて十歩か？」

「歩けねぇけど、そんくらいだ」

「よし、潜ってみる。ケジロは、寒いから上がっていた方が良い」

「うん、あんたも気をつけて」

やはり、子供の方が小さいから冷えやすいのではないか。風邪《かぜ》を引かせては、マサイに申し訳が立たない。

ぎりぎり顔が出る深さまで進んでから、息を大きく吸い込み、顔を水の中に入れてみた。この先から深くなっているのがわかった。そこへ行けば、背が立たなくなる。ケジロの言ったとおりだ。だが、よくよく考えてみれば、沈んだままでも、底を歩いてくれば、浅いところへ来られるはずだ。息が続けば、それができるのではないか。

一度顔を上げて、ケジロの方を見た。出ていく後ろ姿が見えた。もう一度潜って、少し深いところへ移動してみた。ケジロの言ったとおり、沈むことは難しい。頭を水に浸けると、躰が浮かぼうとする。だから、なにもしなければ水の底へ沈むことはないようだ。手を動かし、足で水を蹴るようにして、なんとか深いところへ行ってみることにした。そのように水を掻《か》けば、かなりの深さまで下りていけることもわかった。手を動かさなければ、また浮かび上がるが、上へ向かうときも手を動かせば速い。また水の上に顔を出して呼吸をした。だんだん要領がわかってきた。泳げないものだと信じていたが、そうでもないようだとわかった。やってみたら、さして難しいことではない。子供のときに恐怖を感じて、水に入らないと決めて、そのまま大人になっていたのかもしれない。

なるほど、これは、あの老人の話とも一致する。忘れたことで、できるようになったわけで、得をしていることになるのではないか。

何度か潜ったり浮かび上がったりを繰り返した。足が底につかない場所であっても、浮かんで息が簡単にできることが判明したので、滝に近い深い場所へ少しずつ近づくことができた。潜っているときは、手を動かして、できるだけ深いところまで沈んでいった。水は綺麗だし、小さな魚が泳いでいる。底は砂と石で覆われていて、ところどころに岩がある。光が水の中まで届き、暗くはない。見通しも良い。それでも、刀はどこにも見つからなかった。

息をするために水面に戻って顔を出すと、川辺でケジロが手を振っていた。もう着物をきている。欠けた前歯を見せて笑っている。ここは、大人の凄さを見せたいところだ。なんとか刀を見つけて取り戻そう、と思った。

息を沢山吸い込んでも、腕と脚の力で、深く潜っていけることもわかった。息は少しずつ吐く方が良いようだ。その方が長く我慢ができる。滝の目の前なので、前方の水面近くは泡が無数にある。水が透明ではない。しかし、深くなるほど澄んでくる。ただ、日が既に山に隠れているためか、岩などの陰は近づかないと見えないほど暗かった。

しばらく底の近くを移動しているうち、右で光るものがあった。そちらへ行くと、砂にほとんど埋まっている刀があった。ケジロはよくこれを見つけたものだ、と感心した。これでは、遠くから見ただけではわかりにくい。

柄《つか》を握り、それを持ち上げる。多少の抵抗はあったものの、あっさりと引き上げることができた。水の中なので、刀も軽いだろうと想像していたが、そんなことはない。ほとんど重さは変わらないのではないか。そう思ったとき、自分が刀の重さを知っていることに気づいた。

こんな重いものを持って上まで戻れるだろうか、と心配したが、それも意外に簡単だった。たちまち水面に顔が出て、息をすることができた。そこはまだ足がつかないわけだから、もう一度潜って、浅いところへ移動することにする。顔を出したままで泳げば良いのかもしれないが、顔を出すと沈む気がする。その按配《あんばい》がなかなか難しい。潜って進む方が慣れているのもある。

浅い方へ進み、足を川底につけて立つことができた。上を向くと水面に顔が半分出る。そこで大きく息をした。

そのとき、ケジロが大声で叫んでいるのが聞こえた。

何だろうと思ったが、ちょうど岩に隠れているのか、姿が見えない。

水の中をさらに移動し、肩まで水面から出た。

「熊だ、熊だ」とケジロが叫んでいる。

「静かにした方がいい」と大声で彼に伝えた。

急いで水から出ていくと、黒い獣が見えた。ケジロは岩を背にして立っている。熊はケジロを睨んでいたが、こちらにも気づいているようだ。

「ケジロ、動くな。黙っていろ」彼にはそう伝え、「こっちだ」と大声で熊を呼んだ。

さらに走り出て、近くへ行く。ようやく、熊がこちらを向く。躰は大きい。雄だろうか。だとしたら、声を上げたくらいでは逃げないだろう。

ケジロと熊の間に入った。熊は歯を剝《む》き出《だ》し、低く唸《うな》っている。これは、来るかもしれない、と感じた。

熊が前に出る。迫り来る途中で、軽く跳躍した。腰を多少下げ、斜め下から刀を振った。同時に、身を右へ移し、次の攻撃に備えて、構え直す。

熊は声を上げた。切っ先が鼻か顎に当たったからだ。こちらを向くかと思われたが、そのまま滝の方へ行く。水際を走り、上流の林の中へ走り込んでいった。少しだけ追ってみると、地面に幾つか血の跡があった。

刀には血はない。ほとんど斬ったという手応えはなかった。それでも、川へ戻り、水で切っ先を洗った。

大きくゆっくりと息を吐く。不思議な気持ちだった。こういうことができる人間だということだ。侍であれば当然の心得だろうか。

「すっげぇ……」ケジロが近づいてきた。「刀があったから、助かった」

「良かった、怪我がなくて」

「水の中へ逃げれば良いかなって考えてた」

「駄目だ。熊は水を怖がらない」

「どうして、そんなことを知ってんだ？」

「うん、どうしてかな……」

刀を納める鞘がないので、刀を片手に持ったまま、ケジロと二人で帰ることになった。

「熊ってのは、人を食うのか？」ケジロが途中できいた。

「いや、熊は実を食べる。あ、でも、魚を獲る熊もいる」

「そうか、あそこに魚を獲りにきたんだ。奴の縄張りだったかもしれんなぁ」ケジロは言った。

「だとしたら、悪いことをした」

「狼《おおかみ》は？」ケジロがきく。

「ああ、怪我をさせたのは、良くなかった」自分もそう思った。

「狼は、熊よりも危ない。沢山で襲ってくることもある」

「あんた、そういうの知っているってことは、山にいたんだね」

「そうかもしれない。都から来たわけではなさそうだ」

小屋に到着し、ケジロがマサイに熊のことを話した。その間に、自分は刀を鞘に入れて、腰に付けてみた。左の腰のようだ。そこに刀の重みがあった方が、躰が真っ直ぐになるような気がした。ということは、今まで右に傾いていたということか。

マサイは、弟を救ってくれたことに対して馬鹿《ばか》丁寧に礼を言った。あの、土間に両手をつけて頭を下げるやり方である。どうも、これをされるとこちらは落ち着かない。自分はそういうものには慣れていないようだ。侍だったら、習慣があるはずだが、そこは不思議だな、と思う。

「ケジロのおかげで刀が見つかった。礼を言うのはこちらの方です」

「深いところにあってな、俺では潜れなかった。こいつが自分で取った」ケジロが言う。「侍はすげぇな。あのでかい熊も、しゅってやったら一撃だ」

「自分は水が苦手で、泳げないと思っていましたが、もしかしたらと考えて、やってみると、意外に楽に潜ることができました。苦手だったことを忘れているからかもしれません」

「わけのわからんことを言うよなぁ」ケジロが笑った。「なあ、俺にも、刀の使い方を教えてくれよぅ」

ケジロは嬉しそうな顔だったが、逆にマサイは、少し寂しそうな表情を見せた。なにか話をしたそうだったが、弟の様子を見て黙ってしまった。

7

深夜に、どうしても刀を触りたくなったので、小屋から外に出た。ケジロはとうに寝てしまったし、マサイも横になっていた。火が消えているから、筵を被ってじっとしていないと寒い。自分もそうしていた。躰が熱っぽかった。川に入って風邪でも引いたかと思ったが、具合が悪いというのではなく、むしろその反対で、躰は軽く、動きたくてしかたがない、といった感じだった。目を瞑っていたので、夢でも見ているのかと錯覚したほどだ。

外へ出ると、躰がますます軽く感じられた。片手に刀を握っている。小屋から少し離れたところまで歩き、周囲を確かめてから刀を抜いた。冷たい風が吹いているが、気にならなかった。月は満月には少し不足した大きさで、空の高いところにあった。だから、周囲はとても明るい。

刀は、その月光を浴びて美しく輝いた。刃の波打つ文様が際立った。真っ直ぐにそれを前に向ける。自然に踵《かかと》が浮き、足の位置が変わった。刀というものは、これほど軽いものだったか、と驚いた。川底で拾い上げたときとは、正反対の感覚だった。それはまるで、見えない糸で天から吊《つ》られているようだ。

熊の鼻先を斬ったときの振りは、考えてしたものではなかった。身を屈め、相手の突進を避けようとしただけだ。すると自然に、そう、自分の腕のように刀が出た。そのときのことを思い出して、刀を振ってみる。さらに、翻して、逆へ。

躰の向きを入れ替えて、頭の上に振りかぶる。

その刹那《せつな》、赤い面が見えたように思った。

何だろう。

夢で見た相手だ。

けれども、なにもない。ただ、草木。そして、月の明かりの影。

なにものも動かない。
自分の影を認め、構えを変える。
ゆっくりと、静かに、刀を振り、また別の構えに。
躰の中に力の流れが感じられた。
握りの手、指の一つ一つ。
足の裏と地面、そして膝の曲がり。
息だ、と思う。
己の息に、刀の重みがのるように感じる。
目を一度閉じたが、見えるものは同じだった。
刀を動かさずに、心の中で振ってみる。
面白い。
筋が見える。
その筋を、自分は知っている。
右手も、左手も、この握りを知っている。
目を開けて、星空に向かう刀を見た。
息をする。
気がつくと、汗が流れていた。

額《ひたい》から目に、そして頬に。

躰が熱くなっているのだ。こんなに冷たい風を受けているのに。

少し速く、三度、刀を振ってみた。

右へ、左へ、斜めに。

躰が飛び跳ねる。

膝を深く曲げ、低く構えた。

刀は後方斜め下。そこでまた、月の光を受け止める。

足腰は、刀の振りに応えている。

腕は、まだ余裕を残している。

後方で気配がしたので、振り返った。

マサイが近づいてくるのが見えた。

刀を鞘に納め、息を大きく一度吐く。呼吸が戻り、胸に支《つか》えていたものがすっきりと消えていくのがわかる。汗も引き、もう普通だった。

「剣のお稽古《けいこ》ですか？」マサイが近くまで来てきいた。

「はい」

「なにか、思い出されたのですね？」

「いいえ」首をふった。「剣の稽古をしていたのは……、理由はわかりませんが、こうすれば落ち着くのではないかと思ったからです」

「落ち着く？　そういうものですか……。なにか、逆のような気がしますが」

「落ち着きました、不思議ですが……。マサイさんは、侍の家に育った。侍がどんなふうなのか、ご存じなのでは？」

「侍もいろいろです。ええ、でも、だいたいは存じております」

「剣の稽古をするのが、好きなのでは？」

「いいえ、そんなことはありません。剣を抜いたことなど一度もないという者も、大勢おりました。ただ、私の父は、そうではありません。剣の稽古をしておりました。厳しい方でした」

「厳しいというのは、何に対してですか？」

「そうですね……、私に対しても、ご自身に対しても、誰に対しても、厳格な方でした」

「亡くなったのですか？」

「はい」

「刀のせいで、亡くなったのですか？」

「いいえ、違います。病《やまい》で……、私が子供の時分のことです」

「失礼……。あの、マサイさんが、この刀が戻ったのを知って、少し寂しそうな顔をされたので、なにか、その、あまり良くない思い出があるのかと、勝手に想像しました」

「お気遣《きづか》いありがとうございます。そんな顔をいたしましたか……、それは、私の不徳というもの。お見苦しいところをお見せして、申し訳ありませんでした」

「理由を聞かせてもらえませんか」

「何の理由でしょうか？」

「寂しい顔をされた理由です」

「いえ、ですから、それは……、私が間違っておりました」

「間違っていないと思います」

「え？」

「刀は、人を斬る道具ですから、喜んで迎えるようなものではありません」

マサイは、その言葉に頷こうとしたが、それもまた躊躇《ちゅうちょ》して、一度目を伏せるように下を向いた。月明かりの下では、その灰色の髪も美しい黒髪に見えた。

「あの……」マサイは顔を上げて再びこちらを見た。「私が思っておりますのは、その、このようなことを貴方様に申し上げるのは、分不相応で、気が変になったかと思われるやもしれませぬが……、あの、つまり、人の命、いえ、動物の命も、あらゆるもの、すべての命は、勝手に取り上げて良いものとは思えないのです。それは、この世に生を享《う》けたものが、自《おの》ずと生まれたもの、なにかしらの役目があって生まれたものだからです。そういうことを、その、私は……」

マサイは、そこで黙り、また下を向いてしまった。

「そのとおりだと私も思います。たしかに、刀は、その大事な役目を持って生まれた命を絶つためのもの。できることならば、使わないにこしたことはない」

「いえ、お侍様は、当然の大義があって刀を使われるのです。ですから、それに対して、申し上げているのではなくて……」

「いえ、そのようにお気を遣われることはありません。今おっしゃった、侍の大義なんて、きっと大したものではない。ただ、自分が生きたい、自分が得をしたい、相手が気に入らない、相手のものを奪いたい、そんな勝手なものにすぎないと思います」

マサイは、顔を上げ、黙って首をふった。何を否定しているのかは、言葉にできないようだ。

「不思議です。どうして、こんな言葉が出てくるのか、自分でもわかりません。私は、この刀で、既に大勢の人を斬ったかもしれない。いえ、あの仙人に言わせれば、それは確実なことのようです。この刀は、もう幾つもの命を奪っているのです」刀を引き抜いた。マサイはまったく動じない。振り返って、月の方へ刀を向ける。「それなのに、こんなに美しい。大丈夫、こちらへ来て、近くでご覧になって下さい。この刃の文様を見て下さい。夜だから、こんなに光るのか……」

マサイは、自分のすぐ横に立ち、刀を覗き込んだ。彼女の髪が、肩に触れた。

「本当に綺麗でございます」彼女は呟いた。

「それに、これを今、振ってみたのですが、風を切る音も、それから、この、手応えというのでしょうか、重さも心地が良い。躰が覚えているみたいなのです。だから、忘れてしまっても、私はたぶん私のままなのだということがわかりました。今はとても清々《すがすが》しい」

「そうですか。よろしゅうございましたね。でも、あの、そのように、貴方様は、どんどんご回復されて、もうこんな山奥にいる必要もなくなりました。いつか出ていかれるのでしょう。刀を見て、私が、間違いとはいえ、一瞬でも寂しい顔をしてしまったのは、そのためです」

マサイの躰が震えたので、顔を覗き込むと、彼女は目から涙を零《こぼ》していた。なるほど、そういうことか、と納得した。このような場所で姉弟だけで暮らしているのは、やはり心細いものだろう。

「今に、ケジロが立派になるでしょう」と励《はげ》ますことしかできなかった。

そう言ってしまってから、そうか、自分はここを出ていこうとしている、と気づいた。マサイに寂しい思いをさせるとわかったのに、それでも出ていくことは避けられないように思えた。それは、確信に近いもので、この刀の美しさと同じだった。たとえ危険であり、命を取り合うようなところへでも、出ていくことが美しさだと思えたのだ。実に理不尽なことではないか。

ただ、世話になった恩を返さなければならない。明日すぐに発《た》つといった不義理はできない。それくらいはわかっていた。

8

翌日、ケジロと一緒にまた魚獲りにいくことになった。ケジロが剣術を教えてくれと朝からせがむので、出かけるときにマサイに小声で、彼に教えても良いものか、と尋ねると、彼女は、しかたがありませんね、男の子ですから、と答えた。その顔には、もう昨日の寂しさはない。それで、こちらも少し気が楽になった。

刀を持っていくかどうかは迷ったけれど、また熊に出会うかもしれないので、持っていくことにする。腰に刀を付けて歩くと、ケジロが周りを歩き、じろじろと見た。

「重いだろ？」ときいたので、

「うん、子供には無理だ」と答えた。「まずは、躰を鍛《きた》えないと使えない」

「どうやって、鍛えるんだ？」

「毎日、仕事をする。昼寝などせずに」

「昼寝なんかしねぇよ」ケジロは、後方の姉の方をちらりと見た。

まず、滝へ向かった。昨日水に潜ったときに、魚が泳いでいるのを見た、とケジロに話した。

「そうか、いないわけじゃねぇのか」ケジロは言った。「熊も来たしな」

「どうやって獲るのかを、もう少し考えた方が良い」

「どうやってって言ってもなぁ」ケジロは首を傾げて笑った。

ケジロが使っている道具は、竹を編んだ目の粗《あら》い籠のようなもので、それで、浅瀬の魚を追い、掬い上げて捕まえる。これだと、深いところを泳ぐ魚には使えそうもない。

自分が水の中に潜れることがわかったので、もう少し別の方法で魚が獲れるのではないか、と考えた。ただここで、マサイが昨夜話していたことを思い出した。

「マサイさんは、魚を殺して捕まえても良いと言っていた?」とケジロにきいてみた。

「殺さないで捕まえても、最後は死んじゃうじゃん」

「そう、食べるならば、殺すことになる。そういうのは、良いのかな」

「悪いわけねぇ」

「私もそう思う。無駄に殺したわけではない」

「無駄に殺すのじゃないってのは、何だ? どういうこと?」

「ケジロが魚を食べれば、その分ケジロが生きられる、という意味だ。ただ殺すのではない。ケジロの命のために魚の命を分けてもらうってことになる」

「そうそう、ああ、そんなようなこと、姉ちゃんが言ってたよ。食べないと、こっちが死んじゃうもんな」

きっとそうだろう、と思った。自分も、同じようなことを教えられたかもしれない。もちろん覚えていないが、そんな気がした。自分にも親がいたはずだ。もしかしたら兄弟もいたかもしれない。剣術は誰に習ったのだろうか。それは、大事なことのように思える。そんな沢山の大事なことをすべて忘れてしまったのに、剣術だけは躰が覚えているのだから、不思議なものだ。

昨日と同じ場所に到着し、熊がいないか、周囲を見回した。鳥がときどき鳴いたり羽ばたいたりするが、それ以外には音もなく、気配もなかった。ケジロは、着物を捲《まく》り上《あ》げ、竹の道具を両手に持って、浅瀬で魚を探し始めた。

自分は、林の中へ入り、道具に使えそうなものを探した。細めの竹があったので、これを刀で適当な長さに切って、持ち帰った。岩にもたれて、竹の片方を刀で削り、鋭く尖らせる。つまり、竹槍《たけやり》だ。そんな言葉があったような気がする。

小さい魚を仕留めるには、やや道具が大きすぎる。川の中にそんな大きな魚がいるだろうか。しかし、やってみなければわからない。途中でケジロが見にきた。なにも言わず、じっと竹を削るのを見ていた。出来上がったので、刀を納める。

「それで上手《うま》くいく?」ケジロがきいた。

「もし上手くいったら、この竹槍をケジロにやろう」

「え、本当に?」欠けた前歯を見せて、彼は嬉しそうな顔になった。

刀と着物をケジロに見ていてもらうことにした。刀は絶対に抜くなと注意をした。触るだけで指が切れる、と脅かしておく。竹槍を持って、滝の近くの水の中へ入った。昨日は夕方だったが、今日はまだ日が高い。水の中も比較的よく見えた。

竹槍は、刀よりもずっと長い。つまり、獲物を仕留めるのに、獲物に近づく必要がないため、魚もその分油断をするのではないか、と考えた。岩場の陰を見て回り、魚がいないか探した。小さな魚はいくらでもいるが、槍で刺せるほどの大きさのものは、少なくとも泳ぎ回ってはいなかった。

息をするために水面に戻り、そのときにケジロの様子を見た。昨日昼寝をしていた岩の上に立って、こちらを見ている。手を振っていた。

また、深い場所へ潜っていく。水の中での動きにも慣れてきた。これは、なかなか面白いものだと思った。ひょっとして、自分はこれを以前からしていたのだろうか。それだったら、泳げないなんて思わなかったはずなので、それはどうも変だと感じる。

岩が重なっているところで、大きな魚の尾が動くのが見えた。頭というか、大部分を岩の隙間に潜り込ませている。眠っているのかもしれない。近づいていき、出てくるのを待ったが動かない。そこで、その尾を竹槍の先で触ってみた。

魚は突然動きだし、底の砂を巻き上げた。しかし、ここだと思うところへ竹槍を突く。手応えがなかったので、もう一度突いた。今度は岩に当たったが、暴れる魚の振動を感じることができた。ゆっくりと竹槍の先を手繰《たぐ》り寄《よ》せると、黒い躰の長い魚が突き刺さっていた。

ゆっくりと水面へ戻り、顔を出した。ケジロが立ち上がって、叫んだ。

「どうだった？　獲れたか？」

「ああ、獲れた」そう答えて、そちらへ泳いでいく。

顔を水面に出したままでも泳げることがわかった。できないと思っていたのに、やってみれば、さほど難しいものではない。そもそも、どうしてできないと考えたのだろう。水は恐いものだという感覚があったのだが、考えてみれば、水は飲んで躰の中に入れるくらい親しみのあるものではないか。水というものは、しかし不思議なものだ。そんなことをあれこれ考えながら、岸に辿《たど》り着《つ》いた。

魚が先に刺さった竹槍を水から出して、ケジロに見せる。彼は、高い声を上げて驚いた。凄い、凄いと何度も繰り返す。魚が獲れたことよりも、魚の大きさに驚いたようだった。

「こんな大きな魚、見たことがねぇ。食えるんか?」

「さあ、それはわからない」

「髭《ひげ》があるぞ」ケジロが魚を指さして言った。もう、魚は暴れない。しかし、まだ動いている。死んだわけではない。丈夫なものだ。

「まず、これを持って帰ろう。持ち歩くものじゃない。柴取りは出直そう」着物をきながら、ケジロにそう言った。

さあ、帰ろうと歩き始めたときに、ケジロはこちらを向いて、笑顔のまま両手を前に差し出した。

「どうした?」

「竹槍をくれるんだろ」笑顔がさらに崩れる。嬉しくてしかたがないようだ。

そうか、魚よりもそちらが嬉しかったのか、とわかった。

「ケジロには、少し長すぎる。重くて扱えないだろう。短くしてやろう」

そう言って、後ろへ竹槍を放り投げる。振り返って数歩進み出た。刀を引き抜いて、落ちてきた竹の先、尖った部分を切り落とした。

刀を鞘に納めると、ケジロが駆け寄ってきて、竹を拾い上げた。長い方と、短い先だけを両手に持つ。

「どっちだ？」こちらを見上げる。

「好きな方を」

「なんで切っちゃったんだよぉ」

振り回すには危ないと思ったからだが、それは黙っていた。

「剣の使い方を教えてやろう。それを剣だと思って構えてごらん」

「えっと……」ケジロは、短い尖った方を捨て、長い方を両手に持った。

「うーん、まだ長いな……」

ケジロからその竹を取り、もう一度後ろへ放り投げる。振り返って、高い位置で竹を切った。

二つに分かれ、両側に落ちた。

「え、今度は、どっちだ？」

「好きな方を」

9

魚をマサイに届けた。彼女はとても喜んだ。どうやって食べようかしら、と困った顔も見せたが、頬を赤らめ、珍しく無邪気な笑顔になった。

包丁がありますか、と尋ねると、護身用の小刀を持っている、と答える。そうか、普段は包丁など使わないわけか、と何故か思った。山の中の暮らしは、そういうものか。しかし、なにか引っ掛かるものがあって、自分は、いったいどのような環境で育ったのだろう、と考えた。

魚の料理はマサイに任せ、柴を集めにいくために、ケジロと再び出かけた。方角としては同じだが、距離は近く手前になる。枯枝などどこでも集められるが、日が当たる場所で、乾いて軽くなっているものが好ましい。そういうことを自分は知っているのである。

斜面で柴を集めた。二人が運べる量はすぐに集まった。それを蔦で束ね、背負えるように整える。こうして集め、運んだものも、燃やしてしまえばあっという間になくなるだろう。

ケジロが剣術を教えてくれとせがむので、平らな場所を探し、刀の構え方を教えた。彼は、竹槍が半分になった棒を持ってきていて、それを杖のように使って歩いていた。

「まず、その棒を刀だと思うことが大事だ」

「そんなの簡単だよ」

「刀だったら、そんなふうに地面に先をつけたりしない」

「あ、そうか……」ケジロは棒を持ち替え、左手に握った。

「そう。それを右手で、抜くようにして、前に出す」

自分も腰の刀を抜いて、動作を見せた。ケジロは、その真似《まね》をする。

右手と左手が摑む位置を教えた。竹の節があったので、そこを鍔の位置に決める。

「頭の上へ、振りかぶって、ゆっくりとまた前に戻す」

「ゆっくりじゃ駄目だろ」ケジロは、棒をさっと前に振った。

「最初はゆっくりの方が良い」

「どうして?」

「ゆっくりの方が、自分の躰の動きがよくわかる」

「自分のことなら、速く振ってもわかる」

「そうやって口答えしない。黙って、それを繰り返す」

ケジロが、棒で素振りをする。

「振り下ろすと同時に、躰を前に出す」

「こうか」

「そう。振りかぶるときには、後ろへ下がる」

ケジロが素振りを始めたので、刀を納め、横へ回り、彼の動きを見た。それから、後ろからも見た。背筋が曲がっているので、それを注意する。

「あと、腕に力が入りすぎている。右手はそんなに強く握らない」

「え、こっちの手のことか？」

「そう、そっちが右手だ」

「こっちをちゃんと握らなかったら、ふらふらになる」

「左手は、もっと端を摑む」

「こうか？」

「そう。人差し指は離しても良い。それくらい軽く握る」

「軽くなんか握れねぇ」

「そうしないと、速く振れない」

「うーん、難しいなぁ」棒を振りながら、ケジロは言った。しかし、動作を繰り返している。

「駄目だ、手が痛くなってくるぜ」

「毎日、それをやる。毎日、何回も」

「何回もって？」

「手が痛くなるまで」

「もっとさ、ほかの振りはないか？　横からとか、こう、下からとか」

「上から下へ振れば、どうせ、下から上に戻さなければならないから、同じだ」

「ふうん」

「毎日、十回振ったら、剣が強くなれるか？」

「毎日、千回はしないとな」

「せん回？　せんって何だよ」

「百は知っているか？」

「ああ」

「百が十で千だ」

「そんなに？　冗談だろ」

「冗談ではない。指の皮が剝ける。血の豆もできる。それでも休まない。毎日だ。そのうち、痛いとかも感じなくなる」

「なんか、嫌んなってきたよ。そんな痛い思いをして、何になる？」

「そう。良い質問だ。しかし、ケジロが侍の家に生まれていたら、そうするしかなかっただろう」

「そんなことねぇよ。姉ちゃんが、侍でも遊んでばかりの奴もいるって言ってた」

「いるかもしれないが、そういうのは、刀の持ち腐れという」

「もちぐされ？」

「刀を使わず、持っているだけで、腐らせるという意味だ」

「ふうん、でも、使わない方がいいんじゃねぇのか。そんな、その、危ないものはさ」

「まあ、千回振って、血豆を作ってから考えれば良い」

「けっ」

「刀は使わない方が良いのは、そのとおりだが、刀を振ることで己が磨かれる」

「自分が、磨かれるっていうのは？　どういうこと？」

「毎日千回振ったら、来年の春には、それがわかる」

「え、一年もやんのかよ。刀が腐らなくても、俺が腐っちまう」

「腐るかどうか、やってみたらわかる」

「あんた、なんにも覚えていないくせに、なんで、そんなことを知ってるんだ？」

「うん、自分でも不思議だ。刀が戻ったせいで、なんとなく気持ちが良くなった。落ち着いたというのかな。水の底に一月も沈んでいたのに、ほら……」刀を半分抜いて、ケジロに見せる。

「まったく錆《さ》びていないだろう？」

「さびるって？」

「普通の金物は、水に濡れると腐るんだ。それを錆びると言う」

「ああ、茶色くなるやつか」

「そう」

「そういえば、そうだな。刀は錆びないのか？」

「刀は、何度も叩いて作られるから、錆びない」

「へえ……、叩くんか？」

「人も同じだ。何度もこれを振って、手が痛くても我慢をすれば、ケジロも腐らなくなる」

「ああ、そういうの、理屈っていうんだろ？　姉ちゃんがよく話すんだ」ケジロはそう言って舌を打った。

「マサイさんは、立派な人だ。ケジロは剣術で強くなって、姉さんを守るのが役目だろう？」

ケジロはそれを聞いて、黙って頷き、また棒を振り始めた。

枯草が風に靡《なび》いていたが、その下の地面には、既に新しい緑が広がり始めている。暖かい日差しを受けて、どんどん伸びてくるだろう。ケジロは、少しまえの自分だ、と思った。自分は、誰にこの剣を習ったのだろうか。

もしかしたら、それは誰でも良いのかもしれない。ただ、今のこの身についている剣がある、ということだけだ。

ケジロに話したことは、もしかしたら間違っているかもしれない。千回素振りをすることで、必ず剣が強くなるわけでもない。本当の天才ならば、初めて刀を握ったときに、既にその振り方を見抜くのではないか。誰から教えてもらったか、どんな稽古をしたかなど、最後には無関係になる。そんな気がした。今の自分のように、経緯をすべて忘れてしまっても、躰に残っているものがあって、それこそが剣の心意ではないか。

どんなに大変な練習をして、苦しい思いをしても、結局は一瞬の、ただ一度の振りで雌雄《しゆう》を決することになる。逆に言えば、その一瞬のために、己の人生のすべてがある。

そう考えれば、過去を思い出せないことは、結局はどうでも良いことだと思えた。

自分が何者なのかというのは、同じく小事かもしれない。

だから、あの穴の老人が笑ったのだ。

何者か、という問いの答は簡単だ。

ただここにある自分。

己の身一つ。

ここに生きているのだから、それが答だ。

そんなふうに考えることができて、気持ちがずいぶん楽になった。けれども、夜になって筵に包《くる》まって眠る頃には、また以前のことを夢のように考えてしまうだろう。

それも、また自分。迷っているのも、自分の姿であることはまちがいない。

もし、迷って、寝られなくなったら、昨夜のように、月の光の下で剣を振ろう。

episode 2 : Thinking sequence

This highest development of *yūgen* has remained the actor's goal, and is still appreciated by audiences more than the most dazzling virtuoso display. Great actors possess this *yūgen*; it is instantly recognized by spectators, even those witnessing Nō for the first time; it never disappears.

第2話

シンキング・シークェンス

　極限に高められる幽玄こそが能楽師の目指すところであるのは今も変わらないし、また、観客の方でもどれほど華麗な名演技よりも幽玄の方に真価を認めるのである。卓越した能楽師は幽玄を秘めているし、それは即座に観客に伝わって、初めて能をみた者にさえ感じられるであろう。幽玄が消えることはないのである。

1

数日後、マサイの畠の仕事が早く片づいたので、一人であの老人を再び訪ねることにした。二日ほど雨が続いたため、沼には水が溜まっていて、普通の池のようになっていた。このような高い場所に水が溜まるというのは珍しい地形だと思われる。どこにも流れず、地の中へ染み入るのだろうか。

櫓《やぐら》を潜り抜けて、岩壁に近づくと、変な声が聞こえてきた。初めは、風がひゅうひゅう鳴っているものと思ったが、どうもあの老人の声らしい。穴の中で歌をうたっているようだ。それが歌ならば、であるが。

歌の途中で呼ぶのも失礼かと思い、しばらく外で待っていた。歌が終わったら、声をかけて呼ぼうと思った。ところが、その歌の声が大きくなり、彼は、あの狭い穴から躰を捻って出てきた。その間も、ずっと歌い続けている。

目が合ったので、黙って頭を下げた。声をかけては悪いかと思ったからだ。

「よう」と片手を上げる。そこで、歌が終わった。途中のようにも思えたが、続きはないようだ。

「今のは、鼻歌というやつなのだがのぉ、鼻から声を出しながら、口でしゃべることはできん。実に不思議なことだ」

「それは、鼻も口も、その奥の喉のところでは一緒になり、息が通るところが一本になっているからです」

「ほぉ……、見てきたようなことを言うのぉ」

「失礼しました」もう一度頭を下げる。「また、お話をしたかったので参りました」

「刀を見つけたのじゃな」

「え、ご存じでしたか」

「腰に差しておるではないか。見ればわかろう」

「ケジロが川の底で見つけてくれたのです」

「うん」

「もしかして、ご存じでしたか?」

「知っていたような、知らないような……」

刀が見つかってから、刀を振っているだけで落ち着ける、という話をした。こういったことが侍の心というものか、とききたかった。

「落ち着くか」老人が尋ね返す。

「落ち着きます」

「まあ、死んだら、もっと落ち着くじゃろうのぉ」

「心が穏やかになる、ということです。うまく言えませんが、気が散らない、あれこれ余計なことを考えない、というのが良いのだと思います」

「だからな、死んだら、気も散らんし、あれこれ考えることもないわ」

「そういうものですか？」

「何が？」

「私は、死んだことがないので、死んだらどうなるのか、わかりません」

「わしも死んだことはないがのぉ」老人は、鼻から息を吐いた。笑ったのか、それともなにか詰まったのか、それはわからない。「しかし、死んだらば、もうなにもない。躰もいずれは腐って土に還《かえ》る。これが本当の安堵《あんど》というものじゃ」

「なるほど、それはそうかもしれません」

「刀というのは、人と斬り合うための道具。それを使えば、自分か相手か、いずれかが命を落とす。だから、刀を振れば、その死というものを思い浮かべるわのぉ。うん、しこうして、心が落ち着く。そもそも、生きているからこそ、不安になる。腹が減る、躰が痛い、気持ちが悪い、寒い、暑い、辛い、悲しい、そんなものばかりじゃからのぉ、生きとるうちは」

「それでも、生きたいと思います。何故、生きたいと思うのですか？」

「わからん。わしもな、それは常々考えるところじゃが、さっぱりわからんのぉ。もう、こんな老いぼれ、いつ死んでも惜しくはない。明日には、この穴から出てこれんかもしれん。そうなったら、ここがわしの墓になるわけじゃ」彼はそこで声を上げて笑った。「わしは、墓に住んどるわけじゃ。それでもなぁ、腹が減ったら、食いもんを探しに出かけるし、うん、なんでもええから、面白いことはないかと、方々を見回ったりするしのぉ。面倒くさいとは思うが、しかし、どうにかこうにか生きておるようじゃ……。ま、そんなところじゃわ。お主、何か……、今、生きたいと言ったが、そんなことは考えておらんはずじゃが、違うかのぉ？　考えているような気がするだけのことじゃろうが」

「いえ、どうでしょうか……。ちゃんと、生きたいと考えていると思いますが」

「本当かのぉ？」

「危険な場面では、なにか生きる道はないかと探します。ケジロが熊に襲われそうになりました。そのとき、私は刀を持って、熊の前に出ましたが……」

「うん、そうだったな」

「ご覧になっていたのですか？」

「お主は、その刀で、熊を斬ろうとした」

「殺しはしませんでしたが、刀を振り、熊は怪我をしました」

「そのとき、お主は何を考えた？　自分は生きたいと考えて刀を振ったのか？」

「いえ……、さあ、どうだったか……」思い出してみたが、そんなことを考えたとは思えなかった。「ただ、熊が向かってきたので、それを避けました」

「避けようと思ったのか？」

「ああ、ええ……、いえ、それも違います。そんなことは考えません。ただ、躰が動きました。刀を振ったのも、考えてのことではありません」

「そうじゃろう」老人は頷いた。「それが、必死というものじゃ」

「必死？」

「考えている暇などない。とにかく、動くしかない。考えて選べるものなど、ほんの僅かじゃからのぉ」

「しかし、熊がどう出てくるかは、やはり考えました。考えなければ、構えることができません。剣術とは、そういうものです。相手の出方を読むものです」

「ほう……。わしは、剣術は知らん。うーん、では、相手の出方を考えに考え抜いて、構えるというのか？」

「そうです」

「勘ではなく？」

「勘ではありません。いえ……、よく覚えていないのですが、たぶん、そうではないと思います」

「お主が言っておるのは、策のことよのぉ」

「さく？　ああ、策ですか。はい、そうです。あらかじめ決めておく必要があります」

「そう、戦法とも言うわ。じゃが、策のとおりに事が運ぶかのぉ。策が優れておれば、誰でも勝てるのか？」

「いえ、そうではありません。策のとおり実行する力、あるいは技を持っていなければなりません」

「では、不意に現れた相手に対してはどうする？　策はないぞ」

「相手の出方を見て、相手を測り、その場で策を練ります」

「そんな暇があるか？　もう襲いかかってきておるのだぞ」

「そうですね、それでも、そういった不測の場合に備えて、稽古をしているわけですから、ある程度は、返し方が決まっていると思います」

「なるほど……。それにしても、お主は、とにかく理屈っぽいのぉ」

「そうみたいです。自分でも、それは少し思いました。これは、やはり、なにかそういった仕事をしていたためでしょうか？」

「仕事？　仕事ではないわ。うーん、育ちでもないのぉ。まあ、持って生まれたものじゃろうな」

「この数日で、私は、だいぶ自分という人間がわかってきました。それ以前のことはまったく覚えていないのですが、その、なんとなくですが、私の生き方が、ぼんやりと見えるようになりました。これは既に、自分が何者なのかがわかった状態かもしれません」

「ほう……、だいぶこのまえとは違ってきたのぉ」

「ただ、これからどうしたら良いか、と考えると、いろいろと迷いがあります。なんとか、お知恵をお借りしたいと思います」

「これから、どうしたい？」

「いえ、特に強く思っていることはありませんが、マサイさんのところに、いつまでもご厄介《やっかい》になっているわけにもいきません」

「どうしてじゃ？」

「え？　それは……、その、やはり迷惑ではないでしょうか。ずっと二人で生きてきたのに、突然厄介者が現れたわけですから」

「それは違うのぉ。見当違いじゃ。お主は大人の男だ。女や子供とは働きが違う。あの二人は、お主を厄介者などとは思っておらぬ。そんな心配は無用じゃ」

「しかし、ずっといるわけにも……」

「それは、お主が何のためにここへ来たのか、ということに関わっとるわけじゃのぉ。なにかの役目があったかもしれんし、どこかを目指して旅をしておったのかもしれん。あるいは、お主の家の者が、帰りを待っておるかもしれん」

「それは、なにも覚えておりません。思い出せません」

「誰に斬られたかも、思い出せんのか？」

「はい。まったく」首をふった。「そのうちに、思い出せるでしょうか？」

「もし、それを思い出したら、どうする？　仕返しをしにいくのか？」

「仕返し？　いいえ、そんなつもりはありません。なにしろ、私を斬った者は、私よりも剣が強い。ならば、立ち向かってもまた斬られるだけです。むしろ避けた方が賢明だと考えます」

「うん、それは理屈じゃのぉ。ああ、しかし、相手を思い出せば、その斬られた状況も思い出す。そこには、なにかさらなる因果があろう。憎い、恨めしいといった気持ちまでも、思い出すはずじゃ。そうなれば、我慢ができるかのぉ？　どんな手を使ってでも、仕返しをしたい。それが武士の正義というものだ、と言いだしそうにも見えるがのぉ」

2

老人が穴の中へ戻るのを見届けてから、来た道を戻った。しかし、途中で思いついたことがあって、あの滝の方へ向かって歩いた。ケジロとは出会わなかった。彼は、違う場所へ行っているようだ。もしかしたら、どこかの穴の中で鼻歌をうたっているのかもしれない。

滝が水を落とすのを眺められる場所に立った。誰もいない。熊もいない。今日は、水の中へ入るつもりはなかった。細かい水飛沫《みずしぶき》が混ざった風を感じ、絶え間のない音を聞きながら、滝の上へ行く道はないか、と考えた。さらに、もっと視線を上げ、この岩壁の上は何があるのだろう、と思った。

自分は、滝の上流から流されてきたのか、それとも、この崖の上から落ちてきたのか、そのいずれかだろう。

正面からでは、登るのは危険すぎる。ほとんど垂直だからだ。逆に、垂直だから、落ちる途中で岩に当たらず済んだ、ともいえる。岩とはいえ、そんな場所でも樹が生《は》えているところがあって、枝を伸ばしている。落ちれば、あれらのいずれかに当たるのではないか、とも考えた。

右手へ進み、林の中に足を踏み入れた。先日、熊が逃げた林である。落葉が堆積《たいせき》し、地面は布《ふ》団《とん》のように軟らかい。マサイとケジロの二人に、布団を買ってやりたいものだ、と急に思いついた。そう、つまり、自分は布団を知っているのだ。今はもうだいぶ暖かくなったけれど、真冬は厳しかったのではないか。さらに、風呂《ふろ》も思い出した。あの二人は風呂を知っているだろうか。マサイはたぶん知っているだろう。ケジロは知らない。だとしたら、マサイの方が可哀相《かわいそう》に思えた。

「風呂か……」と呟いていた。

なんとなく、懐かしい。気持ちの良いもののように、ぼんやりと躰の感触としてある。もちろん、薪を燃やせば湯を沸かすことができる。しかし、小屋にあったのは、小さな鍋《なべ》が一つだけ。あれでは風呂を沸かせない。そもそも、湯を溜める桶《おけ》がない。風呂桶を作るためには、大工《だいく》の道具が必要だろう。ここにはそれがないし、自分ではできそうもない。

このように、思い出すほど、つまり知っているほど、叶わない願いが多くなるという気がした。知らない方が良い。すっかりと忘れてしまった方が得なのだ。

林を抜けると、登っていた斜面が急になった。ところどころが岩場になっているものの、小さいながらも樹が生えているため、摑まる枝や蔦が多い。登っていくのに、苦労はいらなかった。

滝の上に出た。登りきった場所は、水が流れるところよりも、ずっと高かった。当然ながら、水は低い筋を選んで流れる。

その川は細い。しかし、その向こう側には岩が切り立っていた。見上げても、どこまで続いているのかよくわからない。もう少し上流へ行くことにする。

鳥の声が方々から聞こえた。今は風はそれほど感じないが、見上げると高い枝は揺れている。まだ葉のない樹が多かった。右手は低く、左には川があり、崖が続いている。さらにしばらく進むと、川は左へ曲がっていく。そして、岩壁を削ったように奥まったところに、また小さな滝があった。今度は、両側が岩なので、水が溜まる場所もない。滝の高さは、さきほどよりもやや低い。それでも、登れそうな場所がどこにもない。

しかたがないので少し戻って、岩壁に沿って、歩けるところを右奥へ進んだ。だいぶ歩いた頃に、ようやく岩が隠れ、左手が土の地面になった。樹が大小密集し、人も獣も入らないような深い森だった。ただ、今は葉がないので、見通しはかなりきく。これが夏だったら、入ることもできなかっただろう。

注意をしてそこを進み、さらに斜面を登った。湿った枯葉が重なり合い、また小枝も無数に落ちている。日が当たらないのか、すべてのものが濡れていた。一歩一歩、足をどこに置くかを考えなければならない。枝や蔦に摑まっていても、幾度も足が滑《すべ》った。それでも、なんとか登りきることができた。

平たい地面に出て、しばらく普通に歩いていくと、思ったとおり、小川があった。これは簡単に飛び越えられるほどの幅しかない。

水を一掬い飲んでから、川を越え、また斜面を登っていった。動くものがあり、刀に手が行ったが、樹の上の猿だった。真下まで来て見上げると、三匹いる。こちらを見ているようだが、声は上げない。人が珍しいのだろう、こんな場所に来る者はいないはずだ。

いつの間にか、汗をかいていた。立ち止まり、後ろを振り返ると、多くの樹と枝、そしてずっと下まで続く地形。既に川も見えなかった。この辺りには岩もない。また、前を向いても、ほぼ同じように上へ続いている。このように変化がない場所では、道に迷いそうだな、と少し心配になった。なにしろ、空が広く見えないので方角が正確にわからない。まだ日暮れには時間があると思うが、ここで暗くなったらかなり危険だ。

しかし、もう登るしかなかった。ここまで来て、引き返そうという気にはならなかった。汗をかいたためか、喉が渇いた。あの川でもっと充分に水を飲んでおけば良かった、と後悔する。あとさきのことを考えずに行動している自分が愉快に思えた。何だろう、この高揚感《こうようかん》は。躰が熱くなったからか。刀の稽古と同じで、躰を使うと、このような心持ちになるようだ。

どこまでも続くと思われた斜面も、とうとう途切れた。登り詰めたところは、少し開けた草原だった。しかし、遠くを見るとまだ上に樹々が見える。ここが頂上ではない。

先へ進むと、やや低い場所にさらに広い草原があった。草原といっても、草は枯れていて、緑ではない。僅かな茶色の上に、白っぽい綿のようなものが被さっているように見えた。そこへは崖が急で下りてはいけない。別の道を探すために、右へ迂回する。土地はさらに上っていて、その白い草原には下りていけない。また林になり、そこを抜けると、少しなだらかな傾斜地に出た。樹は比較的少ない。そこに、初めて道らしいものが見つかった。

獣の道ではない。人が歩くための道だ。こんな場所に道があるとは思っていなかった。後ろも前も、ほとんど真っ直ぐ。その先は樹々の中に消えている。どちらへ行っても良かったが、あの白い草原へ近づく方向を選んだ。同時に、それは、マサイたちの小屋の方向でもある。もうかなり遠くなってしまった。

古びた屋根が草の中に埋まっているのを見つけた。近づくと、道から少し上がった土地に小屋が建っている。マサイたちの小屋と同じくらいの大きさだが、人が住んでいる気配はなかった。戸が開いたままで、その戸も外れて斜めになっている。小屋の中へ入って確かめたが、これといったものはない。火を使った跡が残っていたものの、もう匂いもなく、だいぶ以前のものに思われた。

奥の隅に枯草が積まれている。そこも確かめたが、なにもない。ただ、もし道に迷って帰れなくなったら、ここで夜を過ごすことができるだろう、とは思った。今から戻っても暗くなることが予想されたからだ。こんなことならば、マサイたちにどこへ行くと一言告げるべきだった、と後悔した。おそらく、心配するだろう。

膝を折ってさらによく見ると、それはただの枯草ではなく、藁《わら》だった。稲が枯れたものだ。つまり、田から運んだもので、ここへ人が最近まで来ていたことも、その藁の新しさでわかる。昨年のものだろう。小屋はかなり古いが、まだ使われているということになる。今は誰もいなくても、暖かい季節になれば、誰かがここを使うのだろう。何のためかはわからない。ここへ来る目的があるということだ。

この藁を、マサイたちのために運んでやりたいと考えたが、あの険しい道のりを大きな荷を背負って下りるのは無理だと思えた。その藁を触っているうちに、それを編んで作られたものを見つけた。草鞋《わらじ》だ。足に付けるものだ。自分の足にあてがってみた。二つ揃《そろ》っている。今までずっと裸足だったが、これを付けて歩けば、毬《いが》や刺《とげ》の類を踏んでも痛くない。

さっそく付けていこうと思った。しかし、自分のものではない。そうだ、藁だって、これは誰かのもの。借りるくらいならば良いが、もらうわけにはいかないだろう。そう考えたのち、では少しの間だけ借りよう、と思い直し、その草鞋を足に付けた。履き方はわかっていた。踵へも藁の紐《ひも》を伸ばし、足首に巻き付ける。少し歩いてみると、なかなか気持ちが良い。

もう一度外へ出た。周囲を見回ってこよう、と思った。そのあとで、これは返せば良いだろう。気がつくと、空はもう半分は暗い。西が明るいので、方角は間違っていない。たぶん、帰るのに問題はないはずだ。とにかく、もう少しこの周辺を調べてみたい気持ちが強かった。

まず、道に戻り、その左右を確かめたが、いずれにも人影はない。正面は林だが、さほど密集していない。先に少し明るい場所が見えていたので、林の中を突っ切り、下っていった。草鞋を履いているので、歩きやすい。自分は、履物に慣れているようだ。マサイもケジロも裸足だった。二人に草鞋を履かせたい。藁を幾らか持って帰れば、マサイは作り方を知っているだろう。そう考えた。

林を抜け、緩やかな傾斜地をさらに下っていく。そこは枯草ばかりが広がっていた。岩がしだいに多くなり、遠くの風景が開けて見えるようになる。ここよりも低い山がそのはるか先にあり、その向こうには山がない。なにもないように見えた。右手には、低い平たい土地が広がっていて、遠くまで続いているようだが、ところどころぼんやりと霞《かす》んでいる。左手は、森林が遮っていて見通せない。そちらからここへ登ってきたのだ。先へ下っていくと一度林に入り、すぐに抜けた。今度はほぼ平たい草原だった。白っぽい枯草が風に揺れている。左手に切り立った岩壁があり、右も苔《こけ》が生えた岩だ。そして、前方には、もうなにもない。

あるのは、ずっと遠くの風景と空。

左の岩の上が、さきほど自分が立って、ここを見た位置だとわかった。

前に進み、崖の下を見下ろしたい、と思ったのだが、これ以上前に行けないという場所まで来ても、真下は見えなかった。ただ、はるか下に樹が密集した森が見える。その森は、遠ざかるほどまた高くなっているので、ここは谷間になる。この下から、自分は登ってきたのだ。

自分はここから落ちたのかもしれない、と思った。

距離と方角から頭で思い描くことができるだいたいの位置だが、この下にあの川があることはまちがいない。下から見たときにそびえ立っていた岩壁の上が、今立っているここなのではないか。

長い丈夫な綱があれば、近くの樹にでも一端を縛り付け、それを辿って、崖を下りていくことができるだろう。少し下りれば、真下に何があるか見えるはずだ。けれども、そんな都合の良いものはない。見たところ、落ちたら命がないことは明らかだ。

膝をつき、両手をついて覗き込んでいるうちに、近くの地面に奇妙な跡があることに気づき、後退して立ち上がった。

枯草が折れ、地面に引きずったような跡がある。踏ん張ったのか、それとも、足を滑らせたのか。もう少しその近辺を探すと、ほかにも踏まれた草の跡が見つかった。人がここにいた、ということである。崖縁にかなり近い。土が踏まれた跡も見つかった。その土は乾燥して固くなっているのが触ってわかった。このところ、雨は小降りだ。ここが踏まれたときには泥濘《ぬかる》んでいた。雪解《ゆきど》けの水だったかもしれない。かなり以前のものだ。しかし一年もまえではない。そんなまえならば、大雨が何度かあって、もっと土の形が崩れているだろう。そもそも、枯草に跡が残っているのだから、冬以降のものだとわかる。

その場で、縁を背にして立った。だが、この風景に見覚えはない。

自分がここに立っていたのか。そして、この崖から落ちたのか。

つまり、ここで斬合いがあった。

自分は、ここで斬られたのだ。

確かなことはわからない。間違いかもしれないし、本当かもしれない。それに、本当だとわかっても、だからといって今さら何ができるというわけでもない。もう一度、周囲を窺ったが、見覚えがあるものもなく、また、近くに人の気配もない。

地面を見て、その跡に自分の足を置いてみたが、それだけではわからなかった。今は草鞋を履いている。そのときは、履いていたのだろうか。もし、履物を付けていたのなら、川に落ちたくらいでは脱げないのではないか。

そう考えて、今履いているこの草鞋が、あの小屋に残っていたことに気づいた。

ひょっとして、これは自分の草鞋なのではないか、と思い至ったのだ。もう一度、それをじっくりと見直してみたが、しかし、見覚えはない。

しばらく、その草原で方々の地面を確かめた。周囲の歩ける範囲も探してみたところ、かなり大勢の足跡が見つかった。

空が暗くなってきたので、林の中を上って引き返すことにした。小屋に近づく途中、道の手前で地面に落ちているものに気づいた。壊れた提灯だった。これを使ったということは、夜だったのだろうか。

空はまだ明るさが残っていたが、周囲は見通しがきかないほど暗くなっていた。雲はないが、月が出るのは、まだ少しさきのこと。やはり、今からマサイたちのところへ戻るのは無理だ、と判断した。

小屋の中に入り、藁の上に座った。食べるものも水もないが、ここで眠って、朝になってから戻ろう。そうと決まれば、もう寝るしかない。草鞋は、履いたままだ。自分のものかもしれない、という可能性を思いついたので、借りているという思いは小さくなっていた。

3

赤い面の侍と刀を交える夢を見た。目が覚めたとき、この夢は初めてではない、と気づいた。しかも、以前よりもずっと鮮明だった。刀のやり取りが克明《こくめい》にわかった。刀の筋がしっかりと見えた。相手の手首の返しも目に留まった。自分の刀は、いずれも相手に届いていない。しかし、その無駄に見えた振りがあったからこそ、相手は今一歩踏み込めなかった。このため、自分の傷が浅くなったのだ。それがよく理解できた。

まったく敵《かな》わない相手ではない。

力量は近い。

紙一重なのだ。

だが、真剣の立合いとは、そもそも紙一重といえる。

ほぼ同じ能力の躰が、ほぼ同じ刀を持って、同じように敵の急所へ向けて振るのだ。多少の遅れ、僅かな躊躇、目測の誤り、あるいは、己の意思と躰の間の齟齬《そご》、そんなものが、僅かに生じて、その紙一重となる。たしかに、腕の立つ者は、何度やっても、その紙一重で相手を倒す。それらの遅れ、躊躇、誤り、齟齬をいつも最小限にしているからだろう。

目を開けて、そんなことに思い至った。かつても、たぶん自分は同じことを考えたのではないか。忘れてしまっただけのことかもしれない。

まだ暗かったが、目が冴えてしまったので、小屋の外に出た。星が瞬いている。まだ東の空は明るくない。風はないが、冷えきっている。それでも、刀を抜きたくなった。

あの崖縁へ行ってみたくなった。

暗い中、林を抜けるときはほとんど手探りに近い状態になったが、一度通ったところなので、迷うこともなく、また、先に僅かに白く光る草原が見えていた。昨日通ったばかりだが、もしかしたら、以前にもここを通ったかもしれない。こんな暗闇の中を。

その白い草原が、夢の中で赤い面の者と立ち合った場所だった。

だから、そこへ出たとき、影のように、その侍が見えた。崖の方を向いて立っている。

その前に回り、一礼をした。
無言。
刀を抜く。
その者に切っ先を向ける。
息を吐く。
斜めに構え、じっと相手を見た。
相手は半身になり、刀を躰よりも後ろへ引いて構えた。
自分は躊躇なく刀を振って出る。
相手も思ったとおりの筋へ刀を返した。
お互いの刀は、紙一重ですれ違う。
振り切って、再び構え直す。
相手もまた、刀を下げて構える。
同じだ。
何度やっても、同じなのか。
ここしかない筋へ、お互いが刀を導く。
またすれ違った。
斬ったか、それとも、斬られたか。

同じだ。

同じなのに、生と死を分ける。

その差は、何だ？

夢の中では、自分が斬られた。

おそらく、そのときも、同じだった。

斬られれば、次の振りは不充分になるだろう。したがって、勝機は最初の振りにあった。弱い方がしだいに弱まる。強い方が、繰り返すほど有利になる。

三度めも同じだった。

赤い血が飛び散るのが見えた。

ゆっくりと、宙に浮かぶ丸い血が、
自分の顔のすぐ横を、斜めに通り過ぎた。

相手の刀の返し、その角度を見る。既に握りを僅かに変え、絞るように腕を使い、次の攻撃のために躰の重心を移していた。

四度めには、おそらく、自分は死んでいたはず。

それを免《まぬが》れたのは……。

後ろを振り返った。

あそこから、飛び降りて、逃げたからだ。活路はそこにしかなかった。

刀を鞘に納めた。

息を吐く。

相手はまだ立っていたが、一礼すると、すっと闇に消えていった。

面白い。

何故か、そう思った。

自分は笑っている。

声こそ上げなかったが、嬉しかった。

何だろう？

あまりに可笑《おか》しくて、その場に座り込んでしまった。けれど、何が可笑しいのか、何が嬉しいのかわからない。

忘れていたことを思い出したわけでもなかった。相変わらず、自分は何者なのか、どんな名なのか、どこから来たのか、さっぱりわからないのだ。それなのに、自分を斬った者に夢で再会したこと、さらに、目が覚めてもその幻を見て、刀を交える始末。

命を落とす、落としかけた、というのに、この楽しさは何だ？

たぶん、それは、
言葉にすれば、
命よりも素晴らしいものがあって、

それを見た、
それを摑みかけた、
そういうことなのではないか。
そんな気がする。
だが……、
言葉にすると、それも嘘になる。
素晴らしいというのとも違う。
そうではない、美しいのだ。
あの赤い面の刀筋の美しさといったらない。あんな剣が自分も欲しい。
紙一重は、超えられない隔《へだ》たりなのか。
待て……。
しかし、今ここで見た幻覚でも、自分は斬られたではないか。
夢でも斬られ、幻にも斬られた。
待て、それは違う。
斬られてはいない。
自分は生きているではないか。
当たり前なので、また笑ってしまった。今度は本当に声を上げた。

相手は幻なのだから、斬られないのは当たり前。当たり前だが、しかし、斬られていない、という確信が何故かあった。それどころか、自分の刀は、敵の躰に達していたのではないか。手応えもないのに、そう思えるのだ。

そして、そう思った一瞬、躰が震え、笑いも止まり、目を見開いていた。

自然に立ち上がる。

どうした？

何があった？

慌てるな。

もう一度、思い出せ。

目を瞑り、ゆっくりと刀を抜いた。

敵の姿は見えない。しかし、同じように構え、相手の筋を見て、こちらも軽く刀を振った。

まちがいない。

あの剣に勝てる。

理由はわからないが、勝てると思った。

あの美しい剣に。

どうしたのだろう？

何の違いがあった？

いや、それも違う。

それこそ、大間違いだ。

そうか……。

理由など、もしかしていらないものか？

これも、身震いを伴う思いつきだった。

ただ、ただ、そんな気がしたのだ。

もう、その答しか残っていない。

そうとしか考えられない。

どうしてかというと、今までの自分は、なにかにつけて理由を求めようとしていた。それはたぶん、怪我をしてすべてを忘れてしまう以前からの癖、というのか、習慣だったのだろう。きっと、子供の頃から沢山の理由を積み上げてきたのだ。それを一気に失った。そんなものはいらないと考えるのも不思議ではない。

だから、これは錯覚かもしれない。

赤い面の者と再び立ち合えば、あっさりとまた斬られるかもしれない。自分の躰はなにも変わっていないのだ。ただ、理由を捨て、考えることを諦めた。それができなくなっただけのこと。

けれども、あの老人が言ったように、失って得られるものとは、これなのではないか。今見た幻覚は、その答だった。勝てると思った手応えは、たしかにあった。自分には信じられるものだった。

刀を抜いたままだったことを思い出し、さらに刀を数回振った。考えず、ただ水が流れるように、余計な力を入れず。

そのうちに、刀を持っている手応えも消えて、己の腕を振って、舞っている気分になる。

何度も繰り返した。

しだいに、その刀筋は明確になる。

速く揺るぎのないものになった。

一回まえの振りよりも、次の振りの方が鋭い、と感じる。

無心に刀を振るうちに、周囲が明るくなっていた。

躰を止め、大きく息をする。

刀を納めた。

気が狂ったのではないか、と思い、また笑いたくなった。

山の中、崖の上で、ただ一人。

一心不乱に刀を振り回して踊っていたのだ。

躰は熱く、汗が流れていた。

息は速く、そして白い。

振り返ると、東の空が明らんでいる。

大事なことに気づいた一夜だったな、と思った。

大事なこと?

それは何だ?

それは……、
大事なことなどない、ということだ。

これが大事と決めることが、すなわち理由というものであって、その理由に縋《すが》っていたのが、斬られた自分だったのだ。

それが、間違いだったのだが、否、それが間違いだと決めることもまた、理由にほかならない。

ぼうっと東の空が明るくなるのを待った。

考えずに。

なにも思わずに。

じっと、赤い空を眺め、そのうちに、それは白く、眩しくなった。

右手が動き、柄へ。

左手が鞘を押さえ。

一瞬で、刀を抜き。

腰を落とし、振り向きながら斜め後ろへ切っ先を。

空から落ちてくるように接近する鳥がいた。

翼を広げ、羽ばたく。

切っ先の僅か先で、鳥は横へ逸れた。

人よりも大きな鳥だった。

黄色い目が、こちらを捉えていた。

ふと振り返ると、後方の崖縁に、素早く走るもの。

鼬《いたち》か、あるいは栗鼠《りす》か。

飛び跳ねるようにして、草の中へ消える。

そうか、あれを獲るために、下りてきたのか。

今のでわかった。

自分の刀は、なにも考えずに、襲いかかるものへ向かう。

それを信じることが、剣の道だ。

あの老人は、刀は人を斬る、人を殺すものだと言った。自分もそれを否定することはできない。

しかし、この刀が抜かれ、振られるときには、良いも悪いもない。

生も死もない。

理由などなかったのだ。
あるのは、筋、つまり道のみ。
ただ、己の道があるだけだ。

4

夜明けまえから刀を振ったせいで、ずいぶん喉が渇いた。小屋の前までは戻ったが、中へは入らず、昨日来た道を戻ることにした。少し下れば川があり、水が飲めるからだ。草鞋は、そのまま履いていくことにした。藁を持っていくのは諦めることになったが、代わりにこの草鞋をマサイにやろう、と思った。新しいものではないけれど、使えないほど古くもない。

急斜面は、下る方がむしろ苦労が多く、蔦などに摑まりながら下りていった。地面は冷たく湿っている。非常に滑りやすい。枯葉の層が下からそっくり滑ってしまうこともあった。ところが、そうして黒っぽい枯葉が除かれると、その下に苔の生えた地面があって、その苔はもう春を思わせる明るい緑色だった。春が来れば、花が咲き、樹の葉が茂る。やがて雨が続くようになり、そのあとは日が照る暑い夏になる。そういうことを自分は知っているのだから、もう何度もそのような季節の繰返しを見てきたのだ。

どうやってこれまで生きてきたのか、自分は何をしようとしていたのか、と考え続けてきたが、これから生きていくうえで、そのようなことはさほど重要ではないかもしれない。これも、理由というのか、理屈に囚《とら》われている証拠だ。どう考えようとも、ただ自分の生きる道がある。道は自分の前にあるのだ。振り返って後ろを見ても、そちらへ進めるわけではない。

面白い。

この考えは面白いな、と感じた。

気がつくと、目の前に水が流れていた。振り返れば、傾斜地の林、そして岩。自分はそこを下りてきたのだ。だが、覚えがない。それほど深く考え事をしていたわけでもないのに、どうやって下りてきたか、よく思い出せなかった。

とにかく、水を飲む。

喉を冷たいものが通り、気持ちが良かった。

大きく息を吐く。

顔を空へ向けると、大きな鳥が真上を飛んでいた。ああ、あれはさっきの鳥だ。狩りの邪魔をされたので怒っているのかもしれない。

空から獲物を目がけて下りてくるときには、あの大鳥が、両手で握れるほど小さく見えた。それはまるで刀を先から見たときのようだった。切っ先から真っ直ぐに見れば、二本の指の間に入るほど小さい。その小ささが、すなわち速さになる。必要にして最小限。そこに、求める筋がある。

そういえば、あの老人の穴の入口も狭かった。道というものは、通れれば良い。狭ければ、余計なものは入れない。刀の筋は、そんな狭い道に似ている。そこへ通す以外に生きる道はない。精確にそこを走らせる。しかし逆に言えば、道が狭いということは、迷わないということ。考える必要がないということになる。

林の中を下っていた。自分の躰は、自分が考えなくても動く。ついつい考えてしまうし、考えるから動くと勘違いしていたようだ。たとえば、歩くときにも、左右の足を交互に出そうと考えているわけではない。これは、慣れというものかもしれないが、道が右へ曲がっていれば、考えずとも右へ向かう。どうやって方向を変えているのか、実のところよくわからない。慣れと言うには、あまりにも精確だ。

刀の振りも、それと同じことなのではないか。自分は、すべてを忘れてしまったはずなのに、こうして普通に歩けるし、刀を思いのままに振ることも覚えていた。否、思わずとも振れるのだ。多くを忘れたと思っていたが、忘れたことの方がむしろ少ないのではないか、という気もしてくる。

周囲の風景に気づく。刀が沈んでいた、あの滝の音が聞こえてきた。すぐ近くまで来たようだ。同じ水であっても、同じ流れであっても、立てる音が、それぞれの場所で僅かに違っている。

滝というのは、高いところから水が一気に落ちる場所のことだ。その水の勢いで、下の川が深くなるらしい。水が地面を削るという。水は軟らかいのに、土どころか岩までも削る。人が生きているよりもずっと長い時間をかけて岩を削り、谷を深くするのだ。これは、誰に教えてもらったことだろうか。

そういえば、幻で見た血は、丸くなって宙を飛んでいた。雨が落ちる水面にも丸い模様ができる。月も丸いし、樹の実も丸い。丸いものは、留まることなく転がっていく。それは、流れる水が形を留めないのに似ている。

刀も振りも、真っ直ぐではない。それは常に円を描く。人の腕が振っているからだし、また、素早く方向を変えるためでもある。鳥が翼を翻し、勢いを止め、向きを変える動作とも類似している。それらの動きは、いずれも角《かど》というものがない。丸く滑らかに移行するのだ。

このまえ、水の中に潜ったときに、腕をどう動かせば良いのか、いろいろ試してみたのだが、円を描くように腕を回し、手の平を刀のように翻すのが良いとわかった。円のように動かすことで、無駄がなくなり、力が少なくてすむ。それが、つまり筋であり、道というものだろう。

おそらく、手や腕だけのことではない。躰の動きも、また心の動きでさえも、滑らかに丸く移すことが道になるのかもしれない。急に変化させるのではなく、無理をせず、常に滑らかに流れるように、と心がければ、それが求める道に近くなるのではないか。

滝を下から見上げている自分に気づいた。

意識せず、ここまで下りてきたようだ。覚えていなかった。こうしてみると、人が生きることは、花や葉が春に現れるようなもの。考えてできるものではない、ということだ。すべて自ずと動く。自ずとある。それが自然。それが素直。そういうものではないだろうか。

あっという間に、時間が経った。

日は既に高いところにある。マサイとケジロのために、魚を獲っていこうかとも考えたが、二人とも自分のことを心配しているだろう。早く戻った方が良い、と思い直した。

平坦な道をその後は歩いた。草鞋を履いているので、これまでとは違う歩き心地だった。途中でケジロと会うのではないか、とも思ったが、それはなかった。今日は何をしているのだろう。マサイは、今頃は畠で仕事をしているはず。

魚といえば、一度あの老人のところへ持っていってやりたい、と思った。魚を食べるかどうかはわからないが。とにかく、自分は三人に世話になった。命の恩人でもあるのだから、できるかぎりお礼をして返したい、という気持ちが強い。

小屋が近づいてきた。まだ屋根も見えないうちに、馬の嘶《いなな》きが聞こえた。その声を自分は知っている。しかし、この山に馬がいるのを見たことはなかった。即座に道を逸れ、林の中に分け入り、音を立てないようにゆっくりと近づく。

小屋の前に何人かいる。馬が五頭。人は、八人か。焚き火をして、その周りに集まっていた。瓢簞《ひょうたん》に口をつけている者もいる。水を飲んでいるのか。大声で話をする、その声が聞こえてきた。上機嫌《じょうきげん》で笑っている声だった。

小屋を見ると、戸が開いている。中から男が二人出てきた。一人めは、ケジロを担ぎ上げていた。二人めは、マサイの手を摑み引っ張りながら出てきた。そちらは髭を生やした男で、その一人だけが頭に兜《かぶと》を被っている。ただし、躰に甲冑《かっちゅう》は付けていない。兜だけなので、どこか躰が貧相に見える。

マサイは、摑まれていた手を振り払ったが、その拍子に尻餅《しりもち》をつき、小屋の壁に背中をぶつけた。ケジロが暴れて手足を振ったので、担いでいた男は、ケジロを地面に放り投げた。

マサイは、小屋の中へ飛び込んだ。

「ああ、ききわけのないことよ」兜の髭が言った。男にしては高い声だ。「ただ、明るいところで顔が見たいと言っただけではないか。なあ、マサイ……」それから、地面に座り込んでいるケジロに近づいた。「お主は、何だ？　何という名だ」

「ケジロだ」

「どこの子だ？」

「マサイの弟だ」

「マサイの？」男は高い声で繰り返した。それから、仰《の》け反《ぞ》って喉を鳴らすようにして笑った。

「ほほう、それは異《い》なことを言う」

マサイが戸口に再び現れた。彼女は、短刀を握っている。目は、兜の男を見据えていた。

「何のつもりだ？」落ち着いた様子で、兜がきいた。

「主《あるじ》の仇《かたき》を」マサイが言った。

「か、仇となっ？　ほほう……」男はまた笑った。「仇というのは、何だ？　十年もまえの、あれか？　あのとき、主人を斬ったのは頭《かしら》だ。その頭ならば、この俺が斬った。よく考えろ。もう仇は討ってやったのだ。礼を言ってもらいたいものだ」

「覚悟を」そう叫ぶと、マサイは笑っている男に突進した。

兜の男は、足を上げ、マサイを蹴った。彼女は後方へ飛ばされ、地面に転がり倒れる。しかし、まだ、短刀を放さない。膝を立て、再び飛びかかろうとする。

「だから、待て。待てと言っている」兜は手を広げた。「落ち着け。せっかく、久し振りに会ったというのに、なんとも困った根性だ。なにか取ろうというのではない。たまたま、こちらへ来ただけのこと。そもそも、取るようなものもないわ。なあ、マサイ、落ち着け」

「畜生！」マサイが叫んだ。

小屋の中から、さらにもう一人出てきた。小柄な男だった。

「頭、金子があった」その男が片手を上げた。それは自分の布袋だった。

「駄目、それは」マサイが言う。「それは、私のものじゃない」

兜の男は、手下からそれを受け取り、中身を確かめる。

「マサイのものでなければ、誰のものだ？」

「私のものです」林から出ていき、答えていた。

出ていかない方が良い、と考えていたのだが、出てきてしまった。それでもなお、出てこなかった方が良かったか、と思ったのだが、もう遅い。どうも、勝手に躰が動くようになってしまったみたいだ。

馬の近くで火に当たっていた者たちが、一斉に立ち上がってこちらを向いた。刀に手をかけている者が六人。残りの二人は槍を持った。

小屋の前にいる手下二人も、頭の前に出た。

マサイは、こちらを見る。ケジロも見た。なにか言いたそうだったが、声にならないようだ。

「誰だぁ？　お前は」兜の男が片目を細め、顔を歪《ゆが》ませて言った。

「名前は、覚えていない。ただ、その金子は私のものだ」

「けっこうな大金じゃねぇか。お前みたいな汚い侍が持っているわけがない」

「その方のものです」マサイが言った。

兜はそちらを見ない。

「マサイさん、主の仇と言ったのは、どういう意味ですか？」少し近づいて、彼女に尋ねた。

マサイは、黙っている。短刀はまだ彼女の両手に握られている。

「それは、俺が教えてやろう」兜が笑った顔になって言う。「もう十年もまえになるが、この女の家にな、賊が入った。そのときに、賊の頭が主を殺した。そんな昔のことを、今さら持ち出されてもなあ」男はそこで高い声で笑った。「しかも、そのときの頭は、俺じゃない。おい、覚えている奴はいるか？」

半分くらいが首をふった。しかし、覚えている者もいるようだ。

「その、主というのは、マサイさんのお父上ですか？」と尋ねる。

「違う違う」兜はゆっくりと首をふった。「こいつの夫だ。そのときは、まだ、マサイは美しかったな、新妻《にいづま》だったというわけだ。ずいぶんと歳が離れていたが」

「おのれ！」マサイが立ち上がった。

「マサイさん、早まらないで下さい」そちらへ手を伸ばした。「どうか、堪《こら》えて下さい」

「こいつは……」しかし、マサイはこちらを見ない。目を赤くして、頭を睨みつけていた。

「うん、まあ、恨まれるのもわかるが」兜は言う。「水に流してくれぬか。なあ……。そのケジロとやらは、何だ？」

マサイは、地面に膝を落とし、嗚咽《おえつ》する。ケジロが驚いた顔で、そんな姉を見ている。

「そうか……。ならば、俺が、ケジロの世話をしよう。連れていっても良いか」

マサイが顔を上げた。目を見開いていたが、やがて吐き出すように悲鳴に近い声を上げた。

「駄目だ！」

彼女はケジロに近づき、抱きかかえる。そして、持っていた短刀をケジロの首筋に突きつけた。

「この場で、この子を殺す」マサイは言った。

「待てと言うに」兜が手を広げる。

「帰れ！　本当に殺すぞ！」

「姉ちゃん」ケジロがか細い声を出す。

「殺したかったら、殺せ。面倒なこと……」兜は舌を打った。「とにかく、この金はもらっていく。じゃあ、達者でな……」

「待って下さい。その金は私のものだ。いや、私がマサイさんに差し上げたものだ」

そう言いながら、また一歩近づいた。

兜の男の前には、手下の者が二人立っている。右が小さく、左は大きい。いずれも、刀を抜こうという姿勢だった。

立ち止まって、その二人の目を見る。

相手も、こちらを睨みつけている。

その後ろの兜の男へ目をやる。彼は、マサイを見ていたが、ちらりちらりとこちらを気にしている。

馬の近くにいた者たちが、ゆっくりと近づいてくる。大勢であることを見せつけているような感じだった。

「マサイさん、ケジロを連れて小屋の中に」静かに彼女に言った。

「いけません。貴方様には関係のないこと……」マサイが泣き声で言う。

「お願いします」彼女に視線を向けた。

マサイは黙った。短刀をケジロに突きつけていたが、再びその刃を兜の男に向け、二人は小屋の入口へ後退した。

兜は、それを見ていたが、ふっと息を吐いたのち、こちらへ顔を向けた。片目を瞑るようにまた顔を歪めて、口の横から舌を出した。

「ああ、面倒だな」頭はそう言って、後方の者たちを見て笑った。「金だけもらえば、まあ、許してやっても良いのではないか。そうだろう？　その女にも、もうとうに愛想が尽きたわな」

マサイたちは、小屋の中に入った。戸を閉めたが、僅かに開けて、そこから覗いているようだ。

「面倒はなにもない。その金を置いて、立ち去れば良い。それだけだ」小屋の方へ少し近づきながらそう言った。

「そもそも、お前は誰なんだ？」兜がきいた。「ここで何をしている？」

「名乗れないのは、名を覚えていないからです」

「何故、マサイに金をやった？」

「世話になったからです」

「こんな大金をか？」

「大金ですか？」

兜の男は舌を打ったあと、にやりと笑った。何が面白かったのだろう。

「面倒だ……」短い溜息をつき、「やれ」と囁いた。

手前の二人が同時に刀を抜いた。奥の者たちも、一斉に刀を抜いて、こちらへ近づいてくる。それらの動きを順番に見た。十人いるが、まあまあ使えるのは三人か。おそらく頭が最も腕が立つだろう。だから、頭というわけだ。

一歩前に出ると、刀を抜いた二人は後ろへ下がった。

その隙に、小屋へ走り寄る。

戸口で膝を折った。

「マサイさん」顔を横に向け、後方に声をかける。

「はい」彼女の声が近くにあった。「どうか、早く中へ」

「そんなことをしたら、火をかけられます」

「あの者は、私たちを殺しません。今のうちにお逃げ下さい」

二人が近づいてきたので、刀を抜いて、そちらへ向ける。相手は、一口下がり、刀を振りかぶった。

「この者たちを斬ってもよろしいですか?」

「は?」

「あの兜の者を殺してもよろしいですか?」

「え?」

また、二人が前へ出ようとしたので、そのまえに、刀を向けて牽制した。

「マサイさん」

「その者たちは皆、仇です」マサイが答えた。

「では、仇を討ちます」

立ち上がった。

「何を、ぼそぼそ言っておる」兜の男が言った。

「刀を抜いてからで申し訳ないが、マサイさんの仇を討つために、助太刀《すけだち》をいたします」

「助太刀？」兜は目を大きくし、奇妙な声を上げた。

「命を落としたくない者は、今すぐ立ち去られよ」

「脅しはきかぬぞ」誰かが叫んだ。

「やっちまえ」別の誰かが言う。

兜の男が、ゆっくりと刀を抜いた。なるほど、少し自信があるようだ。

前の二人は、後ろの頭を振り返る。頭が軽く頷くと、二人が同時に斬りかかってきた。奥の八人も左右から突進してくる。

左の刀を避け、その筋へ下から振り上げ、腕を斬る。

右から来る者へ刀を向け、喉を突く。

引き抜いて左へ走り、突っ込んできた者の刀を避け、首を横から斬る。

その後ろから別の刀が横から来る。飛び上がり、その肩へ刀を振り下ろす。

押して斬って、さらに次の者の振りかぶった腕と首を同時に水平に斬る。

その後方で尻込みして下がる者を追って、胸を突く。

右へ走る。四人が一斉に来る。最初に来た者の腹を斬り、次の者の膝を斬った。

兜の頭が来る。振った刀の筋に合わせて、振り返す。

下がった二人を追って、一方の首を斬り、もう一人は樹に背をつけたところで喉を突いた。

血飛沫《ちしぶき》とともに引き抜いた刀を、後方へ向ける。

刀の先に立っているのは、兜の頭ただ一人になった。

初めて、息をした。

「お、おのれ……」兜の下で恐怖の顔が震えていた。

「金を置いていけば、斬らない」

だが、恐怖に怯《おび》えた者には、声は届かなかったようだ。刀を振りかぶった。

左で倒れていた一人が起き上がろうとしたが、再び倒れる。

兜はそちらを見た。

彼は、突然小屋の方へ走った。僅かに開いている戸の隙間に、マサイの顔がある。そのマサイ目がけて刀を突いて進む。

それを追っていき、小屋の手前で男の背中を斬った。

その躰は、血を噴き上げながら戸にぶつかり、捩《ね》じれて崩れ落ちた。

着物の背がみるみる血に染まっていった。刀は手から離れ、地面に落ちる。

マサイが戸を開けようとしたが、その男の躰が押している形になって開けることができないようだった。

「マサイさん、大丈夫ですか？」と尋ねると、戸の隙間からマサイが顔を出して、こちらを見上げた。

続けて、ケジロの顔が見えた。驚いた顔のまま、じっとこちらを見つめた。

兜の男は、まだ生きている。横を向いた顔はまだ笑っているようだった。目を開けてこちらをぼんやりと見ている。刀を遠くへ放ってから、男の足を引いて、戸から離した。兜は地面につき、最後は仰向けに寝た格好になった。

「マサイ」兜の男が呼んだ。「おい、マサイ」

戸を開けて、マサイが出てくる。倒れている男の横に跪《ひざまず》いた。男の胸に刺し下ろさんばかりに、短刀を両手で持っている。しかし、もうその必要がないことは明らかだった。

「俺の名を、知っているか？」

マサイは黙っていた。

「俺は、タンバだ。いいか？　タンバという名だ」少し笑い、息を吐いた。目を開けたままだったが、そこで力尽きたのか動かなくなった。

マサイは、こちらを見上げた。

ケジロが出てくる。マサイの横から彼女に縋りついた。ケジロも、こちらを見たが、いつもの彼の目ではなかった。恐怖に怯えている、熊に襲われそうになったときと同じ目だった。

刀を確かめたが、血はついていなかった。一度も、相手の刀には当たっていない。肩の骨を砕《くだ》いたときに、多少の手応えがあったくらいで、そのほかはすべて急所を斬るか突くかだった。鞘に納めてから、周囲を確かめて歩く。手下は十人ともほぼ絶命している。

戻ってくると、マサイは、兜の者の懐から金子の布袋を取り出していた。黙ってそれを両手でこちらへ差し出した。

「いえ、それはマサイさんのものです」

「そうはまいりません」

男の兜を外すと、頭の毛が真っ白だった。その兜は、ケジロにやろう、と思ったが、しかし、彼が欲しがるかどうかはわからないし、マサイが反対するかもしれない。

5

小屋の中で火を見ているようにケジロに言いつけ、マサイは、森の中へ入っていく。どうして、小屋の中では話ができないのか、と思いながら彼女のあとをついていった。

立ち止まり、向き合ったところで、マサイは、膝をつき、手を地面についた。また、あのお辞儀である。困ったことだ、と思った。

「あの、そのようなことは無用です」こちらも膝を折り、声をかける。

「ありがとうございました。仇を討つことができました。何とお礼を申し上げても足りません」

「なにか、事情があったようですね」

「はい、実は……」

「いや……」片手を広げる。「説明はいりません。過去のことを知ったところで、今の貴女《あなた》がわかるわけではない」

「今の私？」

「それに、聞いても、忘れてしまうかもしれない」

「しかし……」

「そんな話をするために、ここへ来たのですか？」

「はい、そうです。ケジロに聞かれたくなかったので」

「なるほど」

「貴方様は、察していらっしゃるのですね？　だから、殺しても良いかとおききになったのでございましょう？」

「わからない。人を殺すことが、良いことか悪いことか、私にはわからなかった。だから、貴女の意見を求めたまでのことです」

「ケジロを殺して、自分も死のうと覚悟をしておりました。命を救っていただいたも同然です」

「あの男は、そんな道理を持っていなかったようです。脅しにはなりませんでしたね」

「はい……」彼女は頷いたが、なにか言いたそうに、小首を傾げた。「あの……」

「何ですか？」

「私は、あの子を殺すなんて言いましたが、もちろん、本心ではありません」

「わかっています」

「それでも、あの子は、傷ついたと思います。間違っていました。今はそう思います」

「私は、そうは思いません」

　マサイは、口を結び、無言で頷いた。

「さて、もう、よろしいですか？　あの者たちの始末をしなければなりません」

「どうしたら……」

「土に埋めてやろうと思います」

「馬は？」

「馬は、放してやれば良いのではないでしょうか」

　話をしながら、小屋へ戻った。ケジロが戸口に立って待っていた。

「ケジロ、見ていたか？」少年の前で膝を折り、顔を近づけて話した。「恐ろしかっただろう？」

　彼は無言で頷いた。その頭を撫《な》でてやると、彼はみるみる悲しい顔になり、涙を流して泣き始めた。

「よく、今まで泣かなかったな。凄いじゃないか」

泣きながらケジロは頷く。

「恐ろしいものなんだ。人を斬るというのは、そういうことだ」

ケジロはまた小さく頷いた。

「こいつが被っていた兜をケジロがもらったらどうかな、と思うが」地面に落ちている兜を拾い上げ、ケジロに被せてやった。

「重いか？」

ケジロは首をふる。

「欲しいか？」

彼は、首を横にふった。

「うん、そうだろうな」

兜をまた持ち上げ、倒れている男のところまで行って、それを顔に被せた。

「さあ、中に入ろう」

ケジロの手を引いて、小屋の中に入った。ケジロは黙っていたが、小枝を折って、火の中に入れた。

マサイは、その火に鍋をかけた。湯を沸かしているようだった。その後ろ姿を眺めていたが、こちらを向いたときに、彼女も泣いているのがわかった。

「ケジロは、侍になるのか？」そう尋ねた。

ケジロは少し考えたあと、頷いた。もう泣いていなかった。

「そうか、ならば、毎日稽古をすること」

「千回」ケジロが小声で応えた。

一人で外に出て、薄暗いなか、十一人の刀と槍を集めた。それらをまず土に埋めることにした。その途中、つながれていた馬を放してやった。馬は、どこへ行くというわけでもなかったが、作業が終わった頃にはいなくなっていた。

死んだ人間は、また明日の仕事になる。刀は、一本だけが少し良いもので、それはタンバという名の頭の刀だった。それだけは埋めないでおこうか、とも考えた。たとえば、ケジロに与えるかと。けれども、それはまだ早いし、彼が大人になったときに、必要となれば、自分で刀を手に入れるだろう、と思い直した。相談すれば、マサイもきっと同じ判断をするのではないか。

小屋へ戻ると、ケジロはもう普通の笑顔だった。

「なあ、凄かった、あっという間に十一人だ」そう言った。

それには、なにも応えなかった。マサイがこちらを一瞥《いちべつ》した。人を斬るより、水に潜って魚一匹を仕留める方が難しい。それは、人間の方が魚よりも動きが遅いからだ。躰が大きいからだ。魚は、水の中にあれば躰の動かし方を知っている。人間は刀を持っていても、刀の使い方を知らない。生まれたときから刀を振っていたのではないのだから。

そういうことを、ケジロに話そうかと思ったが、やめておいた。むしろ、自分に対してそれをじっくりと説明したい。まだわからないことが多すぎる。

温かい汁を三人で食べた。ケジロは笑った。マサイももう普通に見えた。

「そういえば、貴方様は、昨夜はどちらへ？」マサイがきいた。

「ああ、そうでした」その話をしなければならない、と思い出した。「あの滝の奥から岩の上に登ってみました。ずいぶん上になりますが、小屋がありました。そこで夜になってしまい、戻れなくなったのです」

「小屋ですか？　人がいたのですか？」マサイは驚いた。

「道が通っています。誰も見かけませんでしたが、ある程度は人が歩いている道のようでした。草がほとんど生えていなかった。その道沿いに小屋があります。人はいませんが、しかし、冬になるまえは使われたでしょう。新しい藁がありました。それから、これ……」

自分の足を指さした。草鞋を履いている。その紐を解き、草鞋を脱いで、マサイに手渡した。

「草鞋ですね」マサイが言った。

「たぶん、それは私のものです」

「え？」

「私は、あの小屋にいたのです。そのあと、そこから下った場所で斬合いになって、崖から落ちた。あの滝の前に落ちたのです」

「でも、草鞋は小屋に？」

「ええ、おそらく、夜だった。草鞋を履く間もなかったということです。小屋の前に提灯が落ちていました」

「夜に、貴方様を狙って？」

「いや、わかりません。なにも思い出せません」

本当は、赤い面の姿が何度も頭に浮かんでいるので、すべてではない。しかし、本当なのかどうか、今ひとつはっきりとしない。単なる夢かもしれないのだ。

「それで、もしよろしければ、マサイさんに、それは差し上げます」

「え、何を？」

「その草鞋です」

マサイは、こちらを見つめた。しかし、無言で草鞋を返した。

「いただけません」マサイは言った。「これは殿方の草鞋です。大きさが違います」

「え、そんなに足の大きさが違いますか？」

マサイは、自分の足に、それをあてがって見せた。どうだ、という顔だが、自分には、その程度の差ならば履けるだろう、と思えた。

「嫌ですか？　人が身に着けたものは」

「いいえ、とんでもない。そうではありません」マサイは首をふった。「それどころか、もう……」彼女は下を向く。「嬉しくて、その、この胸が痛くなりました。ですが、そのようなことをしていただく道理がございません。これは、貴方様が、これから旅立たれる際に必要なものと存じます」

「旅立つ？　私がですか？」

「はい……」マサイは顔を上げ、小さく頷いた。

「え、どうして？」ケジロが言った。「どこへ行っちゃうの？」

マサイは、ケジロの方を向き、無言で首をふった。そんなことをきくものではない、という意味か。しかし、自分にも、それと同じ疑問があった。

旅立つといって、自分はどこへ行くのか。

しかし、ここでいつまでも厄介になっているわけにもいかない。それにいつか、今までのことを思い出すかもしれない。それが明日かもしれない。そうなったら、自分がすべきことが何かわかって、それをしようと思うだろう。マサイが言っているのは、そういう意味だと理解した。

「南と西の間の方角になりますが、平たい土地が開けているのが、上から見えました。マサイさんは、ご存じですか？」話を変えて、彼女にきいてみたが、旅立つという言葉から連想される話題だったかもしれない、と言葉にしてから気づいた。

「はい、そちらに里があります。村があり、畠も田もあります。半日ほど歩けば、行き着くことができましょう」マサイは澱《よど》みのない口調だった。「もともと、私はそちらで暮らしていた者です。山の中に逃げ隠れ、今に至ります」

逃げ隠れという言葉に引っ掛かったが、おそらくは、盗賊たちに関係がある事柄か、それとも、ケジロに関係することかもしれない。

「私は、たぶん、あの方向へ行こうとしていたのだと思います。この上にあった道は、その先、里へ向かって下っていくのでしょう。逆から来たのであれば、あの小屋で一夜を過ごすことはなかったはずです。もっと遠く、東から登ってきて夜になってしまった。そういうことだっただろう、と考えました。山を越えて東へ行ったら、どうなっているか、ご存じですか？」

「いいえ、存じません。ただ……、この峠《とうげ》は大変な難所だと聞いております。夏でなければ、一日では越えられないと」

「やはり、そうですか」

「それから、貴方様のお言葉が、こちらの里のものではございません」

「言葉が？」

「はい。言い方と申しますか、違うように感じます」

「そうですか。そう言われてみれば、たしかに、私からすると、マサイさんたちの話し方は、少し違って聞こえます」

「この峠の向こうとこちらでは、あまり人の行き来がありません。自ずと言葉も違うのでございましょう」

「なるほど。やはり、私は、西へ、その里の方へ行けば良いということになる」

「ただ、それでは、貴方様を知る者がそちらにいないということになるのでは？」

「ああ、そうか……。戻れば、誰か、この顔を知っている者に会えるかもしれない、ということですね」

「はい」マサイは頷いた。

そんなふうに考えたことはなかった。自分のことを知っている者がいるのだ。その者に会えば、以前の自分の行いを尋ねることができる。

だが、それを聞いて、自分はどうなるだろう。それで思い出せるのだろうか。否、きっと、なにか他人のことを教えられたように感じるだけではないか。そんな気がする。それに、その自分の知人に対して、どう振る舞って良いのかもわからない。

そもそも、どこから来たのかを覚えていないのだから、来た道を辿ることはできない。どこかで道が分かれていれば、もう迷ってしまう。道が違えば、結局は自分を知る者には会えなくなる。

「けれども、この道の先で、貴方様を待つ方がいるかもしれません」マサイが言った。

「私を待っている？」

「はい」

そうか。それも考えたことがなかった。私が来ることを知っている者がいるということか。

「しかし、道がわからないのです。この先、どこへ行って良いものか……」

「この里の先には、都がございます」

「そんな話でしたね。都以外のところへ行く道は？」

「都からは、方々へ道が通じていると聞きますが、この里から先は、都への道しかありません。都の一つ手前の宿場なのです」

「宿場……、ああ、泊まれる宿があるのですね」

どうしたものか、と考えながら、寝ることになった。とりあえず、明日は起きたら、十一人を土に埋める仕事がある。しかし、明後日《あさって》もし天気が良ければ、その里まで行ってみよう、と考えた。金があるのだから、なにか買ってくることもできる。マサイたちに美味いものを食べさせてやりたかった。本当は、二人を連れていけば良いわけだが、おそらくマサイは行かないと言うだろう、と予測できた。ケジロだけ連れていくのも、マサイは心配するはずだ。自分一人で行き、その日のうちに戻ってくれれば良い、と考えた。

6

翌日、自分が斬った者たちを土に埋める作業をした。マサイが手伝うと言ったが、それは断った。自分がしたことは自分で始末をつけなければならない。幸い、マサイが畠のために使っている鍬があったので、仕事が捗《はかど》った。早朝から始め、まだ日が高いうちに、終えることができた。

マサイは、小屋の中で草を叩く仕事をしていた。ケジロはどこへも行かず、ときどきこちらの様子を遠くから見ているようだった。仕事を終えた頃、彼が近づいてきた。

「土に埋めたら、そのあとはどうなるんだ?」ケジロが尋ねる。

「どうもならない。生き返ることはない」

「そのまま?」

「いや、腐って、ほとんどは土になる。骨だけが残る」

「骨?」ケジロは首を傾げた。「お化けになるんじゃない?」

「お化けというのは、私は見たことがない」

そうは答えたものの、なにも覚えていないのに、どうしてそんなことが断言できるのだ、と自問した。しかし、道理というものがある。それは、言葉と同じように、なにかしら自分の中に残っているもののようだ。

「ね、昨日話してたけど、里へ行くのか?」

「うん、行こうと思っている。なにか買ってきてほしいものは?」

「買ってくる?」ケジロは、また首を傾げた。

「里には、沢山の人がいるみたいだ」

「うん」

「ケジロは、人をあまり見たことがないだろう？」

「ああ、あの仙人と、あと、お前と、それから、昨日の奴らと」

「それ以外には？」

「人は、山にはいない」

「じゃあ、昨日はびっくりしただろう？」

「うん……。あいつらは、侍か？」

「違う。侍は、あのようなことはしない」

「でも、刀を持っていた」

「刀を持っていても、侍ではない」

納得のいかない顔をしていたが、ケジロはそれ以上尋ねなかった。

夜になって、里まで行ってみるつもりだ、とマサイに話した。マサイは、黙って頷いた。

「道を教えて下さい。早朝に発てば、その日のうちに戻ってこられますか？」

「はい。でも、帰り道で暗くなるといけませんから、どこかにお泊まりになった方がよろしいかと」

「そうですか」

「あの、差し出がましいことかもしれませんが、何故、戻ってこられるのでしょうか？　そのようなお気遣いは無用と存じますが」

「いえ、その、まずは様子を見てくる、ということです。もちろん、いずれは発たねばならなくなるかもしれませんが、今はそのつもりはありません」

「いずれ、完全にご回復されることと思います」

ああ、彼女は、自分が記憶を取り戻すと考えているのか、とわかった。

「そうですね……。里へ出て、人に会えば、なにか思い出すかもしれません」

マサイは頷いた。

翌朝は、暗いうちから支度をした。マサイがいらないと言った草鞋を履いた。食べ物や飲み物は持っていかない。それほどの距離でもないからだ。

ケジロはまだ寝ていた。マサイが小屋から出て、見送ってくれた。なにか言いたいわけではなさそうだ。お辞儀をしただけだった。

彼女から聞いた道を歩く。迷うようなことはない。ただ、帰ってこられるように、ときどき振り返って後方の風景を覚えながら歩いた。

滝から奥へ登っていったときに比べれば、ほとんどが緩やかな下り坂で、地面も平坦で乾いているから、歩きやすい。ときどき走りたくなるような気分だった。

しばらくは、森の中を抜けていく道で、三度分かれ道があったが、そこはマサイに聞いたとおりに進んだ。そのうちに道幅も広くなり、やがて、森から出て、畠が広がっている場所に出た。

道のすぐ下にまで畠があった。また、少し離れたところに建物が見えた。屋根が大きく、煙が出ている。

さらに下っていくと、その大きな家の横を通る。人がいるようだが、囲いがあったのでよく見えない。そこからしばらく、真っ直ぐの道を進んだ。右手が高く、左手が低い。低い方の先には川が流れていて、その向こうは小さな山だったが、その山にも小屋が建っているのが見えた。

右手の高い方が石垣になった。見えないが上は畠のようだ。樹がないからである。やがて道が右へ曲がり、低い左手に幾つも屋根が見えてきた。あれが宿場だろうか。そこへ下りていくために、道が曲がりくねっているのが上から見てわかった。

前方には、ずっと先まで山のない土地が開けている。遠くほど霞んでいるので、その先に山があるのか海があるのかわからない。しかし、相当広い。

右から流れてくる小川に短い橋が架かっていて、そこを渡った。自然の川ではなく、人が作った水路のようだ。左手の宿場らしき場所のさらに向こうが田になっている。人がいるのが見えた。自分が下りてきた山は後方になるはずだが、手前の高い畠に隠れて見えなかった。

日の位置が少し下がったので、昼は過ぎている。ということは、今からすぐ戻れば、夕刻にはマサイのところに着く。だが、それではなにもできない。やはり、彼女が言ったとおり、ここで宿泊する方が良さそうだ。買っていくものをゆっくりと選びたい。おそらく、一番喜ぶのは米か麦か、あるいは、餅《もち》か。そんなところだろうか。布も欲しいのではないか。けれど、着物を作るには糸がいる。道具もいる。マサイは持っているだろうか。

建物が道の両側に並ぶ場所まで来た。看板にある文字から、宿屋だとわかった。同じような建物が二軒並んでいる。それ以外の建物は、店だろうか。よくわからない。自分は、文字が読めることもわかった。

最初の宿の中に入った。頭に髪がない老人がいて、こちらを見て頭を下げた。

「泊まれますか?」と尋ねる。

じろりと顔から足の先まで見つめられた。怪しい者に見られたかもしれない。

「金は先払いでもけっこうです」とつけ加えた。

一泊の料金を聞き、その額を支払った。わからないが、思っていた金額よりも安かった。老人は安心した顔になり、頭を下げた。奥にいる女を呼び、部屋へ案内するようにと指示をする。

女も、じろじろとこちらを見た。草鞋を脱ぎ、廊下を歩いて、部屋へ行く。小さな窓が一つある狭い部屋だった。お茶を持ってきましょうか、と言うので、頼むことにした。茶も金を取られるのか、と思ったが、何事も経験である。

窓から外を眺めた。裏庭が見えるだけで、離れのような建物の壁際に薪が積まれているのがわかった。人の気配はない。

女が茶を持って戻ってきた。湯飲みで熱い茶を飲んだ。苦いが、懐かしい味だった。まだ、女がじろじろとこちらを見ている。

「なにか、私に珍しいところがありますか？」そうきいてみた。

「あ、いえ……」女は笑顔になる。

「着物が汚いからですか？」

「いいえ、違います。その……、赤い刀をお持ちですね」

「ええ……。これが、なにか？」

「うーんと、もうだいぶまえになりますけども、赤い刀を持った若いお侍さんを捜しているという方がいらっしゃったんですよ」

「どんな人ですか？　侍ですか？」

「違います。女の方です。三味線《しゃみせん》をお持ちでした」

「三味線？　えっと、ああ……、音を鳴らす？」

「そうです」女は頷いた。

「何故、捜していると？」

「いえ、何だったか……、えっと、その人は都から来られたんですよ。都で落ち合う約束だったのに、そのお侍さんが来ないからって」

「落ち合うっていうのは、約束をしたという意味ですか？」

「ええ、そんな感じでしたね。別々の道を通ったのでしょうか。それが、いつまで待っても、お侍さんが来ないから、こちらの道だったのではないか、と訪ねていらっしゃって、ええ、ここの宿屋二軒できいていかれましたよ」

「そうですか、その人の名前は？」

「いいえ、それは、私は聞いていません。お綺麗な方でしたよ。お侍様、お心当たりがありますか？」

「いいえ」首をふった。それは正直なところである。

女が部屋から出ていったあと、苦い茶を飲みつつ、しばらく考えた。その三味線の女は、自分の知合いかもしれない。別の道というのは、この峠越えではない道を通って彼女は都へ上った、という意味だろう。自分は、なにか事情があって、こちらの道を通った。都で落ち合う約束をしていた。こちらの峠は、女が越えるには少々険《けわ》しすぎる。途中で野宿をしなければならないこともある。

だいぶまえだと話していたが、いつ頃だろうか。

茶を飲んだあと、宿から出て、道をもう少し先まで下っていった。店らしいものは、数軒しかなく、道具の修理をしている店と、表に馬がいる店が開いていた。外から覗いた感じであって、中に入って確かめたわけではない。ただ、食べ物を売っているようなところは、その後しばらく歩いても見当たらない。職人風の男が歩いていたので、食べ物を売っている店は近くにないのか、と尋ねると、宿屋で食べられるのではないか、と教えてくれた。それは、そのとおりである。

引き返して、馬がいる店に入った。奥から出てきたのは、若い男だった。

「はい、何でしょうか」両手を合わせて、そう言った。

「いえ、ちょっと伺いたいだけです。ここは、何をしている店ですか？」

「ああ、はい。馬を売るか、貸すか、それとも買うか、といった商《あきな》いをしておりますが、ほかにも、文を届けたりもいたします」

「文、あ、なるほど……」それは、外の看板に書いてあったが、その文字を見たときには意味が思い出せなかった。遠くの人に、書いたものを送り届けてくれるのだ。

礼を言って、そこを出ようとしたところ、中から呼び止められた。年配の女が出てくる。おそらく、男の母親だろう。顔が似ていたからだ。

「お客さんですかな」その女がきいた。

「いえ、違います。あ、そうだ……」急に思いついた。「私は、今朝山から下りてきた者なのですが、五頭の馬を山の中で見ました。こちらで心当たりはありませんか？」

「え、本当ですか」若い男の方が声を上げた。「三日まえですか、盗まれたんです、三頭ですが。どこにいましたか？　誰か乗っていましたか？」

「誰も乗っていません。つながれていませんでした」それは嘘だった。縄を解いたのは自分だからだ。

「そうですか、ならば、戻ってくるかもしれない」男は明るい顔になった。「乗り捨てていったのかな」

「そうかもしれませんね。戻ってくるものですか」

「たぶん」男は頷いた。「近くならば」

あそこが近くなのかどうか、自分にはわからなかった。

「あの、つかぬことをおききしますが」今度は、女の方が言った。じろじろとこちらを見ている。「お侍様、お名前は何といわれますか？」

「はい、それが、面目《めんもく》ないのですが、少しまえに大怪我をして、自分の名前を忘れてしまったのです」

「名前を忘れた？　頭を打ったのですか？」女が顔をしかめた。

「はい、それも覚えておりませんが、たぶん、そういうことだと思います。高いところから落ちたようで」

「それは、また……、ようご無事で」

「川に落ちて、そこで助けられたのです。あの、どうして私の名前を？」

「いえね……、こちらの道を通られるかもしれぬ、と文を置いていかれた方がおりましてね」

「文？　誰にですか？」

「ゼン殿といわれる若いお侍様だそうです」

「ゼン？」

「お心当たりはありませんか？」

「申し訳ないですが、覚えていないので」

「そうですか……、困りましたね」

「文を置いていったのは、どなたですか？」

「えっと、ちょっとお待ち下さいね」

女は、隅へ行き、壁際にあった木箱の蓋《ふた》を開け、その中から文らしきものを取り出した。折り畳んだ紙を開けている。

「ノギ様です」こちらを向いて言った。

「ノギ、ですか」首を傾げてみせる。

「お知合いではありませんか？」

「知合いの名も、すべて忘れましたので。あの、それは女の人ですか？」

「そうですよ」

「もしかして、三味線を持っていましたか？」

「あ、そうそう、その人ですよ」

「では、私が、そのゼンなのかもしれません」

「そうですか、では読んでみますか？」

「よろしいですか？」

「ご本人だと確かめられないかぎり、これをお渡しすることはできませんが、お見せするだけならば、ええ、よろしいでしょう」

「では、拝見します」

文を受け取った。真っ白な紙に包まれている。それを開け、中身を取り出す。折られているが、破らないように注意をして広げた。大きな文字で書かれていたし、しかも形が乱れている。文字を書き慣れていない人のようだ。

ぜんさま　みやこのちえんてらにておまちしております　のぎ

これだけである。とても短い。また折り畳んで、元のとおりに紙に包んだ。

「もう読まれたのですか」

「はい」

「お心当たりは？」

「わかりません。でも、知合いかもしれません」

「そうですか、お知合いだとよろしいですね」女が微笑んだ。

礼を言って、その店を出た。宿へ戻り、店先にいた主人に、都にちえんという名の寺があるか、と尋ねたが、知らないと首をふった。都には、寺は百はありますよ、とつけ加える。百とは大袈裟《おおげさ》なことを言うものだと思ったが、黙って部屋に戻った。

7

風呂に入ることができた。これは、実に気持ちが良かった。しかし、その気持ち良さを自分は知っていると確信した。なんというのか、入り方もわかっていたし、どんなものかも想像したとおりだった。桶は木製だ。その作りをじっくりと見たが、これをマサイのために作ることは自分では無理だ、とも確認した。あの二人を風呂に入れてやりたいものだが、それには、ここまで連れてくるしかないか。

そのあと、ご馳走《ちそう》が出た。ご馳走というのだと思う。部屋へ女が運んできた。それから、酒を飲んだ。これも驚いた。躰が温かくなり、気持ちが良い。女が、酒を注ぐのだ。そのために部屋に残っていたようだ。魚を焼いたものもあった。そのうえ米を炊《た》いたものもある。味噌《みそ》をつけた菜もあった。こんなに美味いものがあったのか、と驚いたものの、食べているうちに、とても懐かしくなった。なにもかもが美味い。これも、マサイたちに食べさせてやりたい、とばかり思った。

「明日には発ちますが、この米や菜や味噌を売ってもらえるところはありませんか?」

「買うということですか?」女がきき返す。

「はい、そうです」

「どれくらいの量ですか？」

「いえ、土産《みやげ》に持っていくので、そんなに沢山でなく、私が持てる程度の量です」

「ああ、それならば、うちで用意しましょう」

「いくらくらいですか？」

「お金ですか。さあ……、きいてきましょうか？」

「お願いします。あ、あと、草鞋を買いたい。大人の女と子供の分で、これも土産に持っていきたいのです」

「草鞋は、うちにはありませんが、近所で作っている人がいます」

女は出ていったが、まもなく戻ってきて、米と野菜を少しなら分けてもらえることがわかった。料金は全部まとめても宿賃よりもずっと安かった。そんなに安いものかと驚く。こんなことならば、あれほど苦労して畠を耕すこともないのではないか、と思えてしまう。草鞋は、明日の朝早くにきいてくる、あれば買ってきましょう、とのことだった。そちらの値段も予想外に安い。ということは、草鞋を作ることが仕事の者は、かなり沢山作らないと生業《なりわい》として成り立たないのではないか、と想像した。

どうも、ものの値段を自分はあまり知らないようだ。自分が持っている金は、それらに比べるとかなり多い。あの盗賊の頭が大金だと言った意味がわかった。このような多額の金をどうして自分は持っているのだろうか。

　その夜は、布団で寝ることができた。気持ちが良く、朝までぐっすり眠った。女が朝飯を運んできたし、布団も片づけてくれる。自分はなにもしなくても良い。これは楽なことだな、と思った。つい、あの山の中でのマサイたちの生活と比べてしまう。それほど離れている場所でもなく、また、マサイはもともとは侍の家に育った女だ。それなのに、今は貧しい生活を強《し》いられている。自分で選んだのだということは、もちろん理解できるが、それにしても可哀相だと感じる。まだ、ケジロは良い。彼は、豊かな生活を知らないからだ。

　朝飯の片づけをしたあと、女が草鞋を持ってきてくれた。大きさが大小あったが、大きい方も、たしかに自分が使っているものより一回り小さかった。女の足に合う大きさなのだ。きちんと説明をして良かったと思った。

「奥様にですか？　もうお子がいらっしゃるのですか？　お侍様、お若く見えますけれど」女がそう言った。勘違いをしたようだが、黙っていた。

　米と菜と草鞋を持って宿を出た。村の様子をぐるりと見て回るつもりでいたが、一刻も早くマサイたちにこれを届けてやりたい、と思った。すると、表の道で、昨日の馬貸しの男が待っていた。

「あ、お侍様」とこちらへ寄ってくる。「おはようございます」

「どうしたんですか？」

「馬が戻って参りました。三頭ともです」

「あ、それは良かったですね。馬というのは、賢いものなのですね」

「ええ、とても賢いのです。本当にありがとうございました」

「いえ、私はなにもしておりません」

するとその男はぐっと顔を寄せて、小声でこう言うのである。

「わかっております。盗賊たちを成敗されたのでしょう？　でなければ、そんな簡単に馬を手放すはずがございません。あの、これを……、大変少ないのですが、心ばかりのものです。どうかお受け取り下さい」

紙に包んだ小さなものを手渡された。

「何ですか、これは」

「どうかお収め下さい」男は頭を下げる。「母も大変喜んでおります。あの、やはり、あの文のお方にちがいないと……。ゼン様とおっしゃるのでしょう？」

「いえ、覚えがありませんが」

「その、ノギ様が、剣の達人だとおっしゃっていましたから」

何度も頭を下げて、男は後ずさりしていった。こちらもいちおう頭を下げて、反対の方向へ道を歩くことにする。

歩きながら、渡された包みを開けてみると、それは金だった。包みには「御礼」と記されている。金は、宿屋で支払った全額よりも高い。つまり、あの二回の飯と風呂と布団と米と菜と草鞋を合わせたよりも、馬三頭の方が高いのか。否、馬を売ったわけではない、単なる礼だから、馬の価値はもっとずっと高いということになる。どうも、合点がいかないが、とにかく馬が戻ったことは喜ばしい。少しは人の役に立ったようだ。しかし、戻ってくるまでに、だいぶ道草を食ったのではないか、とも思った。

上り坂ではあるが、道は歩きやすい。大きな石もなく、滑るような心配もない。何度か振り返って、里やその先の開けた土地を眺めた。都というのは、どんなところなのか、と想像をした。寺が沢山あるらしい。ちえん寺というのは、どんな寺だろう。何故、その女は寺などで待っているのか。三味線を持ち歩いているのは、どうしてなのか。

そういえば、宿の女は、自分が草鞋を妻のために買ったと勘違いした。考えもしなかったことだが、自分には妻がいるのだろうか。そんな大事なことも忘れてしまえるのか、と不思議に感じたが、しかし、親のことも、あるいは育った家のことも覚えていないのだから、それと同じである。たとえば、そのノギという女が自分の妻だとしたら、どうだろうか。向こうは心配しているのにちがいない。

そうか、行方知れずになっているわけか、自分は。心配をして捜している者がいる。申し訳ないことだな、とは感じた。ただ、その者たちのところへ出ていったところで、たぶん顔を見てもわからない。思い出せないだろう。それはまた、さらに申し訳ないことのように感じる。せっかく見つけたのに、それでは再会する価値がない、ということにならないか。

振り返っても里は見えなくなり、周囲は樹ばかりの風景になった。右にあった谷もなくなり、森は深くなる。分かれ道では、昨日覚えておいた風景を思い出し、迷うことはなかった。やはり、この覚えるということは大切だと感じた。これは、人だけの大事ではない。動物だって、覚えているからこそ自分の巣に迷わず帰ることができる。鳥だって虫だってできる。自分も、昨日のことならば覚えている。しかし、一月まえのことは思い出せない。ここ何年かの間に、何をしていたのかわからない。自分はそれをすべて忘れてしまったのだ。

道を歩いていて出会う者はなかった。分かれ道は三カ所あったが、いずれも細い方の道に入った。そのどれかをもう一方へ進めば、この峠を越えることができるのだろう。そして、あの草鞋を見つけた小屋に至るのではないか、と考えた。

8

昼過ぎに、マサイの小屋に戻った。二人とも小屋にいて、笑顔で出迎えてくれた。ケジロは予想どおりだったが、マサイは、これまでに見たこともないほど明るい顔だった。もしかして、もう戻ってこないと考えていたのかもしれない。

買ってきたものを出すと、さっそく米で粥《かゆ》を作ります、とマサイが言った。粥にすれば、何度も食べられるからだ。そういえば、味噌を買ってくるのを忘れたな、と思い出した。また、次に機会があるだろう。草鞋は、二人ともすぐ足に付けた。ケジロはそれを履いて、小屋の外へ出ていってしまった。

「ありがとうございました。お礼を申し上げます」マサイはまた手を地面について頭を下げた。

「ただ、このようなご厚意《こうい》を受けても、私にはお返しができません」

「いえ、それは違う。お返しをしているのは私の方です。命を助けてもらったのですから、いくらお返ししても足りません」

「それも、過分なお言葉です。私たちは、ただ、こちらへ貴方様を運び入れただけで。怪我を治したわけでもありません」

それが彼女の理屈のようだった。瀕死の者を救うのは、人として当然のことであって、特別に褒められるような行為ではない、ということらしい。

「村を歩き回ったわけではありませんが、道沿いの宿や店では、私を知っている者がいませんでしたから、私はあちらから来たのではなさそうです」

「やはり、そうでございましょう」マサイは頷いた。彼女が予想したとおりだった。

ノギの文の件は余計なことだと考え、話さないことにした。都で待っている者がいる、というくらいは言っても良いか、と道々考えてきたのだが、どうも、マサイの嬉しそうな顔を見ているうちに話せなくなってしまった。

その夜は、米が入った粥を食べた。菜も混ざっていた。ケジロは美味いと何度も言った。自分は、しかし、あの宿で食したご馳走に比べれば、味気ないものだと感じた。でも、もちろん黙っていた。マサイは、何度も礼の言葉を口にした。

翌日は、ケジロとともに、山へ出かけた。柴を集めるためと、魚を獲るためだった。毎日ほぼ同じなのだ。季節が変われば、少しずつ仕事も変わるのだが、本当にゆっくりとした変化でしかない。ケジロには、剣の稽古を見てやった。魚は一匹だけ獲れた。水に潜ったのではなく、浅瀬にいた魚を竹槍で突いた。ケジロも何度か試したが上手く獲れなかった。帰り道の彼は少々不機嫌だった。

早めに戻れたので、日が暮れるまえにあの老人に会ってこようと考え、ケジロを誘ったが、彼は首を横にふった。どうも怖がっている様子である。

櫓を潜り、穴の前まで来る。穴に向かって呼ぼうと思うまえに、老人が頭から出てきた。

「また参りました」と頭を下げる。

「どこかへ行っておったのぉ」目を合わせるなり、そう言われた。

「はい、里へ下りておりました。いえ、そのまえに、この山の上へ行きました。滝の奥からずっと上がっていきました。ずいぶん上に道があって、そこに小屋がありました」

「なんで、そんなところへ？」

「なんとなくです。私は、高いところから、あの滝の前に落ちたのではないかと思ったからです」

「それで、確かめにいったのか？」

「そうです。上にある小屋をご存じですか？」奥の山の方を指さした。「この方角のずっと高いところです」

「いや、知らんのぉ」

「人が来ている跡がありました。道も、人が歩くことがあるようでした」

「それで？」

「その小屋で、私はこれを見つけました」自分が履いている草鞋を指さした。

「おお、ええもんを履いておるのぉ。わしも持っとるぞ。じゃが、もう滅多に履かなくなってしまったわ。裸足の方が気持ちがええ」

「そうですか。でも、冬は冷たいのでは」

「それで？」

「ああ、はい……。その小屋で一夜を明かし、戻ってきたら、マサイさんのところに、刀を持った男たちが十一人もいました」

これには、老人は言葉がなかった。口を少し開け、目を僅かに見開いた。驚いたことはまちがいない。あまり見ない、珍しい表情だった。

「どうされたのですか？」

「盗賊じゃな？」

「ええ……、そのようでした」

「それで？　どうしたのじゃ？」

「私の金を取ろうとしました。それは、マサイさんにもらってもらおうと考えていた金子《きんす》です。それで……、マサイさんは、短刀を抜いて、盗賊の頭に向かっていきました。でも、残念ながら、敵《かな》いません」

「うん、それで？」

「しかたなく、私は、刀を抜きました」

「そうか。斬ったのか？　何人斬った？」

「全員斬りました。その者たちは、もう土に埋めました」

「なんと……」老人の口からその言葉が出て、開いたまま口は閉じられず、しばらく彼はこちらを見据えていたが、やがて視線を逸らすと、一言呟いた。「やはりのぉ」

「え、やはりとは、どういうことでしょうか？」

「うん……、まあ……、お主を最初に見たときから、そのような相が出ておったわのぉ」

「そういうのは？」

「うーん、なんとはなしにじゃが、表れるものよ。影のような、煙のような、光のような、そんな得体の知れぬもののこと」

「それが、見えるのですか？」

「見えるのか、匂うのか、わからんが……。まあ、ようするに、お主には、そういう殺気がつき纏っておる」

「殺気？　人を斬ろうとする気、というような意味ですか？　しかし……」

「刀を振りたいのよ」

「いえ、そんなことは……」

「取《と》り憑《つ》かれておる」

「刀にですか？」

「いや……、悪いというわけでもない。剣の達人と呼ばれる者は、いずれも刀に取り憑かれた者じゃのぉ。取り憑かれて、己の命も顧《かえり》みん。いや、そうでなければ、あのような危ないものを振り回すことはできんということかのぉ」

「自分には、そんなつもりはないのですが……。その、マサイさんにも確かめました、斬っても良いかと」

「許可を得たと言いたいのか？　は……、それもまた、おかしな話ではないか。そうやって、自分のせいではない、とな？」

「いえ、違います。そんなことは……。人を斬ったのは、私のせいです。ですから、私一人で土に埋めました」

「その頭というのは、タンバと名乗ったのではないか？」

「え？　どうして、それを……」

「わしが、ケジロの目を使うことは話したじゃろうが」

「そうですか、では、ご覧になっていたのですか……」

「まあ、子供のこと、恐くて目を瞑りおってな、あんまりよう見えなんだが。あのタンバという男が、ケジロの父親じゃ」

　これには驚いた。それも知っているのだ。自分も、それに気づいたが、もちろんマサイは直接言葉にはしなかった。ただ、彼女に断っても良いかと尋ねたのは、ケジロの父だと思ったからだった。マサイが、ケジロを身籠《みご》もって、山に逃げてきたことも悟った。しかし、誰もそれは口に出していない。言葉にしなければ、そのまま自然に忘れられるものだろう、と考えていたのだ。

「何故、それをご存じなのですか？」

「どうしてじゃと思う？」老人は上目遣いにこちらを見た。

「ケジロの目を使っただけでは、わからないのではありませんか？」

「そうかな」

「マサイさんは、ケジロを殺そうとしました。そうやって、相手を脅そうとしたのです。盗賊であっても、自分の子の命は大事、と考えたのでしょう」

　老人は、また驚いた顔になった。どうやら、それは見ていなかったようだ。知らなかったのだ。考えも及ばない行為だった。自分の息子を殺すと言ったのだ。それは本心ではないが、タンバに父の心があれば、その脅しが効くはず、というのが彼女の判断だった。だが、それは効かなかった。それがあまりに痛々しく、自分は相手を斬る決意をしたのである。今、思い出してはっきりとわかった。

「そうか……、そんなことがあったのか」老人は目を瞑り、大きく息を吐いた。「因果は巡るというがのぉ。うーん、で、そのタンバは、兜を被っておらなんだか？」

「はい、被っていました」

老人は、そこでふふと笑った。

「本当にご覧になったようですね」

「いや、それは方便じゃ」

「え、嘘だということですか？」

「うん」老人は頷いた。「わしももういくらも生きられん。この際だから、お主にだけは、まあ、正直に話しておこうかのぉ」

「何をですか？」

皺の顔が歪み、老人は口を動かしたが、声は出なかった。しかし、きかずに待った。ふと、こちらへ視線を戻し、彼はきいた。

「その、兜はどうした？　土に埋めたのか？」

「はい。ケジロにやろうと思いましたが、嫌がったので」

「そうか……」老人の顔が明るくなった。「その兜はのう、わしが被っておったものなんじゃよ。あの兜は、祟《たた》られておる」

「祟られている？」

「うん、ケジロはよく見抜いたな。子供には見えるんじゃのぉ」

どういうことか、頭の中で考えが巡った。その行き着く先は、一つしかない。

「では、貴方は、マサイさんの仇ですか？」そう尋ねていた。

「さよう」老人は頷いた。

「そうですか……」こちらも頷いた。

「わしを斬るかね？」そう言うと、自分の首の後ろを手で叩いた。「その刀で、この首を刎《は》ねてくれぬかのぉ」

「タンバは、貴方を斬ったと言いましたが」

「うん、まあ、一度は死んだ身。ほれ、お主も同じじゃろう？　わしもな、しばらく覚えがなくなったわ」老人は、そこで笑った。喉の濁《にご》りのためか、咳《せき》をしているような笑い声だった。

「マサイさんは、貴方を見て、気づかなかったのですか？」

「そうよ。気づかんかったのぉ。マサイの目には、タンバの顔だけが焼きついておったのじゃろう。わしは兜を被っておったしな……。ああ……、もう、ずっと、ずっと昔のことじゃわ」

「だから、マサイさんたちを助けたのですね？」

「いやあ、そんなこともない。そんなこと考えてもおらんわ。ここにおるとな、なにも考えん。そのうちに、昔のことも思い出したがのぉ。じゃが、なにも変わらん。これでええ。このまま死ねればええ。さあ、どうする？　首を斬って、マサイのところへ届けてはどうかのぉ」

「いえ、そんなつもりは私にはありません」

「どうしてじゃ？」

「貴方を斬れば、私は、刀に取り憑かれていることになる」

「ええじゃないか、取り憑かれれば」

「いいえ、では……、これで失礼します」立ち上がって一礼をした。「マサイさんには、今の話はしません。それから、私は、いずれこの山を出ます。都へ上るつもりです。そのことをお話しするために来たのです。ですから、これがお目にかかれる最後になると思います。どうも、いろいろとお世話になりました」もう一度頭を下げた。

「そうか……」老人は小さく頷いた。

その場を離れ、櫓の下を潜った。沼に水はなかった。これから暖かくなって、雨が続いたら、どんな風景になるのか、と想像した。

後ろから声をかけられる。振り返ると、老人が追いかけてきた。

「おい、ちょっと待ってくれんか」

「何でしょうか？」

「土産をやろう」

彼は近づいてきて、皺だらけの腕を伸ばし、手を開いた。真っ黒で丸い石が一つ、手の平にのっていた。

「何ですか、それは」

「これは、黒い石だ」

「それは、ええ、見ればわかりますが……、なにか特別なものですか？」

「まあ、じっくり見なさい」

手渡されて、いろいろな角度から眺めてみた。艶《つや》やかな表面で、非常に綺麗な円形だった。といって、鞠《まり》のようではなく、横から見れば平たい。その上下も綺麗に整った形だ。

「石にしては、形が整いすぎていますね」

「そうそう。それは、わしがな、あの穴の中で作ったものじゃ。石どうしを擦ってのぉ、少しずつすり減らす」

「何に使うものですか？」

「うん、並べて遊ぶものじゃな」

「並べて？　というと、幾つもお持ちなのですか？」

「うん、もう、二十個くらいはあるかのぉ。でも、まだまだ足りんわ」

「そうですか。よろしいのですか?」

「持っていきなさい」

「では、いただくことにします」

「沢山あってものぉ、人にやるのは惜しい。だが、見逃してくれたお礼だ」

それを懐に入れて、またお辞儀をした。

あとは黙って別れた。

沼を回って反対側へ行き着いて、一度振り返ったが、もう老人の姿は見えなかった。

episode 3 : Pending violence

The Yōgō Pine in Nara provided a passage for the descent of Nō from the world of the gods to the world of men, and the dancer at the annual festival still re-enacts the birth of Nō beneath the tree, moving at the will of a god as his creature, a medium possessed of the divine spirit. It would be meaningless to discuss the dancer's skill or his powers of interpretation; he is supposed merely to allow the god to guide his movements. In former days it was customary for an entire village to participate in its festivals. There were no spectators, and any man might perform as the central figure of the festival, the god.

第3話

ペンディング・ヴァイオレンス

　奈良の影向《ようごう》の松《まつ》は能を神の世界から俗界へ導く橋渡しをするとされ、毎年の祭りでは今も松の下で躍りを舞う。それは神の意志を伝える者として精霊を司《つかさど》る霊媒となることであり、そうやって能の誕生を再現するのである。舞う者の能力や表現力が問われないのは、ただ神の思うままに使いとして舞うのみとされるからであり、初期においては、村中が一つとなって祭りを盛り上げるのがならわしで、観客というものもなかった。そこでは、村人の誰もが祭りの中心である神として振る舞うことができたのである。

1

マサイたちに仙人と呼ばれている老人は、何という名だったのだろうか。結局、最後まで名乗らなかった。忘れたわけではなく、忘れたことにしていたのだ。だから、こちらも知らないままで良かったのかもしれない。

戻る道の途中、林の中を歩いているとき、道から少し離れたところに、人影があった。地面に踞《うずくま》っているように見えた。黒か茶色の布で肌をすべて隠している。子供だろうか。このような場所に人がいることが酷《ひど》く珍しい。近くまで行き、手前で立ち止まったが、顔を上げてこちらを見ることもしない。声をかけようとするまえに、囁くような声が聞こえてきた。

「私が誰かわかりますか?」そう言うのだ。その者がしゃべっているのだろう。しかし、口が動くのは見えない。

「誰ですか。ここで何をしている?」

「待っておりました」

「私を?」

「はい」

「私が誰か知っているのか？」

「はい」

これには、少々驚いた。

「では、私の名は？」

「この先の小屋に、里から役人が来ております。顔を合わせない方がよろしいかと」

「マサイの小屋か？　役人というのは？　何をしにきたのか？」

「ゼンノスケ様を捜しております」

「ゼンノスケというのは、私のことか？」

「はい」

「何故捜している？」

「捕らえて殺すためです」

「では、私は罪人なのか？」

「そのように彼らは信じております。まったくの濡れ衣ですが、そう吹聴《ふいちょう》する者がおります」

「どこにいる？」

「都に」

その者に近づいた。すぐ足許《あしもと》に跪《ひざまず》き、地面を見たままの姿勢だ。少なくとも殺気はない。息をしているのもわからないほど静かだ。

「お主は、何故それを知っているのか？」

「私は、お伝えすることが役目の者」

「顔を見せてもらえないか」

立ち上がるかに見えたため、こちらは一歩下がった。しかし、その間に背後へ飛び、後ろに回転して草の中へ消えた。

刀に手をかけながら、草の中へ分け入ったが、どこにもいない。じっと気配を探ってみても、既に近くにはいないようだった。身軽なうえ、見事な身のこなし。

味方だろうか。敵ならば、いつでも攻撃ができたはずだ。刀は持っていないようだった。ゼンノスケという名は、馬貸しの店で見せてもらった文の宛名に近い。やはり、それが自分の名なのか。

それよりも、マサイの小屋のことが気になった。この道の先、すぐそこである。もう少し近づいたところで、人の声が聞こえた。道から逸れ、林の中へ入る。樹の陰に隠れて見ていると、侍が二人、小屋の方から歩いてきた。きょろきょろと辺りを見回しながら急いでいる様子だ。

その者たちをやり過ごしてから、小屋へ近づくことにした。

小屋の前に馬がつながれている。侍が三人いた。馬は一頭なので、身分の高い者がこの中に一人いるのかもしれない。なんとなく、着ているもので、その者がわかった。さきほど道を歩いていった二人も仲間なのだろう。周辺を捜しているわけだ。

あの謎の者が言ったとおりだ。マサイたちは大丈夫だろうか。

小屋から、マサイが出てきた。鍬《くわ》を手に持っている。侍と言葉を交わしたようだ。ケジロはどうしたのだろう。

マサイがこちらへ近づいてきた。自分が隠れているところから、彼女の畠は近い。彼女に近づけるように移動した。

侍たちは、話をして笑っている。緊迫感はなさそうだ。おそらく、頼まれた仕事なのだろう。

畠の端の草の中に隠れて待っていた。マサイが近くへ来たので、小声で呼んでみる。彼女はこちらに気づき、さらに近くへ来た。だが、こちらを見ず、土に鍬を入れ始める。作業をしているように見せかけるためだろう。

「ケジロは？」と尋ねる。

「小屋におります。黙っているように、言いつけてきました。あの侍たちは、水を飲ませてくれ、と言ってきました。小屋の中にはケジロしかいなかったので、疑われていないと思います」

「私を捜しているのですね？」

「そうです」

「私を罪人だと言ったのですか？」

「はい。それらしいことを……。でも、私は信じておりません」

「侍は何人ですか？」

「あの、お待ち下さい。役人を斬ってはなりません」

「いや、斬るつもりはない」

「五人だと思います。暗くなるまえに帰ると思いますので、しばらく、もうしばらくお隠れになっていて下さい」

「何故、ここへ来たのでしょう？」

「貴方様が、里に下りたからではないでしょうか」

鍬で土を耕しながら、マサイは小声で呟いた。彼女は草鞋を履いていない。いつものように裸足だった。草鞋を履いていたら、疑われたかもしれない。

ここに五人来たということは、ほかの分かれ道を進んだ者も合わせれば、かなりの数が山へやってきたことになる。この場を切り抜けたとしても、油断ができない状況かもしれない。もしかしたら、自分が怪我をした一月まえの一件も、それに関係したものだったのだろうか。

「おい、そこの女」侍が大声で呼んだ。

「はい」マサイは顔を上げ、地面に鍬を置いて、そちらへ歩いていった。

侍と話をしているようだ。マサイは頭を下げている。

さきほどの道を、二人の侍が引き返してきた。

「この先は行止まりだ」と大声で話しているのが聞こえた。

一人が馬のところへ行き、手綱《たづな》を握る。別の一人が馬に乗った。やはり、着物が立派で年配の侍だった。その二人が小屋から遠ざかる。あとの三人もその後に続いた。

それを見届けたあと、マサイがこちらへやってきて、鍬を拾い上げた。侍たちの方をまだ窺っている。

「帰っていきました。もう大丈夫だと思います」マサイが言った。

「周囲の様子を調べてきます。マサイさんは、小屋に帰って、待っていて下さい」

「はい、わかりました。お気をつけて」

2

周辺をしばらく調べた。道を避け、林の中を歩いた。侍たちは道しか歩かないようだ。あの穴の老人のところへも行かなかった。もちろん、知らないのだろう。滝へも行っていない。適当に調べにきた、といったふうに見えた。日が落ちて暗くなってきたので慌てて帰ったようだ。

どこにも人の気配はないので、小屋に戻った。

ケジロが壁際に座っていて、こちらを見た。マサイも待っていた。

「ご迷惑をおかけしました」まず頭を下げた。

「いいえ」マサイは首をふった。「お留守のときで幸いでした。でも、しばらくは安心ができません」

「ええ、また来るかもしれませんね」自分も溜息をついた。面倒なことだ。

「人違いなのではありませんか？」マサイが言った。

「わかりません。覚えていないので、なにも反論ができません。あ、そうだ、あの者たちを埋めたところに、役人たちは気づかなかったのですか？」

「はい」マサイは頷く。「あれが見つかったら、どう言い訳をしようかと考えておりましたが」

たしかに、小屋からは少し離れている。近くへ行かなければわからないだろう。

「刀も兜も、埋めておいて良かった」そう言って、ケジロを見た。

「土も枯葉で隠しておきましょう。草が生えれば、わからなくなると思います」マサイが言った。「盗賊を追ってきたのだと最初は思いました。面倒なことになるといけないので、なにも知らないで通すことにしました。ケジロには一言も口をきくなと」

機転の利く人だと感心した。兜で思い出したが、あの老人は、役人を怖《おそ》れて穴に隠れていたのだ。しかし、今回追われているのは盗賊ではない。この身、自分が目的なのだ。

「ここに長くいることはできません」そう呟いていた。

マサイは黙っていた。ケジロもじっとこちらを睨んだままだった。自分も、正直なところ、もう少しここにいたかった。しかし、潮時かもしれない。

「どちらへ行かれるのでしょうか？」マサイが沈黙を破った。

「それは、まだ決めていません」

「里へ下りるのは危険です。お戻りになるのがよろしいと存じます」

「そうですね、わかりました」そう応えたものの、おそらく、役人たちも、そちらの方向へ捜索の手を広げていくだろう、と思った。

「行っちゃうの？」ケジロがきいた。いつもよりも声が高かった。顔を歪めている。

「あの役人たちは、夜通し捜そうという感じではなかった。今日の役目は終わった、そんなふうに見えました」

「ええ、そのとおりです。どなたかの命でしかたなく役目を果たしている、と見受けられました。つまり、貴方様がどんな人物かも知らないのです。罪人ならば、どんな悪事を働いたのか、どのように危険な人物なのかを説明したと思います」

「面倒で話さなかっただけかもしれませんよ」

「いいえ、あの一番歳上の役人を、私は知っております。向こうも私を知っております。私のことを気遣い、哀《あわ》れんでおられました」

「マサイさんたちは、里へは戻らないのですか？」

「この子が大人になれば、ここを出るようなことがあるかもしれませんが、それでも、あの里ではなく、もっと遠くへ行こうと思います」

それはやはり、事情を知っている者とは顔を合わせたくないといった気持ちなのだろう。これ以上きいては悪いと思い、黙っていることにした。

その日も、粥だった。昨夜よりも米も菜も多かった。ケジロは美味いと喜んでいたが、マサイはあまり笑わなかった。役人のことが心に残っていたためだろう。ほとんど話をしなかった。

夜中に目が覚める。夢も見なかった。というよりも、深く眠れなかったように思う。一番考えたのは、あの顔を見せなかった者、自分の名を知っていた者のことだ。ただ者ではない。あのような身のこなしは、普通に稽古をしてできるものではないだろう。

小屋の外に出た。もう一度、あの者に会えるような気がしたからだ。

月は見えないが、星は多く瞬いていた。風もなく、寒くもない。

小屋から少し離れ、マサイの畠の方へ歩いた。近くを動物が移動している、と思った。狐か狸《たぬき》くらいだろうか。立ち止まって、そちらを見たが、姿は認められない。

「ここにおります」とすぐ近くで声がした。聞き覚えがある。

「お主は、いつも私の近くにいるのか？」

「はい、それが役目の者です」

「それでは、私が斬られたときもいたのか？」

「はい」

「私は、あそこから落ちたのだな？」

「ゼンノスケ様は、亡くなられたものと思いました」

「確かめなかったのか？」

「はい……。生きておられるとは、思いませんでした」

「そうか。では、生きていると、何故知った？」

「馬貸しの店の女将《おかみ》が、私どもに知らせました。一方で、その息子は、役人に知らせました」

「それは、親子で敵味方ということか？」

「それぞれが、役目でございます」

「私を斬ったのは、誰だ？」

「都から来た一軍」

「何人くらいいた？」

「およそ三十かと。ゼンノスケ様が都へ入るまえに亡き者にしようという魂胆でした」

「私が都へ行くと、なにか不都合があるのか」

「はい、彼らには」

「私は罪人ではないのだな？」

「もちろん、そうではありません」

「彼らの不都合というのは？」

「それは……、尊いお方を退《しりぞ》け、代わりのお方を立てようとする企てを、怖れているからです」

「尊いお方とは？」

「天下人《てんかびと》のことです」

「天下人？　うーん、よくわからない。その代わりを立てるというのは、つまり謀反《むほん》のようなものか？」

「言うなれば、そうでございます」

「その謀反に、私が関わっているのか？」

「いいえ。それは、向こうの勝手な思い込みですが、その……、間違いというわけでもありません」

「曖昧だな」

「私が申し上げることではありません」

「うん……。となると、都へ行くのはよした方が良い、ということになる」

「都へ行けば、危険は増します。今頃は、ゼンノスケ様ご存命の一報が、都の隅々まで届いておりましょう。居場所が知れれば、いずれまた、同じ軍勢がこちらへ来ることになります」

「私を斬りにくるということか？」

「はい」

「困ったことだなぁ。しかし、都で待っているという者もいるようだ」

「そのとおりでございます」

「それは、女だな？」

「思い出されましたか？」その者の声が少し明るくなった。

「いや、まったく心当たりがない」

「そのお方は、天下人の母上様です。そして、ゼンノスケ様のお母上でもあられます。都から離れたところにいらっしゃいましたが、現在は都に入られました」

三味線女のことを言ったつもりだったが、勘違いされたようだ。

「難しいことを言う。つまり、天下人と私は、兄弟か？」

「はい」

「本当か？」

「はい」

「ならば……、何故、こんなところにいる？　何故命を狙われる？」

遠くで呼ぶ声がした。そちらを一瞬振り返った。

答が返ってこなかったので、もう一度下を見ると、すぐ近くにいると思っていた者がいない。影だと認めたものは、近づいてよく見ると、大きな石だった。

「どちらに？」と呼ぶ女の声が聞こえた。マサイが畠に入ってきたところだった。彼女が近づいたから、あの者は去ったようだ。

そちらへ歩いていった。

「どうされましたか？」マサイがきいた。「夜のうちに黙って出ていかれたのかと心配いたしました」

「はい、実は、そうしようと思っておりました」

「では、ここで何を？」

「いえ、狐を追って、こちらまで」

「狐？」

「逃がしました」

「あの……、どうしても、発たれるのですね？」

「夜の方が良いと思いました」

「そうですか？」

「どうか、ご容赦いただきたい」

「そんな……、私が、そのような……」マサイは首をふった。「貴方様がお決めになることです。私は、ただ、出ていかれるのならば、お礼を申し上げて、ご挨拶《あいさつ》がしたいと思いました」

「あの、マサイさん……」彼女に一歩近づいた。

「はい、何でしょうか？」

「地面に手をつくのはやめて下さい」彼女の手を取っていた。「立ったままでけっこうです」

「いえ、そんな……。あの、どうか、その……」

「本当にお世話になりました」

「私が、どんなに汚れた者か……、貴方様には、知られたくありませんでした」

「いえ、それは間違っている。貴女は素晴らしい方です。ケジロも、立派になるでしょう」

マサイは震えて、手を離し、その手で顔を覆った。

「大丈夫ですか？」

マサイは頷く。

「それでは、今から発ちます。どうかお達者で……」

マサイはまた無言で頷いた。

畠から出るところまで、彼女は一緒についてきた。

「あ、草鞋を……」マサイはそう言って、小屋の中へ入っていった。

自分は裸足だった。そうか、草鞋を履くのだった。発つつもりなどないまま、小屋を出たのだ。しかし、もうこの切っ掛けで発った方が良い、と思えた。ケジロが寝ているうちの方が良い。

彼女が持ってきてくれた草鞋を、足に結んだ。

再び立ち上がると、マサイの笑顔が星明かりで見えた。

「ほんの少しですが……」そう言って、金子を幾らか手渡した。多ければ彼女が受け取らないとわかっていたので、加減をした。

「いけません、このようなものは」

「宿に一夜泊まるだけで金を取られるのです。お世話になったのですから、当然のこと。どうかお願いします。受け取って下さい」そう言って頭を下げた。

マサイの手に無理に金を渡す。彼女が迷っているうちに、歩き始めることにした。マサイは追ってこなかった。振り返ったとき、手を振っている姿が見えた。

3

しばらくは道を急いだ。歩いているのは里へ下りる方向だ。里が近づいたら、道を逸れ、人目につかないようにしよう、と考えた。もしかしたら、あの者がまた現れて、正しい道へ導いてくれるのではないか、とも考える。

あの者から聞いた話は、よくわからなかった。天下人というのが、そもそもどんな人物なのか知らない。自分と血がつながっているということらしいが、それが何だというのか。血がつながっていることに、どのような意味があるのか自分には理解できない。

たとえば、マサイは侍の家の出だという。しかし、今はあのように貧しい暮らしをしている。血のつながりがある者は、彼女を助けなかったのだろうか。もしかしたら、そのつながりのある者が、彼女をあのような境遇へ追いつめたのかもしれない。

ケジロは、タンバという男の血を引いているようだが、そのタンバを、マサイは仇と恨み、刀を向けた。自分は彼女の代わりに彼を斬った。マサイは、そのことを後悔していないようだった。なにも知らないケジロだって、同じこと。タンバに似ているのは、毛の色だけだ。つまり、血というのは、容易に断ち切れるものだ。それほど重要なものとは思えない。生まれたのちに得たものの方が重要なはず。違うだろうか。

それから、都で待っている者がいて、それは女だなと尋ねたとき、あの者は、待っているのは自分の母親だと言った。あのときだけ、やけに言葉に力が籠《こ》もっていた。思い出されましたか、と勢いのある問いかけが即座に返ってきた。自分は、あの文にあったノギという女のつもりでいたのだが、まさか、ノギは自分の母親ではないだろう。寺で待っているとあったのは、あるいはそうかもしれないが、ただ、身分の高い女なのだろうから、三味線を持ち歩いているとは思えないし、あのような下手な文字を書くとも思えない。

いずれにしても、都へ行き、どちらでも良い、その女に会ってみたいものだ。会えば、なにか思い出すかもしれない、という予感がする。

少し明るくなった頃に、里が遠くに見下ろせる場所まで来た。日は後方から昇ってくるため、まだ山に隠れている。空は明るくても、里は黒い大きな陰の中だった。この先は注意をして歩こう、と思う。今のところ、道では誰にも出会っていない。もともと人通りの極めて少ない道のようだ。夏場でないかぎり、山へ入る者もいない、ということか。

坂を下っていく道から、右へ土手を登ってみた。このままでは見えなかった風景があった。山肌に畠が作られている。今はなにもないただの土だが、人が耕したのだろう、軟らかそうだった。その畠の中の細い小径《こみち》を進み、林の中へ入ったが、そこで道は途切れていた。しかし、なんとか通れそうな筋を見つけて、そこを進んだ。幾らかして、傾斜地を下っていき、さきほどよりも一段低い畠に出た。片側には背の高い枯草が一面にある。さらに行くと、真っ直ぐの用水路に行き着いた。左へ向かって、ずっと緩やかに水が流れている。この先が、あの宿場になるのだろう。
そちらを遠く眺めながら、人目につかないように、草原の中を進んだ。道を歩くのに比べて、倍は時間がかかりそうだった。

風景が見渡せる高台に出る。この下が一面の田園だった。屋根が幾つか見える。どこに森があるかも一望できた。この先は小山しかない。田の中を貫く道が見えた。さらに先に川があるようだ。あれは、さきほどの山の谷から続く川だろうか。

日が地面に当たり、すっかり明るくなっていた。すべてのものから長い影が伸びている。次はあそこまで行ってみよう、とだいたいの道筋を決めて、また歩くことにした。

人には会わない。ただ、ずいぶん遠くではあるが、人影らしいものはあった。田で仕事をしている者だろう。また、屋根の多くからは煙が上がっている。宿から延びる道がどの辺りなのかはわからないが、自分はそれよりも右、つまり北側にいることは確かだ。

どこかで鐘が鳴っていた。高い音で、何度か鳴ったあと止《や》んだ。時を知らせるものだろうか。鳥が何羽も群れをなして北へ向かって飛んでいくのが見えた。川が近くなったので、川原に寄っていくことにする。水を飲みたかったからだ。

大きく流れが曲がっていて、川原は広かった。大きな石が沢山ある。水はそれほど多くはないが、しかし、簡単に渡れる川幅ではない。水を飲むことができた。山の水よりも温かく感じられた。

川に沿ってしばらく歩く。そのうち、また森が近くなった。右手が高い。川は左へ曲がっていく。畠もなくなり、山が近くなった。川から離れ、高い場所へ登ってみると、左手の遠くに田畑がある。しかし、もう建物は見える範囲にはない。

歩いていると、しだいに躰が軽くなる。このまえもそうだった。自分は、このような旅に慣れているようだ。一人で黙って歩くのが楽しい。話をしなくても良いし、気を遣わなくても良い。今日は、特に気持ちの良い晴天で、寒くも暑くもない。ただ、だんだん腹が空いてきた。朝飯を食べずに出てきたこともある。できれば、日が落ちないうちに、なにか食べられるものが見つかると良い、と思った。しかし、こんな場所を歩いていては、人に会うことさえ覚束《おぼつか》ない。

左手を流れていた川は、もっと大きな川に合流した。その川は南へ向かって流れている。橋などはもちろん見当たらない。あの都へ向かう道は、ずっと下流になるはずだが、遠くを眺めてもどの辺りかわからなかった。

下流へ向かうには、合流するまえの小さな川を渡らなければならないが、それには泳ぐ必要がある。できれば、泳ぎたくない。いくら、あの滝で泳ぎを覚えたといっても、どうも不安だ。しかたがないので、大きな川に沿ってさらに上流へ歩くことにした。それは山が迫る方角になる。

かなり歩いたところで、川に船が浮かんでいるのを見つけた。その船はこちらへ向かっている。船頭が一人船の後ろに立っているのが見えた。ほかには誰も乗っていない。船が来る岸辺に向かって下りていった。

船頭に手を振ると、向こうも気づいてくれて、岸に船を寄せてきた。浅瀬に乗り上げたところで止まり、待っている。船に近づくには、水の中に入っていかねばならなかった。

「向こうへ渡りたいのだが、乗せてもらえませんか？」

「へい、どうぞ」

いくらかかるのか確かめた。大した額ではない。船頭は、船の方向を変えた。自分が乗り込むと、船頭は水の中に一度降りて、船を押した。水底から離れ、滑らかに進みだした。

「珍しいね、あんなところで」船尾に立ち、船頭が言った。

「どうして、こちらへ来たんですか？」

「いや、家が近くなんでね。休憩しようと」

「みんなが乗る場所は、もっと下流ですよね？」

「ええ……。お客さん、都へ？」

「この川を渡れば、都へ行けますか？」

「あの山の向こう」船頭は指をさす。

すぐ近くの山だった。ただ、右へ行くほど高くなる。左へ回れば、山を避けられるが、そこは大きな道があるはずで、大勢が歩いているだろうし、もしかしたら、自分を捜している者が見張っているかもしれない。

「船を降りた先で、宿か、なにか食べられる店はありませんか？」

「南へ行けばいくらでもあるさね」

「北ではないですか？」

「うーん、そっちはな……、あ、いや、一つあるにはある」

山へ少し入ったところに寂れた宿があるそうだ。そこへの行き方を教えてもらった。船は川を横切って対岸に着いた。中央付近では川は深そうだった。魚がいるだろうか、ときどき覗いてみたが、よく見えない。山の中の川よりは水が温かいから、潜りやすいのではないか、と思った。ただ、流されてしまい、気づいたときには下流にいるかもしれない。

船頭に金を払い、言われたとおり、北の山へ向かって歩くことにした。地面には新しい草が生えている。まだ細く小さいが、これからどんどん伸びるのだろう。それらを踏んで進む。斜面を登っていくと、道に出た。誰も歩いていないが、そこを右手へ行く。おそらく、逆へ向かえば、さらに大きな道に合流し、都へ行けるのだろう。そちらは人目につく。この山を越えていくような道がないか、宿で尋ねてみよう、と考えた。

分かれ道らしきものもなく、森の中へ入った。樹々に囲まれた場所に屋根が見えてきた。近づくと、その建物の奥は岩場で、底は見えないが、ちょっとした渓流がありそうだ。多くの樹が無数に枝を伸ばし、空の大部分を覆っている。これで葉が出れば、日が届くことはないだろう。

石段があって、それを上っていった。瓦《かわら》ののった小さな門があり、左右ともに黒い木の柵《さく》で囲われている。門から入ってすぐのところに玄関があり、その戸を開けて中に入った。しんと静まり返っていた。

「どなたかいませんか」と声をかける。

真っ直ぐな廊下が奥へ延びていて、突き当たりの壁に文字を書いた掛け軸が見えた。小さな老婆が戸を開けてその廊下に出てきた。こちらを見てから、歩き始める。近くまで来るのに時間がかかった。腰が曲がっていて、歩いているときは下を向いているから前を見ない。玄関先で膝をつき、正座すると、もの凄く小さい。

「何でしょうか?」老婆が顔を上げてきいた。

「こちらが宿だと聞きました。泊まることができますか?」

「お侍様、お一人ですか?」

「そうです」

「はい、承知しました。お部屋の用意をいたしますので、しばらくお待ち下さいますか」

「はい、お願いします」

「お待ちの間、お茶を飲まれますか?」

「いえ、けっこうです。いりません」

「では、裏の庭でも、ご覧になっていて下さい」

「裏の庭に、なにかあるのですか？」

「谷に枝垂《しだ》れる桜の樹がございます。こちらの名所です」

「そうですか、もう桜が咲いているのですか」

「いいえ、まだです。もう半月ほどお待ちいただかないと」

「そうですか」

老婆は、床に両手をついて立ち上がり、方向転換し、奥へ歩いていった。では裏の庭を見てこよう、と思い、また戸を開けて外に出た。柵の内側を歩き、建物に沿って小径を進むと、苔の生えた庭に出る。石で作った奇妙な形のものが飾ってあった。建物の反対側まで回ると、庭は広くなって、その奥にたしかに大きな桜の樹があった。樹の根元は小山のように盛り上がっている。そこに石段があったので上ってみた。その小山の頂きよりもやや左に桜の幹があるのだが、枝が沢山四方八方に伸びているため、小山はすっぽりと桜に包まれている形になる。小山へ上がる小径は行止まりで、そこから渓谷を眺めることができた。足許から先は急な斜面だが、下りていけないほどではない。谷の底は岩ばかりで、どこを水が流れているのかわからない。流れの音も聞こえなかった。対岸では岩が切り立ち、その上に森が続く。ただ、さほど大きな山ではない。この山の向こうが都になるはずだ。

もう眺められるものは眺めてしまった。咲いていない桜の樹を見てこいというのも、強引な誘いだとは思ったが、玄関で待たされるよりはましかもしれない。あの老婆が一人で準備をするのだろうか。宿の規模は、外から見た限りでは大きくない。庭に面したところには縁《えん》があって、襖《ふすま》の戸が閉まっているのが見えたが、部屋は数えるほどしかなさそうだった。

小山の頂上にある石に腰掛けて、腕組みをして待った。すると、縁の端の戸が開き、中年の男が出てきた。庭に下りて下駄《げた》を履く。こちらへやってきたが、小山に登る小径ではなく、小山を迂回する道に進もうとする。ちらりとこちらを見て、頭を下げた。手には竹の籠のようなものを持っている。

「何をしにいくのですか？」と尋ねてみた。

「魚を取りにいきます」男は立ち止まり、そう答えた。

「下の川でですか？　獲れますか？」

「ああ、いや、生《い》け簀《す》があるのです」

「いけす？」

「獲った魚を池で生かしています」

「ああ、なるほど。それは、もしかして、私のためですか？」

「はい。お客様は、お侍様お一人ですので」

「そうなんですか」

一礼して、男は先へ進み、すぐに見えなくなった。魚が食べられることがわかった。腹が減っていたので、楽しみになる。それから、老婆以外にも宿の人間がいたことで、ひとまず安心した。それにしても、その池に入れる魚は、どうやって獲ったのだろう。生け捕りにしなければならない。そこをきいてみたい。

縁にあの老婆が姿を見せた。向きを変えて、仰《の》け反《ぞ》るようにしてこちらを見た。そこで、小山から下りて、そちらへ近づいた。

「桜が咲いたら、見事ですよ」老婆がそう言った。目を細めて、そちらを眺めている。まるで今も桜が見えるようだ。

「魚を取りにいったのは、息子さんですか？」と尋ねると、老婆は無言で首をふった。

特に説明はなかったので、それ以上きかなかった。どうやら、部屋の準備ができたらしい。

「ここから上がって下さい」と言うので、履物を脱いで縁に上がり、老婆のあとをついていった。通路を入った奥の木戸を開けたところが、あの掛け軸の壁の横だった。その通路で襖を開けた。そこに座敷《ざしき》がある。座布団が一つ中央に置かれていた。部屋に入り、奥の襖を開けると、そこが庭に面した縁になる。だったら、こちらから入れば早かったのではないか、と思った。なにか仕来《しきた》りか、礼儀の順序というものがあるのだろうか。

老婆は、お茶をお持ちします、と言い残して出ていった。

襖を開けて、桜の老木を見ていると、小山の右から男が現れ、竹籠を抱えて左へ歩く姿が見えた。こちらには気づかないようだった。老婆の息子ではない何者かである。

4

茶を飲んで、横になっているうちにうとうととしてしまい、人が近づいてくる音で目を覚まして起き上がった。既に庭は暗くなっていて、部屋の中はさらに暗い。縁に出る襖が開いたままだったので、立ち上がってそれを閉めた。

廊下側から声がかかり、返事をすると、襖を開けて男が顔を出した。これから食事を持ってくる、と言う。それで、座布団に座って待っていると、男が膳《ぜん》を運んできた。焼いた魚があった。これが池で生かされていた魚だ。酒のことをきかれたので、それはいらないと断った。

男が頭を下げて出ていったあと、一人で食べることになった。魚から食べたが、これが美味い。塩がよく利いている。ほかのものも美味かった。汁は白っぽい色で、何種類もの菜が入っている。

次に、老婆が茶を持って現れた。それを膳の横に置いた。なにか不都合はないか、と尋ねるので、不都合はない、とても美味《おい》しい、と答えた。老婆は、風呂を沸かしたと話す。あとで入ります、と応えた。

「都からいらっしゃったかね?」ときかれる。

「いえ、都へ行こうと思っています」

「それは、また珍しいことで」

「どうしてですか？」

「都へいらっしゃるならば、ここは寄り道には遠すぎますので。こちらへ寄るよりも、都へ行った方が早い」

「ああ、そうなんですか。山の中を歩いてきたので」

「へえ、そうなんですか」

「こちらの、この奥の山を越えたら、向こうは都なのでは？」

「はい、そうなります」

「道がありますか？」

「道はありません。山の上に寺があります。そこから都へ下りる道ならばあります」

「こちらからは登れませんか？」

「登れないこともないですが、迷ったら困ります」

「でも、大きな道は山をぐるりと回っているから、ずいぶん遠くなるのでは？」

「そうですね……。あ、そうだそうだ、ちょっとお待ち下さいな。どっこいしょ」畳《たたみ》に両手をついて、老婆は腰を上げる。

部屋から出ていったので、茶を一口飲んでから、また飯を食べる。すぐに食べ終わった。このような美味いものばかり食べていて良いものか、と感じた。茶を飲んでいると、男が現れた。

「この山の上にある寺へ、漬け物を届けたことがございます。そこのお坊様が、こちらへ直接下りていらっしゃったことがありまして、その道をついていって覚えました。その後も、二度ほど荷を持って登りました」

「道がある、ということですね?」

「はい、ございます。細い道ですが、さほど険しいところもありません。明日、そちらへ発たれるのでしたら、途中までご案内いたします」

「そうですか、では、お願いします」

「あの、失礼ですが、お侍様のお名前をおききしてもよろしいでしょうか。帳簿をつけておりますので……、その……」

「ああ、そういえば、宿賃もきいていませんでした。今、お支払いします」

「ありがとうございます」

老婆ではなく、この男が宿の主人かもしれない。料金は、あの里の宿よりは高かったが、しかし、料理の素晴らしさを思えば妥当なところだろう。それから、名前をきかれたので、シンノスケと名乗った。なんとなく、その名が口から出ただけだ。これは嘘になる。ただし、とにかく自分の名がゼンノスケだというのも、本当のところはわからないのだから、嘘も真もない。もしかして、自分を捜している役人がここへ来ることも考えられるので、違う名を帳簿に書いてもらった方が良いだろう、と考えた。

「山の上の寺は、何という寺ですか？」

「知延寺《ちえんじ》といいます」

「ちえんじ？　ちえんてらですか？」

「はい、知恵が延びる、と書きます」

「あ、そうですか……。どんな寺ですか？」

「どんな、というのは、ちょっと、私では、その由緒《ゆいしょ》とかはわかりませんが……」

「いえ、では、それは寺で伺います」

「そうなさって下さい」

男は頭を下げ、部屋から出ていった。土瓶《どびん》から茶を注ぎ足して飲みながら、考える。あの文にあった寺の名だ。しかし、都には百も寺があるとも聞いたので、同じ名の寺があるかもしれない。文字が違う、ということだってあるだろう。文には女仮名で書かれていたので、わからない。それに、一月もまえのことなのだから、そんなに長く待っているとも思えなかった。

庭に出て剣の稽古がしたかったのだが、宿の者に不審に思われるのもまずいと考えて我慢することにした。縁に出てみると、山の空気よりもいっそう暖かい。もう春の気配がする。

また布団で眠ることができ、朝まで夢も見ずに休んだ。明るくなって、襖を開けると、霧が立ち込めていたが、やはりそれほど寒くはない。

朝飯も美味かった。昨夜と同じ汁が出て、これが良い。老婆がまた茶を持ってきたので、少し話ができた。この桜を見るために、都から客が来るということだった。桜を見て何をするのか、と尋ねると、歌を詠《よ》むのだという。歌を詠むとは、どういう意味なのかわからなかったが、あの穴の老人のように鼻歌をうたうという意味ではなさそうだと感じた。おそらく、もっと優雅な趣向なのだろう。

それから、三味線を弾く者がここへ来なかったか、とも尋ねたが、老婆は首をふった。桜のための客が集まる頃には、琴を弾くこともあるという。

「誰が弾くのですか?」

「私の娘です。都で働いておりますが、そのときには戻って参ります」

琴と三味線を自分は知っている。それを見たことがあるようだ。だが、どんな音なのかは、どうしても思い出せなかった。不思議だ。言葉がわかるのに、思い出せないのは奇妙なことのように思われる。

縁に座って履物を付けていると、老婆が包みを持ってきた。握り飯だという。それはありがたいことだ、と礼を言った。あの男が出てきて、一緒に、桜の樹の右手から渓谷へ下りていくことになった。

何度か折り返して急な斜面を下り、谷底の岩場に出る。岩で囲まれた場所に水が溜まっていて、これが生け簀だ、と男が教えてくれた。覗いてみると、五匹ほど魚が動いている。魚はここから出られないが、魚が食べる餌《えさ》は、どこかからここへ入ってくるのだろうか、と考えて調べてみると、川に近い側では、岩を挟んで両側に水がある。川の水とつながっているのだ。つまり、岩の隙間から小さな魚などは出入りができる。だから、ここで大きな魚が生きていける、ということのようだ。あるいは、宿の者が魚に餌を与えているのかもしれないが、人が与える餌を食べるだろうか、とも疑問に思った。そのあたりを、この男にききたいと考えたが、どんどん先へ歩いていってしまうので、話ができなかった。

離れた岩の上を跨《また》いで進むことで、川の反対側に行ける。橋は不要というわけだ。そこから森の中に入った。しばらく、道らしい道はなく、ただ草や落葉を踏み、樹の枝を折りながら進んだ。しかし、すぐに邪魔なものもなくなり、普通に歩ける傾斜地になった。この辺りから高い樹が増える。低い位置に枝がない。

しばらく登ったところで、突然細い道らしき場所に出た。左へ進む方向が上っているようだ。宿の男は、そこで立ち止まった。

「あとは、この道なりに行くだけです。途中で二股になっているところでは、上る方へ進んで下さい。寺はこの山の頂上に近いので、上へ行けばまちがいありません」

「わかりました。どうもありがとう」

「お気をつけて……」

「あ、そう、一つきいてもよろしいですか」思い出したので、質問をすることにした。男は首を傾げて待っている。「あの宿のお年寄りは、貴方の母上ではないのですか？」

「いえ、私は婿《むこ》です」

「では、都にいて、琴を弾くという方が……」

「はい、私の妻です」

「そうだったんですか。どうもありがとう」頭を下げた。

男は、まだ話の続きがあるような顔だった。何故そんなことを尋ねるのか、と思っているのかもしれない。しかし、彼には背を向け、道を上がっていくことにした。

自分でも、何故気になったのかわからなかった。宿にはほかに人の気配がなく、老婆とあの男の二人だけのようだった。また、老婆は、娘が都で働いていると話していたので、その婿があの男だとも考えなかったわけではない。ただ、そのように妻が遠くへ働きに出て、婿が家にいるということがあるのか、と思っただけだ。琴を弾く女、というのにも、何故か少し引っ掛かりがあった。あの文を残した女が、三味線を持っていたという話があったせいかもしれない。

そんなことを考えながら、山の中の細い道を上っていった。両側から枝や枯草が突き出ていて、道とはいってもけして歩きやすくはなかった。ほとんど人が通ることはないのだろう。この上にある知延寺が文にあった場所なので、女のことを思い出せないものか、とあれこれ考えたけれど、とにかくなにも覚えがない。さっぱりわからない。そもそも、文の宛名のゼンとは、本当に自分なのだろうか。そこが間違っているかもしれない。だとしたら、とんだ無駄ということになる。

しばらく上ったが、急な坂道が多いうえ、気が急《せ》いてしまい、汗をかいた。急ぐこともないと思い直し、少し休憩をすることにした。ちょうど、見晴らしの良い場所に出たからだ。

握り飯が食べたかったが、それには少し早い。座るところもないので、立ったままだが、その方が景色も見えるし、斜面を上がってくる心地の良い風に当たることができた。東から南の角度がよく見えている。昨日の川が交わっている場所がわかった。船で渡ってきたところも、だいたい見当がついた。畠や田はとても広く、このような平たい場所があることが不思議だった。道の位置もだいたいわかる。建物が小さく点在している。だが、都というものは見えない。都とはどんなところなのか、見てわかるものだろうか。山の西側なので、ここからはまだ見えない角度になる。

背後に気配を感じ、左手が刀へ行き、鍔に指が触れた。

「ここにおります」あの声だった。

振り返ると、草の中に姿があった。どこから来たものか想像もつかない。どうやって音を消して近づくのだろう。

「そういえば、お主の名を聞いていない」

「ナナシとお呼びになっておられました」

「私が？」

「はい」

「ナナシ？　名前がないという意味だ。それならば、私もナナシだ」

「いえ、ゼンノスケ様でございます」

「本当にそうなのか？　人違いということは？」

「そのようなことは」

「今日は、何を教えてくれるのか……。この先の寺に、なにか危険があるのか？」

「いえ、この道は大丈夫です。寺にも待伏せはありません」

「待伏せか……、下の道では、危なかったと？」はるか見下ろせる方角を指さした。

「はい、何カ所か」

「そうなのか……、やはり、都へは行かぬ方が良いのか？」

これには、ナナシは答えなかった。黙って、ただそこに控えている。

「この際だから、もう少し自分の身の上を聞いておきたい。知っているのだろう？」

「いずれ、思い出されるのではないかと願っております」

「私も願っているが……。そう、私を斬った侍のことを聞きたい。その者を知っているか？　どこにいる？」

「おそらくは、アカシ・ランサイかと」

「アカシ・ランサイ？」

「天下人の指南役を務める者、ムトウ流の使い手で、カシュウ様の弟弟子になります」

「おそらく、と言ったが、断定はできないということか？」

「はい、面を被っておりました」

「あ、もしや、赤い面では？」

「はい、覚えておられましたか？」

「その夢を見た」

「ゼンノスケ様と最初に話をしたのが、トビヒという侍で、この者が、アカシの門下なのです。それに、あの刀捌《かたなさば》きは、アカシのほかには思い当たる者がおりません」

「そうか……」最初に話をしたという者には、まったく覚えがなかった。「その、カシュウとは？」

「スズカ・カシュウ様です。アカシの前任の指南役です」

「指南役というのは、ようするに、都で一番剣が強い侍のことか？」

「そう言っても良いと思います。ゼンノスケ様は、スズカ流の剣士。スズカ・ゼンノスケと名乗っておられました」

「では、そのスズカ・カシュウが私の師か？」

「はい」

　ナナシの話によれば、そのカシュウは病で他界し、そのため、自分は旅に出ることになったという。都へ向かって東から歩いてきたらしい。

「自分が生きているという話は、敵には既に伝わっているのだな」

「もちろんです」

「では、また、そのアカシが出てくるわけか……」

「おそらくは」

「どうして、そのように、わざわざ指南役が出てくる？」

「それは、ゼンノスケ様を倒せる者が限られているからでございます」

「私は、そんなふうに見られているのか」

「はい」

「そうまでしなくても、弓でも鉄砲でも持ってくれば良いと思うが」

「それは、尊い血筋ゆえのことかと」

「え、どういうことだ？」

「卑怯《ひきょう》な手を使えば、上に立つ者の名が汚《けが》されます」

「よくわからないが……」

とにかく、困ったことだ、というのは確かだ。わざわざ物騒《ぶっそう》なところへ出ていくのも面白くない。

「引き返した方が良いか？」と尋ねてみた。

ナナシは返事をしなかった。じっと動かない。

空を影が過《よぎ》ったので、見上げると、鳶《とび》が翼を広げて近くを過ぎていった。再び、ナナシを見ると、もうそこには姿がない。

思わず舌を打った。

まだまだききたいことがあったのに、と思う。息を吐き、前と後ろを見た。とりあえず、ここまで登ってきたのだから、今さら引き返すのも残念なこと。そう思って、また歩くことにした。

5

上るほど道は曖昧になり、ついには林の中をどこでも歩けるようになった。勾配《こうばい》も緩やかになり、前方に建物の屋根と、長く続く白い土塀《どべい》が見えてきた。塀の下には石が積まれている。その塀に沿って歩くと、山の西が見える位置に至った。樹々の間から、広く平たい土地が望める。小さな黒いものが沢山並んでいるように見えたが、それらは建物の屋根だった。こんなに沢山の屋根を一度に見たことがない。あれが都か、と思った。

声が聞こえたので、そちらを向くと、塀の先に人が一人立っている。こちらを見ているので、おそらく自分に声をかけたのだろう。近づいていき、頭を下げた。僧侶であることが服装でわかった。ということは、自分は僧侶を知っているのである。まだ若く、手に箒《ほうき》を持っている。彼の後ろに門があった。

「お侍様、この寺を訪ねてこられたのでしょうか？」囁くような優しい声だった。

「はい、そうです」

「都からいらっしゃったのですね。何故、あちらへ？」

逆の方角から来たのだが、都からだと言った方が良いだろう、と咄嗟《とっさ》に考えた。

「ええ、珍しい鳥を見かけたので、つい追ってしまいました」

「そうですか」僧侶は微笑んだ。「何のご用でしょうか？」

「はい、実は、ノギという女を捜しております。ご存じないでしょうか？」

「ああ、ノギさんですか、三味線の」

「そうです」

「ずっと以前、十日ほどですか、こちらにいらっしゃいましたが……」

「もう、いないのですか？」

「はい」

「どこへ行きましたか？」

「いえ、私は存じません。あ、とにかく、中へお入り下さい。ずっと道を登っていらっしゃったのですから、お疲れでしょう。どうぞ、中へ……」

大きな建物の中へ案内され、しばらく待つと、茶が運ばれてきた。さきほどとは別の若い僧侶だったが、お待ち下さいと言い残して、すぐにどこかへ行ってしまった。温かい茶を喉に通すと、握り飯を食べるには良い頃合いだと思い至った。だが、目の前に仏像がある。じっと見られている感じがして、やや気が引けた。何故気が引けるのかはわからないものの、ここは他人の家であるし、勝手な振舞いは慎む方が無難と考える。握り飯はあとで食べれば良いことだ。

派手な着物をきた僧侶が現れた。派手なというのは、金や銀の細かい模様があったからである。髪も髭もないが、顔には皺が多い。いくつくらいなのかわからないが、老人である。お互いにお辞儀をした。

この寺の住職で、ネイウンと名乗った。

「ノギさんのお知合いとのこと、伺いました」と言う。「お噂《うわさ》は聞いております。たいそうな剣の腕前とか」

「その侍の名を、何と言っていましたか?」

「ほう、面白いことを尋ねられる。ノギさんは、ゼンさんと呼んでいましたな。貴殿の名でありましょう」

「それが、実は、わからないのです」

「わからないとは?」

「その、ふと気づいたときには、自分が何者か、どこから来たのか、すっかり忘れていました。いまだ思い出せません。ただ、周囲の者から聞いた話によれば、私は何者かに斬られ、瀕死の状態だったと……。それが、一月半ほどまえの話だそうです。その傷はおかげさまで癒えましたが、誰に斬られたのか、何故斬られなければならなかったのか、まったく覚えがありません。その、ノギという名の者が、私をこの寺で待っていると知ったのも、私宛ではないかという文を見たからです。また、私の名はゼンノスケだと言う者も現れました。それが本当かどうか、私には判断できません」

「なるほど……、自身が何者かわからないとは、いかにも珍しいことですな」ネイウンは、じっとこちらを見据える。「しかし、貴殿が正気であることはまちがいないものとお見受けしました。その名のご本人でありましょう。ノギさんが話していた方に、いかにも相応《ふさわ》しい」

「その人は、どちらへ行かれたのでしょう？」

「古い故あって、久し振りにここへ来られ、何日か滞在されましたが、退屈されたのか、ちょっと、と言われて、どこかへ出ていかれました。ただ、おそらくは都のいずれかにおいでのことと思います。都から離れるのならば、こちらへご挨拶にいらっしゃると思いますので」

「そうですか、わかりました」

「ノギさんに会えば、忘れていたものも蘇《よみがえ》るのではないでしょうか」

「そういうものですか？　あの、私とその人は、どのような間柄なのでしょうか」

「いえ、そこまでは存じません。ただ、ノギさんは、一度は都を離れ、その道中で貴殿に会って、もう一度自分も都へ上ろうと思い直したと話しておられました。それだけ、貴殿との出会いが印象の強いものであったのではないでしょうか」

「その人は、都に戻って、何をするつもりなのですか？」

「芸事にもう一度身を尽くしたい、というお話でしたが」

「ああ、では、三味線ですか？」

「三味線、琴、歌、どれなのかは存じませんけれども、ええ、そういうことだと理解しております」

「わかりました。どうもありがとうございました」手をついてお辞儀をして、立ち上がろうとした。

「ああ、ちょっと、お待ちを……」ネイウンが片手を広げた。「せっかくいらっしゃったのですから、なにか召し上がっていかれるとよろしい」

「あ、いえ……、実は、宿で作ってもらった握り飯を持っております。お気遣いには及びません」

「正直な方ですな」彼は笑った。「いやいや、失礼をしました。実は、お引き止めするつもりがあってのことで、それをお伝えすべきでした。理由は二つございます。まず、この寺には、剣術に励んでいる者たちがおります。ノギさんから、貴殿のことを聞いておりますので、是非ともご指導をいただきたい、ということ。それから今一つは、拙僧《せっそう》の勝手な想像です。貴殿を襲った者は、おそらくなにかの勘違いをしているものと思われますが、しかし、それなりの力を持った集団でありましょう。とすれば、貴殿を再び襲うかもしれない。心当たりはありませんか？」

「心当たりはありませんが、役人が私を捜しているようです」

「ほう、役人ですか……。これはまた不可解な。ということは、そのような勢力、そのような立場の者、ということになりますな」

「私にはわかりません。そもそも、何故命を狙われるのか」

「ノギさんからお聞きした、そのままの方だ」僧侶はまた笑った。「とにかく、そう考えますと、あまり目立つところへ出ていかれぬ方がよろしいかと存じます。この寺におられれば、役人も手が出せません。ここは安全です。ですから、お互いの利になるということで、ゆっくりしていかれてはいかがでしょうか」

「ここからは、都へどれくらいで行けますか?」

「山を下りればすぐです。ただ、都は広い。端まで行くにはもっとかかります」

「今は、都を早く見たいと思っています」

「それならば、明日にでも行かれるとよろしい。また夜は戻ってこられれば良い。宿に泊まれば金もかかる、役人にも知られることになりましょう」

「え、そうなんですか?」

「はい、役人とは、そういった力を持っている者です」

よく理屈がわからなかった。あの穴の老人が話したように、役人は、他人の目を使うことができるのか、と想像してしまった。そうではなく、役人に知らせる者が大勢いる、という意味なのだろう。

「わかりました。それでは、少しの間、ご厄介になります。あの、剣術の指導など、私にはとてもできないと思います。子供に剣の構えを教える程度のことしか経験がありません」

「いえいえ、貴殿の佇まいを拝見するだけで、既にご指導いただいているも同じこと。お気に召さない場合は、おっしゃって下さい。けっしてご無理を強いるものではありません」

「お気遣い、ありがとうございます」頭を下げた。「あと、一つ伺いたいのですが」

「何でしょうか？」

「そこに、仏像がありますが、さきほど、私はここで握り飯を食べようか、と考えてしまいました。それはいけないことでしょうか？」

「いえ、どこで召し上がられてもけっこうです。これは、仏の像であって、仏様ではありません。仏様ならば、この世の隅々、どこにもいらっしゃいます」

「そういうものですか」

「さて、では、お部屋へご案内いたします。握り飯に合う、菜や汁もお運びいたしましょう」

6

住職ではなく、別の若い僧侶が現れ、部屋まで案内してくれた。そこへ、また新しい茶が運ばれてきて、少し遅れて、椀《わん》に入った汁と白と緑の菜がのった皿が届いた。運んできた者が出ていき、自分一人になったので、懐から握り飯を出して食べた。汁も美味いし、菜も美味い。毎日がこんな生活であったらもうこれ以上なにも望むものはない、とも思ったものの、そうでもないか、やはり剣の道に対しては、多少の未練、多少の欲求があるようだ、と思い直した。どこからか、仏に見られているように感じたせいかもしれない。

部屋から縁に出ると、寺の庭が眺められる。広く樹や草がない場所で、剣の稽古にはもってこいだ。刀を抜いて構えてみたい、という衝動にかられたが、しかし、勝手なことはできないだろう、と我慢をした。

その庭に僧侶が十人ほど入ってきた。服装が少し違う。動きやすい形になっている。いずれも長い棒を手にしていた。それから、住職のネイウンが廊下から現れ、近くまで来て座った。こちらもその縁に腰を下ろした。

「この者たちが、武術の稽古をしております。筋を見ていただけないでしょうか」ネイウンがそう言った。

筋を見るという意味が、今一つわからなかったが、見ればわかるものかとも考えて頷いた。

まず、二人が棒で打ち合うという技を見た。声を上げ、棒と棒が当たってかんかんと高い音を上げる。けれども、打つ順も位置も決まっているようで、打つまえから受ける形になっているのが、どうも不思議な光景に見えた。つまり、踊りのようなものだ。もしかして、踊りかもしれない。躰を鍛えるためにやっているのか。

その次は、短い棒を二本両手に持った者と長い棒を一本持った者が相対した。躰をくるりと翻したり、脚を大袈裟に上げたりして、見ている分には面白かったが、これも武術なのか、と不思議に思った。

それが終わったところで、ネイウンがこちらを向いて「いかがでしょうか？」と尋ねた。

「どうして寺の方が、このような稽古をしているのでしょうか？」逆に尋ねる。

「はい、寺には侍はおりませんので、寺は、寺の者が守らねばならず、そのためには、このような力も、ある程度は必要となるものと考えております」

「守るというのは、誰かが攻めてくる、ということですか？　ああ、それは盗賊のような輩《やから》でしょうか？」

「それもございますが、侍の軍勢によって焼かれた寺も、過去にございます」

「どうして、侍が寺を焼くのでしょうか？」

「そうですね、拙僧も、それは腑《ふ》に落ちないところですが、いずれも、政《まつりごと》に、侍や僧侶が口を出していることが原因かと存じます。たとえば、商人であっても政に口を挟めば、軍勢に攻められることもあるやに思われます」

「この寺は、政に口を出しているのですか？」

「いいえ」住職は笑顔のまま首をふった。「よくぞ、それを言葉にされました。いや、大いに感服いたしました。まことに面白いお方だ。いえ、笑うようなことではない。拙僧は、政には興味はない。もちろん、口も出しません。しかしながら、興味がないこと、口を出さないことを咎《とが》める者もおります。侍を大勢伴って、脅しにくる者さえおります。万が一のときには、ただこの身が斬られて死ねば良い、焼かれて死ねば良いことと覚悟しておりますが、それは拙僧のような耄《もう》碌《ろく》の心得。若い者たちは、なかなかそこまでは至りません。であれば、多少の鍛錬をして、心安らかになれるのであれば、という思いも無下に責めるわけにはいきません。いかがでしょうか？」

「よくわかります。侍であっても、刀を持ち、剣の鍛錬をするのは、それと同じこと。この身を守り、己を生かすためです」

「ゼン殿は、剣の流派はどちらでしょうか？」

「覚えていないのですが、聞いた話では、スズカ流だそうです」

「おお、では、あのスズカ・カシュウの？」

「ご存じですか」

「都で、スズカ・カシュウを知らぬ者はおりません。いえ、しかし、もうずいぶんと昔のこと。若い者たちは、あるいはもうその名を耳にすることもなくなりましたでしょうか……。そうですか、スズカ流とは珍しい。どのような剣か、是非とも拝見したい」

「私も、自分の剣がどんなものか知りません。説明することは、まったくできませんし、お見せすることができるのかどうかもわかりません。ただ、さきほど、防御をするための技だとおっしゃいましたが、実のところ、そのようなものは剣の道にはないように思います」

「防御がない、とおっしゃるのですか？」

「そうです。自分の身を守るものが刀だと、言葉にはしましたが、これも、本当は間違っている。身を守るとは、すなわち、目前の敵を倒したのちの結果にすぎません。ですから、今拝見したような、相手の振りを棒で止めることは、無駄と言えます。相手の攻撃を止めることをいくら繰り返しても、相手はまた出てきます。そのうちに、打たれるでしょう。そうではなく、打ってきたら、同時に敵を打つ。その一撃で相手を倒すことができれば、一回の振りで身が守れます。一回で済めば、その次の敵にただちに向かうことができます」

「なるほど……」ネイウンは、庭にいる者たちの方を見た。「どうかな、今の話、わかったか？」

若い僧侶たちは首を傾げている。

「では、お見せしましょう」そう言って、立ち上がった。

刀は部屋に置いたままである。庭に下り、僧侶の一人から棒を一本受け取った。それを左手で持ち、軽く振ってみた。刀に比べると長いが、かなり軽い。

彼らに向かい、一礼した。

「では、どなたでも良い。私を殺すつもりで打ち込んできて下さい」

腰を下げ、棒を斜め下に構えた。

長い棒を持った躰の大きな男が前に出た。その者が一番強いようだ。自信があるのだろう。棒をこちらへ向け、腰を落として構える。

力が入っているのがよくわかった。棒の先が動いている。目は見開かれ、歯を食いしばっている。呼吸もわかった。息を吸い、その息を止め、声を上げて、棒を振り上げながら前に出ようとする。

そこへ飛び込み、振り下ろされた棒と腕に躰を添《そ》わせて、男の躰へぶつかる。こちらの棒は、その男の首筋をぐっと持ち上げた。

しばらく動けなかったようだが、男は息を吐き、後ろへ下がった。こちらも下がる。離れたところで一礼した。

「真剣であれば、首を斬られておったな」ネイウンが言った。穏やかに笑っている。

若い者たちは、怯えた顔になり、目を合わせようとしなかった。最初の大男は、地面に膝をつき、大きく息をして、汗を流している。

「ほかの方は、よろしいですか？」と尋ねると、全員が頷いた。

縁に戻り、さきほどの位置に座った。

「あの者たちの技は、なにか基本の筋が間違っているように見受けられますが」ネイウンが言った。「そうではありませんか？」

「そんなことはありません。基本の形は大事です。自分もよく一人で、剣を振って確かめます。打合いの稽古も、しないよりはした方が良いでしょう。躰を鍛えることにはなります。ただ、実戦では、そうはいかないということです。真剣の立合いは、最初の振り、その一撃で決するものです」

ネイウンが手で指示をしたので、庭にいる者たちはお辞儀をして、去っていった。塀の戸を潜《くぐ》り、その戸が閉まった。

「お礼を申し上げます」ネイウンが頭を下げた。「無理を言いました。ありがとうございます」

「いえ、このようなご厚意を受け、自分にできることは、せめてこのくらいかと」

「ゼン殿は、もう何人も人を斬られましたな」彼が言った。

「以前のことは覚えておりませんが、ええ、つい先日も、十人ほどを斬りました。あれは、我が身を守るための剣であったかと、心残りがあります」

「そのような迷いが生じるのもまた、剣の道というものかと勝手に推察いたします」

「なにも考えず、躰が自然に動きました。いわば無心でした。気づいたら、全員の命を取っていました」

「侍とは、元来がそのような性《しょう》の者でしょう」

「不思議です。咄嗟のときに迷わないのは何故かと」

「うーん」ネイウンは首を捻った。「何故迷わぬのか、ですか。なんとも不思議な疑問だ。しかし、迷わぬから勝てるのではありませんか？」

住職のその返答は、自分が求めている言葉に、少し似ているような、意味が近いような気がした。

7

住職に対して自分が話したことが、どうも自分の言葉ではないように思えた。部屋で一人になったときに、自分に対して違和感を抱いた。

あの山の草原で自分というものを覚えて以来、初めてのことだった。思いもしない言葉がすらすらと口から出てきたのだ。それは、あの盗賊たちを斬ったときに似ていた。本当に自分がしていることなのか、という思いがある。そのときは小さくても、あとになって大きくなる。

とにかく確かなことは、すべてを忘れているわけではない、ということだ。それどころか、もう自分はほとんどを思い出しているのではないか、という気持ちになってきた。おそらく普通の正常な状態であっても、見たもの聞いたもののすべてを覚えているわけではないだろう。日が経てばしだいに記憶は霞んでくるのではないか。自分はこういう者だと自覚しているつもりでも、その実体はさほど明らかなものではないかもしれない。

剣術の初歩を習っている若い僧侶たちに対して、あんなことをしてはいけなかった、という反省がまずあった。差し出がましいことだ。彼らは、ただ強くなって、自分たちを守りたい、この寺を守りたい、そんな気持ちがあったのにちがいないのだ。それを、あのように脅して、怖がらせ、せっかくの決意を挫《くじ》こうとするなんて、大人げないことだ。しかも、自分は彼らと歳が違うわけでもない。剣の達人などと言われて、その気になっているだけではないのか。思い上がった言動だった。これは、明らかに未熟というもの。

しかし、してしまったことは消すことができない。このように迷いがあっては、戦うその場では不利になる。それは、ネイウンの言葉のとおりなのだ。

あまりにも心が治まらなかったので、一人で再び庭に下り、刀を抜いた。

刀は、青い空を美しく映した。

切っ先を地に向け、ゆっくりと振り上げる。

躰を翻し、頭の上へ腕を。

前に出て、振り下ろし、
腰を落として、また逆を向く。

しばらく、なにも考えず、刀を振った。

構えるごとに、心の皺が伸びるような気持ちになった。

ぴんと張られ、綺麗になる。

いつの間にか日は西に傾き、白い雲の下だけを朱で染めていた。

真っ直ぐに伸びる刀。

横へ向けると、その雲が刃文《はもん》に混ざる。

息を吸うことを思い出し、

刀を鞘に納めると、汗が額《ひたい》から流れた。
そう、この口から発した言葉だった。
思い出した。
無心、か。
今がある。
ここにある。
己がある。
しかし、同時に、
今はなく、
ここもなく、
己はない。
自分はなにも考えていなかった。
ただ、手を握り、それを振る。
そこに刀があるだけのこと。
刀は、何者かに導かれるのではない。
また、何者かを追うわけでもない。
ただ、己の筋を、刀は知っているのだ。

十人を斬ったとき、自分はなにも考えなかった。
考えない自分さえ、思わなかった。
つまり、あの場に自分はいなかったということになる。
それに等しい。
その場に自分がいなければ、斬られる心配はない。こんな有利はほかにない。
己の心と躰が、唯一の不利だからだ。
己の躰はそこにはなく、ただ、刀だけが進んでいった。
その光景を、たしかに自分は見た。
克明に思い出すことができる。
そう……。
これが、無心。
これが、無我。
そういうことか。
どこかで、自分はそれを知ったのだ。
どこだろう。
おそらくは、あの赤い面の侍に斬られたとき。
自分に不足しているものに気づかされた。

しかし、気づいても、死んでしまえばそれまで。これが剣の道の最大の難しさだ。

幸いにして、自分は生きながらえた。そして、沢山のものを忘れる代わりに、ただ一つのことを覚えていたのだ。

不足しているものは、無だった。

唯一必要だったのは、無だ。

己を消すことが、自分にはできなかった。だから、斬られたのだ。

赤い面の侍は、己を消していたではないか。自分が見たものは、人ではなく、赤い面だった。目の穴の奥に、人の眼はなかった。

こうして、考えて、理解したところで無意味かもしれない。

それは無ではない。

ただ、自分の躰が、感触としてそれをたしかに刻んだ。刀傷のように、刻まれた。そこに、意味がある。

穴の老人が言った、忘れることで得たものとは、まさにこれにちがいない。

すべてを失って、無を得たのだ。

じっと一人庭の真ん中に立っていた。

夕暮れになり、空は紺色に変わっていた。このように知らぬ間に時が流れるのもまた、自分の心が消えることを示している。

目を瞑ることができるように、心を閉じ、己を消すことができる。

さきほど、若い僧侶の棒術の相手をしたとき、たぶん、自分の躰はそれを確かめたかったのだ。だから、あのように横柄ともいえる態度で出ていった。そして、考えもせず、相手の首を斬る形を見せた。そうだ、まるで考えなかった。

考えずに動けることを、確かめたかったのだ。

もしかして、あの盗賊たちを斬ったときも、この刀が欲したことだっただろうか。

そこまで考えると、少々恐ろしくなった。

己の剣は、己の考えで動くものだと認識していたが、そうではないとなれば、制御ができないということにもなりかねない。刀を抜くときには、よほど気をつけなければならない。剣の道とは、恐ろしいものだ。

そう考えて、縁へ戻り、そこに腰掛けた。

気配があって、目を向けると、塀の上に白い猫がいる。こちらを見ている目が、黄色く光っていた。しなやかな足運びで、少し歩き、またこちらを見る。

あの目は、鷹《たか》の目に似ている。獲物を探す目だ。

きっと、猫にも鷹にも、己というものはないのだろう。ただ自然に、躰が動くままに襲いかかる。逆に、そのために自らの危機を招くこともあるはず。己の躰が、実は存在するからだ。

けれども、躰を斬られれば、ただその場に倒れるだけのこと。

そう考えて、自分は心の中で笑っているようだった。

8

床に就《つ》いても、剣のことを考えていた。今日思いついたことは、とても重要だと直感したからだ。それはほとんど確信に近いものになっていた。

自分がすべてを忘れた理由が、ここにあったのかもしれない。少なくとも、ここにこそ活路があるという思いが強く、目を閉じても目の前を明るい光が導いているようだった。

しかし、躰は休んでいる。思えば朝から山に登り、また珍しく多くの人々と話をした。人と交わることは疲れるものだな、と感じた。なかでも、重要だったのはナナシとの話だった。それを思い出しているとき、微《かす》かな気配があって、目を開けた。

「ここにおります」囁く声が、部屋の中にある。

頭を少し持ち上げ、顔を横に向けると、壁際に人影があった。暗闇の中なので、ただの影のようにも見える。どうやって部屋に入ってきたのか。襖が開けられたとは思えない。

「ナナシか？」

「はい」

「どうやって、音も立てずに、部屋に入ることができる？」

「この身のみだからかと」

「このみのみ？」

「刀を持っていては、できません」

「そうだろうな……。何を教えてくれる？　この寺は安全か？」

「はい、今のところは。お知らせしたいのは、寺から夕刻に使者が出ていったことです」

「それが？」

「あるいは、ここにゼンノスケ様がいらっしゃることを知らせるためかもしれません」

「誰に？」

「調べております」

「長居をしない方が良いということかな」

「はい」

「しかし、あの住職が、そのようなことをするだろうか」

「あの方ではありません。しかし、どこにでも潜んでいる者がおります」

「そうか……。落ち着かないことだ」

「もう一つ、お知らせがございます。ゼンノスケ様を迎え入れる準備をしております。まもなく、味方の軍勢も近づくことに」

「軍勢？」

「はい」

「よくわからない。戦でもあるみたいだ」

「はい、戦になるかもしれません」

「私は、どうすれば良い？」

「それは、私にはわかりません」

「都に入り、ノギという者を捜せば良いのか？」

「どこにいらっしゃっても、安全ということはありません。ただ、敵もむやみには仕掛けてこないものと思います。たとえば、昼日中の往来など、大勢が見ている目立つ場所の方がかえって安全かと」

「どうしてそんなことが言える？」

「アカシ・ランサイであっても、闇を選び、面で顔を隠しておりました。敵にしてみれば、なるべくは波風を立てず、事を運びたいと考えているはずです」

「それも、理由がよくわからない」

「では……」

「あ、ナナシ」起き上がった。

既に、影はそこになかった。上を見ると、天井《てんじょう》の端の板が音もなく閉まるのが見えた。あのようなところに出入口があるのか、と驚いた。いつものことだが、立ち去るときには挨拶くらいすれば良いのに、とも思う。今回は、「では」と言っただけましだったが。

　ナナシから聞いた話を考えているうちに眠りに就いた。次に目が覚めたときには、鳥の鳴き声が聞こえた。まだ明るくはないものの、それでも夜の暗闇ではなかった。起き上がり、刀を持って立ち上がる。襖を開けてみると、人の声が聞こえるが、姿は見えない。庭の塀の向こう側ではないか、と思った。また、左手の屋根の上にうっすらと煙が上がっている。もう、朝の支度を始めているようだ。

　冷えてはいるが、寒いというほどでもない。少し散歩をしてこようと考え、履物を付けてから庭に下り、戸を開けて塀の外に出た。若い僧侶が三人、そこで立ち話をしていたが、こちらに気づき、慌てて掃除をし始める。落葉があるわけでもない。何故掃除をするのか理由がわからなかった。その奥の建物の戸口にも人がいて、焚き物をしているようだ。見えたのは、その煙だったらしい。彼らに軽く頭を下げ、反対の方向へ歩いた。

　もちろんまだ寺の敷地内で、苔の生えた庭を眺めて、先へ行く。また塀があったので、それに沿って左手へ曲がった。ここまで離れると、寺の大きな建物が見えるようになる。屋根の稜線《りょうせん》が緩やかに反って、優雅な印象だった。小さな門が見えてきて、その下を潜ると、その先へも塀が続いている。どこから出られるのかわからない。もちろん、寺から出たいわけでもないので、歩ける方へ進むことにする。

　傾斜地に竹林があり、その手前に池が見えてきた。池といっても小さく、庭の中に作られたものだ。石の橋が、その先の建物へ導いている。その建物は、周囲の縁が高い位置にあって、階段でそこまで上らなければならないようだ。屋根は中央に向かって反り上がり、頂きに尖った飾りがあった。あまり見たことがない形で、何のための建物だろう、と興味が湧《わ》いた。

石橋を渡るときに池を覗くと、赤や白の魚がゆっくりと泳いでいる。池は浅く、手摑みでも獲れそうなほどだった。これは生け簀だろうか、と思った。

建物の戸の一つが音を立てて開いた。顔を出したのはネイウンだった。昨日見た着物ではなく、白一色の簡易な装いである。

「おお、貴殿でしたか」と縁に膝をついて頭を下げたので、こちらも姿勢を正してお辞儀をして返す。「朝の散歩ですか?」ときかれ、

「はい」と答える。「綺麗な魚がいますね」

「ええ、今から餌をやるところでした」ネイウンが階段を下りてくる。脇に竹の籠を抱えていた。見ていると、その籠の中のものを池に向かって投げる。細かい実か種のようだ。すると、水面で魚が口を開ける。それを食べているのだ。面白い光景で、しばらく無言で眺めていた。

「面白いですか?」ネイウンがこちらを見ずに尋ねた。

「面白いです。何故、私が面白いと思っていると、顔も見ないでわかったのですか?」

「黙っておられたからです」

たしかに、そのとおりだった。ネイウンは立ち上がった。餌は与え終わったようだ。彼はよう

やくこちらを見た。

「鯉《こい》が口を開けて食べている様はとても面白い。これには、理由などありません」

「理由がない？」

「ただ眺めているだけで楽しい。なにも考えない。今、これを見ていて、なにか考えましたか？」

「いえ、考えませんでした」

「それが、面白い」ネイウンは階段の方へ戻っていく。「では、またのちほど……」

「あ、はい、失礼いたします」

彼が建物の中に入り、戸を閉める頃には、池を巡って庭の奥へ歩いていた。今一度、ネイウンと目が合ったので軽く頭を下げた。

その先の竹林も、どうやら寺の庭内のようだった。というよりも、この竹は植えられたものかもしれない。地面は隙間なく苔が生えている。落葉も枯枝もなく、隅々まで掃除《そうじ》が行き届いていた。大勢の僧侶が掃除をしているのだろう。

やがて、また塀に行き当たったので、それに沿って左へ歩く。今度は道が下っていき、岩が積まれた上に小さな松が一本だけある場所に出た。その松は、自然に生えたものではなさそうだ。小さすぎるから、そう感じた。山にある松はもっと真っ直ぐに伸びる。枝が低いところで広がり、その枝を支えるための棒があてがわれていた。それがなんとも痛々しい。

このような庭の内であれば、獣が突然出ることもない。安心できるが、どうも、なにもかもが少し奇妙な形をしているように感じられた。人が作ったものか、人が手を加えたものばかりだからだろうか。全体的に、小さく整いすぎているのである。

結局、大きくぐるりと回ってきたようだ。出てきた建物の近くへ戻った。正面へ回り、昨日入ってきた門の近くを通った。その付近では五人の僧侶が掃除をしていた。外にも何人か出ているのだろう。最後は苔の庭の小径を歩いて、自分の部屋まで戻った。

布団を片づけ、畳の上で横になっていたが、また少し眠ってしまった。人が近づいてくる足音で目を覚まし、起き上がった。朝飯を運んできた二人の僧侶だった。

珍しい菜や温かい汁を食した。食べ終わった頃、ネイウンがやってきた。今度は、住職らしい派手な着物だった。

「本日は、いかがなさいますか?」と尋ねられたので、

「都へ行ってみます」と答える。

「そうですか、では、用心のため、お召し物を着替えられた方がよろしい」

そう言って、彼は部屋を出ていった。入れ替わりで、若い僧侶が着物を持ってきた。あまりにも早いので、あらかじめ用意されていたものだとわかる。その僧侶に、着物の料金を尋ねたのだが、首を傾げて答えない。その者が出ていったので、着替えることにした。たしかに、これまで着ていたものは、相当に傷んでいる。マサイが直してくれた跡もあり、またよく見ると、血の染

みがところどころに残っている。これでは気味が悪いと感じられてもしかたがない。新しいものは軽くて、これからの季節には良いように思えた。さらに、獣の皮で作った羽織《はおり》があったし、大きな笠《かさ》もある。これを被っていれば人相はわからないだろう。

さきほどの者が小走りに戻ってきた。膝をついてお辞儀をしたあと、料金というものはありません、と言った。

「どういうことですか？」

「お貸しするものだそうです」

「ああ、そういうことですか。では、いつまでに返せばよろしいですか？」

すると、また首を傾げ、その者は部屋を出ていってしまった。面倒なことを尋ねたのだろうか、と心配になる。

次に戻ってきて、いつということはない、と答えた。難しいことを言うものである。さすがに、寺の者らしく問答が難解だな、と思った。これ以上きくと、さらに難しくなるような気がして、ではしばらくの間お借りします、ありがとうございます、と頭を下げておいた。若い僧侶は嬉しそうな顔をしてお辞儀をしたあと出ていった。

9

住職に挨拶をしてから、寺を出た。山を下りていく道は、昨日登ってきた道に比べると、はるかに立派なもので、幅が広いうえ、傾斜も緩やかだった。やや急な箇所になると、木や石で段が作られている。寺を出たところに、すぐにまた大きな門があって、そこを潜って振り返ると、知延寺という文字が書かれた板が掲げられていた。こんなに大きな門を造った理由は何だろう、と考えてしまった。無駄とは言わないが、不思議なことをするものだ。

ずっと両側が森だったため、都の風景を見ることはできなかった。日が高くなった頃には、下りが緩やかになり、大きな樹々の間から、やや低いところにある沢山の屋根が見えてきた。都には、田や畠というものは見当たらない。道があり、家があり、その家々の塀があり、小山がところどころにぽつんぽつんとあるだけだった。このように広大に開けた土地が最初からあったのだろうか。それとも、樹々を切り倒し、土を削ったり、運び入れたりして均《なら》したのだろうか。少なくとも、これだけの建物を造るための樹が、どこかで切り倒されたはずだ。人が大勢集まれば、このように風景を変えることができる、ということか。

川も真っ直ぐで、細長い船が荷を運んでいるのが見えた。その川には橋が架かっている。その頃には、人の声や沢山の音が混ざったざわめきが聞こえてきた。

ようやくその平たい場所に出た。もうこれよりも低いところは川くらいだ。そこは広場のようだったが、奥へずっと続いていて、もしかして、これが道か、と気づいた。あまりにも幅が広い。両側に家が建ち並んでいる。しかも、その家が立派だった。店も多いようで、文字が書かれている旗や板が方々にある。腰掛ける台が出ているところもあり、また、家の前に水が流れる小さな水路のようなものもある。そして、なによりも、とにかく驚いたのは、人が大勢そこにいるということだった。

家の前で水を撒《ま》いていたり、立ち話をしている者もいるが、多くは、道をあちらへ向かって歩いている。どこから来たのか、と振り返ると、自分が出てきた山からの道ではなく、その道は緩やかに曲がって、山の林を迂回していた。そちらから、大勢が歩いてくる。都の中心へ向かっている、ということだろうか。いったい、そこに何があるというのか。何のために、こんなに大勢が集まってくるのか。

しばらく、そこで立っていたが、次から次へと人が来る。すぐ近くを歩いていく。顔をちらりと見る者もいたが、多くは目も合わさない。刀を抜けば届く距離なのに、気をつけるということもない。町人風の者が多いが、刀を腰に差している者もいる。侍は、近くをすれ違うときにはお互いに意識をする。頷くように挨拶をする者が多かった。ただ立っているだけという者は、自分くらいだと気づき、皆が歩く方角へ進むことにした。まるで、水に流されるような感じである。

この大きな道と交わる道もあって、そちらも真っ直ぐだった。その道にも、家がずらりと並んでいる。そうでないところは、白壁が続いていて、中にはひと際大きな屋根が見えた。寺なのか、それとも屋敷なのかはわからない。どこも人が多く、話し声が周囲から聞こえてくる。

橋があって、川が見える場所まで来た。船から荷を揚《あ》げる場所があり、そこで大勢が肩に荷を担いで運んでいた。同じような場所が幾つも見える。船も沢山浮かんでいる。

その橋を渡ったところに、宿屋のような店があって、店先に侍が腰掛けていた。笠を被っていたが、それを片手で少し持ち上げる。こちらを見たようだった。

物腰からして、相当に腕の立つ者とすぐわかった。近づかないように少し離れたところを歩くつもりだったが、驚いたことに、その侍の方が立ち上がってこちらへ近づいてきた。だが、刀に手をかけるようなこともなく、軽くお辞儀をしてから、さらに近くまで来て立ち止まった。

「マサミチです。覚えていらっしゃいますか？」低い声でそう言った。

自分のことを知っているようだ。往来の真ん中で、歩く人とぶつかりそうな場所だったので、軽く頷いて、その店の前へ近づいた。

もちろん、その名に覚えはない。だが、向こうは確信している様子。それに、ただ者ではないことは明らか。ここは、とにかく話を聞いた方が良さそうだ、と思ったのである。

マサミチが腰掛けていた台に自分も座ることになった。マサミチが通り側に、自分は奥になった。店の女が出てきたので、マサミチが、こちらにも茶を、と告げた。その者が店に入っていったところで、こちらへ顔を向けた。

じっとその顔を見るが、やはり覚えはない。鋭い目つきで、こちらを黙って睨んだまま、マサミチは待っているようだった。

「申し訳ありません。実は……」と事情を話そうとすると、マサミチは片手を広げてそれを遮《さえぎ》った。

「承知しております」そう言うのだ。

何を承知しているのか、と不思議に思ったものの、さらに、それをどう問えば良いのかが、また難しい。

マサミチは、辺りを窺っている。しかし、窺うと見えないように振る舞っている。通りに向いた側は、笠の隙間から見ているのであって、窺っていることがわかるのは、自分がすぐ横から見ているからだった。

「多くの者が方々で見張っておりましょう」マサミチは言った。「笠を被られたのは良かった。それは、ネイウン和尚の考えですか？」

「あ、はい、そうです」

茶が運ばれてきた。大きな器に少しだけ入っている。緑の濁った液だった。少し口にしてみたが、苦くて飲めたものではない。

「これが、都の茶ですか？」と尋ねると、マサミチはこちらを見た。

返事はなかった。知らないのかもしれない。どうも、無駄口を叩く人柄ではなさそうである。

顔はにこりともしない。呼び止めておいて、話をしないのは多少迷惑なことである。

「貴殿は、ここで何をしていたのですか？」ときいてみた。

「お待ちしておりました。拙者は、貴方様をお守りするのが役目」

「そうですか。しかし、今のところ、危険はないように思いますが」

「いえ、そうでもない」

襲いかかってきそうな人間は周囲に見当たらなかった。だいたい、侍がそれほど多くない。刀を持っている者はすぐにわかるが、近くにはいなかった。マサミチの方が、気合いが漲《みなぎ》っており、むしろ殺気を感じる。

店の者がまた出てきたとき、マサミチは金を手渡したようだった。いくらなのかもわからない。自分も払うべきものと考えているうちに、「行きましょう」と促《うなが》された。

立ち上がって、彼についていくことにする。

「どこへ行くのですか？」

「お待ちしている方のところへ」

それは、誰だろう。もしかして、ノギという女だろうか。もう少し説明をしてほしいものだが、この者は命じられているだけで、詳しい事情を知らないのかもしれない、と思い直した。

通りを北へ向かって歩いている。道はどこまでも真っ直ぐのままだ。道の両側の家がだんだん大きくなるように思えた。ときどき、長い塀が続いている場所もあって、その場合は、道との間にある水路の幅が広くなる。壁に寄れないようにしているのかもしれない。

　とにかく、見るものが多すぎる。あれは何だろう、あの人は何をしているのか、と疑問を沢山抱くのだが、マサミチには尋ねる隙がない。二、三はきいてみたのだが、首を軽くふられるばかりで、答えてくれない。わからない、という意味なのか。話をするのも面倒だ、という顔にも見える。

　道の前方から、馬が何頭か来る。これまでにも、馬や牛が荷車を引いていることはあったが、その馬には、侍が跨がっていた。

　マサミチが腕を摑んで引っ張る。

「こちらへ」と言ったようだが、引っ張るまえに言ってくれれば良いのではないか、と思った。とにかく、彼に従って家と家の間の細い場所に入った。姿を隠そうとしているようだ。あの馬の侍たちに見られない方が良い、という配慮らしい。

　馬が四頭通り過ぎていった。そのあとを、十数名の者が走ってついていく。皆がほぼ同じ装いだった。

「あれは、役人です」マサミチが言った。彼なりに説明をしてくれたので、少し安心した。

「もしかして、私を捜しているのですか？」

「おそらく……」

「着物を替えてきたから、わからないのでは？」

マサミチは、黙ってこちらを睨んだ。なにか、その理由に不満がある様子である。

「今から、少々寄り道をしていきます」マサミチは、難しい顔をして話した。「そこで、確かめていただきたいことがあります」

「何を確かめるのですか？」

「ある侍が、そこにやってきます。その者を見ていただきたい」

「誰ですか？」

「トビヒという名の者です」

「トビヒ？　ああ、その名前は……」

「顔を見れば、思い出されるのではないかと」

「はあ……」頷いてしまった。

ナナシが、その名を語ったのを覚えていた。たしか、アカシという侍の弟子ではなかったか。その者は、つまり、自分を斬ろうとした一味だ。たしかに、マサミチの言うように、顔を見れば思い出すかもしれない。真剣を交えたような強い印象が残っているならば、なおさらである。

また通りに戻り、先へ進んだ。マサミチは、周囲を気にしている。笠を被っている侍というだけで大いに目立つのではないか、という気もした。しかも、そんな怪しい者が二人も連れ立っているのだ。

都の景色というのは、大まかに言えば、大通りと建物、それに塀だということがわかった。そして、なによりも人が多い。これだけの数の人間がいるということが驚きだった。畠も田も見かけない。樹も少ない。ということは、食べるものは産地より運んでくるわけだ。それで、船が必要になる。道を行く人々の半分はなにかを運んでいるように見受けられる。運ばねばならないこと自体が、無駄ではないかとも思えるが、それに見合うだけの利があるということだろうか。

その歩いていた大通りの正面に、大きな門が見えてきた。知延寺の門も大きいと驚いたが、それどころではない。近づくほど、その大きさがますます感じられた。見上げるほど高い。よくこんな高いものを造ったものだ。通りはここで行止まりだった。左右の方向に同じように大きな通りがあって、ちょうどここで交わっているので、往来の人々は左右に分かれていく。

マサミチはその門を潜って、敷地の中に入った。これは寺だろうか、と思ったが、それらしい建物は近くにはなく、入った場所は、なにもない広い庭らしき土地だった。低い樹が周囲に幾らかあるものの、とにかく見たこともないほど広く平たい。ずっと奥には、長い屋根が続いていた。そちらへ向かってさらに進んだ。周囲にも、同じ方向に歩く者が多い。誰でも入ることのできる場所のようだ。

「ここは?」と尋ねると、

「宮です」

「みや?」

しかし、それ以上の説明はない。言葉の意味がわからないが、そのまま鵜呑《うの》みにした。建物が近づいてくると、それは建物というよりも塀だった。そこに門があり、大きな扉が両側に開いている。その中へ入ることができるようだが、入る者は少ない。侍が門の脇に二十人以上立っていた。その門を守っている者たちのようだ。その入口の手前で右側へ進んだ。門番の何人かに睨まれたが、マサミチが、笠を取ってお辞儀をした。自分も同じようにして頭を下げる。

一方、町人たちは、入口の左へ集まっていて、列をなしていた。こちらを眺めているだけで門の中へは入らない。入口を通ることができるのは、侍だけなのだろうか。

台が幾つか置かれ、その上に紙がのっていた。墨と筆もある。侍が三人ほど並んでいて、マサミチがその後ろに並んだ。

「名前を書かされるので、本当の名を書かないようにお願いします」マサミチが振り返って耳打ちする。

「嘘の名を書くのですか？」

「さよう」彼は頷いて、さっと前を向いてしまう。

前にいる侍がする様子を窺っていると、その紙に筆で名を書くようだ。なるほど、中に入るには、そうする決まりになっているわけか。だが、嘘の名というのは難しい。必死で考えたすえ、ヤマカワにしよう、と決める。文字が簡単だからだ。

順番が回ってきた。「見学か、それとも試合か？」と尋ねられた。

マサミチが、「二人とも、見学です」と即答する。

名前はなんとか書くことができた。自分で筆を動かしてみて、字を書くことが、とても珍しく感じた。見るからに下手な形で、もしかしたら、左手で書いた方が上手かったのではないか、と書いたあとで思ったほどだった。

入口の両側にいる侍に頭を下げながら進む。木の板が立て掛けてあり、そこに、〈桜玲天覧武道会《おうれいてんらんぶどうかい》〉の文字が見えた。ほかにも書いてあったが、文字が読めない。桜玲とは、桜の花が綺麗なことだろうか。天覧というのは、天がご覧になる、という意味だと思う。この場合の天とは何者なのか、まさか、神様や仏様ではないはず。落ち着いたところでマサミチにきいてみよう、と思った。

10

建物と塀に囲まれた中庭と呼べる場所だった。大勢の侍が茣蓙《ござ》に並んで座っている。できるだけ前が良いが、かといってあまり目立っても困る。中央付近の場所にマサミチと並んで座った。これより前にも座が設けられていて、どうやらそちらは試合に出る者の席のようだ。三十人ほどいるが、まだ増える様子である。

そのさらに前が試合場のようで、広く開けた場所がある。その両側には、黒い幹の桜の樹が一本ずつあるが、まだ花は充分に開いていない。それでも、白く霞《かすみ》がかかったように見え、しばし見入ってしまった。

　そして、その奥には、横長の建物があり、こちら側の戸がすべて開いている。屋根の高さからして、奥行きはさほどなさそうだ。ただ、中央だけが奥へ広く、そこには一段高い席があった。金色の屛風《びょうぶ》だろうか、光っている壁らしきものも見える。その建物の縁には、既に侍が何人か座っている。また、試合場の付近にも侍が大勢いて、なかには、槍を肩に担いで歩いている者もあった。

　マサミチが、小声で説明をしてくれた。天覧といっても、実際に天下人が来ることは滅多にない。そもそも現在の天下人は、武道などに興味がないそうだ。この武道会には、全国から侍が仕官を目指して集まってくる。試合を見るのは指南役のアカシだが、その彼も滅多に現れることはなく、だいたいはその弟子が代役を務める。いつも顔を見せるのが、トビヒという侍だとのこと。したがって、その者の顔を見て、思い出してほしい、とマサミチは言った。

　だが、自分はトビヒのことをまるで覚えていない。本当に会ったのだろうか。

「トビヒ殿が、貴方様を討った、と話しているそうです」マサミチはそう言った。

　実際に刀を交えたのならば、顔を見ているはずだ、と言いたいのだろう。

　その話を聞いて、マサミチがナナシと通じていることがわかった。ナナシが見たことをマサミチが聞いたのだ。トビヒは、面を付けていなかったから、自分はその顔を見ているはずだ。アカシは、面を付けていたので、顔は見ていない。

何故、トビヒは面を付けていなかったのか。それは、つまり、確実に討つことができると踏んでいたからにちがいない。それに比べて、面を付けていたアカシは、どういうつもりだったのだろう。そこが、少し引っ掛かった。

「トビヒという者は、どれくらいの腕なのですか？」と小声でマサミチに尋ねた。

「どれくらいというのは、わかりませんが」というのがマサミチの答だった。

「アカシは？」と続けて尋ねると、

「それはもう、この都で随一かと」と明確な答が返ってきた。マサミチは、一旦黙ったが、さらに言葉を絞り出すように言った。「トビヒならば、斬合いをして、なんとかなるかもしれませんが、アカシは無理です」

　それは、マサミチ自身の腕と比べての物言いのようだった。マサミチはどれほどの腕かといえば、おそらくは、自分と同じくらいではないか、と想像する。年齢はだいぶ上だ。体格もしっかりとしている。ただ、多少動きが固いかもしれない。そんなふうに見受けられた。味方らしいからそばにいられるが、素性《すじょう》がわからなければ、近づきたくない人物ではある。

　話し声が聞こえ、振り返って見ると、入口から大勢の町人たちが入ってきた。若い者も歳をとった者もいるが、いずれも男だ。商人か職人だろう。先頭に侍がいて、その後ろに行儀良く並び、列を作ったまま歩いている。その先頭は、一番後ろの塀際の端で立ち止まるが、つぎつぎと入口から入ってくるため、人と人が押し合うほどになり、あっという間にいっぱいになった。それでも、まだ入口から入ろうとする者がいる。声を上げる者もいる。しかし、鉢巻きをした侍が彼らの前に立ち、前に出るなと両手を広げている。見物にきた者たちのようだが、こんなに大勢が武術に興味があるのだろうか。町人が剣の試合を見てどうするというのか、と不思議に思った。

　周囲にさまざまな人間がいるので、見ていて厭《あ》きない。侍であっても、出立《いでた》ちがそれぞれに違っていて、珍しいものが多かった。

　そのうちに、前方の建物の中にも、人が増えてきた。ときどき太鼓《たいこ》を叩くのだが、それは、身分の高い者が来場した知らせのようだった。そのような者が現れると、近くの者が頭を下げ、道を開ける。たいそう面倒な様子に見えた。

　名を呼ぶ者や、声を上げる者がいるが、何をしようとしているのかはわからない。隣に座っているマサミチも、一切説明をしてくれない。難しい顔でじっと前を見つめているので、横から尋ねるのも憚《はばか》られた。

　しかし、その彼が少し腰を浮かせ、よりいっそう鋭い視線で前方を見据えた。そのあと、こちらへ顔を近づけ、耳許で囁く。

「今、右から入ってきた侍が、トビヒです。茶と紺の着物です」

　その者がわかった。建物の縁を進み、中央近くで腰を下ろした。こちらを真っ直ぐに見ている。顔がよく見えた。

「いかがですか？」マサミチがきいた。「あの顔に、見覚えがありませんか？」

episode 4 : Lining conference

Clouds and mists, veiling the bare truths of a landscape, lend ambiguity and mystery, and suggest more than a brightly illuminated scene. The poet himself may not be able to explain the ultimate meaning of his words, but the sensitive person will detect and respond to something lying beneath the surface; what each man finds is likely to be different. If the sceptic dismisses the mystery as nothing more than the emperor's new clothes, or prefers crimson leaves radiant in the sunshine to glimpses of them through mist, one obviously cannot convince him that he is wrong.

The need that Zenchiku and Shōtetsu experienced to believe in the existence of some ultimate meaning behind the terrible spectacle of the world induced them to seek beauty which might be sensed if not described.

第4話

ライニング・カンファレンス

　雲とかすみがむき出しの風景を覆ってはつかみがたい神秘を加え、明るく輝く景色よりいっそうの深みを与える。歌人自身が説明できない自らの言葉の究極的な意味合いも感受性に富んだ者にはうわべを超えて内に潜むものを察知し得る。それが何かは人によって違うだろうが、たとえ懐疑的な者がその神秘をこけおどしと感じたり、あるいは霧に浮かぶ木の葉より陽光を受けて深紅に輝く葉に美を感じても、無論それを間違いとは言えない。

　しかし、浮き世のひどいありさまのかなたに究極の真理の存在があると信じずにはいられなかった禅竹《ぜんちく》と正徹《しょうてつ》は言葉で説明する美ではなく心に浮かぶ美の在り方を希求するようになったのだ。

1

離れてはいたが、その顔がほぼ正面にあった。トビヒという名の侍だ。その者はこちらを見ていない。大勢の侍たち、自分の前に座っている者たちを眺めているようだ。彼らは、これから剣の試合に出場する。背中から見ても、その気迫が伝わってくる。姿勢良く座している者、肩を怒らせ、躰を小刻みに動かす者、座禅のように下を向きじっと動かない者。

しかし、自分の目は、じっとトビヒを見据えていた。相手もこちらを見るかもしれないが、そのようなことも気にならなかった。

たしかに、どこかで見た顔で、心の奥に刺のように引っ掛かるものがあった。その目つき、その口許、初めて見たとは思えない。何だろうか、見ているうちに、落ち着かない心持ちになった。

太鼓が連打されたあと、名が読み上げられ、試合が始まったようだった。二人の侍が立ち上がり、建物の前に出る。真剣はその場に置き、木刀《ぼくとう》を手渡され、それを持って中央へ進む。お互いに一礼をしたのち、声を上げ、構えながら前に出る。さきほどまでざわついていた場は、しんと静まり返り、その二人の息、土を擦る足の音までも聞こえてきた。

左が若く、躰が大きい。右は、やや歳が上だが、落ち着いた構えだった。左が出ていったが、その木刀は軽く跳ね返される。やはり、右が強い。既に、勝負はあった。しかし、その後もしばらく睨み合いが続く。最後は、左が打ち込もうとしたとき、右が木刀を当てると見せて、素早く小手を打って終わった。若い侍は、木刀を手放してしまったからだ。

「それまで」トビヒが片手を前に出して叫んだ。

勝負がついた、ということらしい。二人の侍は、元の位置に戻って一礼をする。左の者は手を押さえている。おそらく指を折ったのではないか。

次は、別の二人が呼ばれ、同じように試合を始めた。声を上げて、互いに牽制し合ったが、なかなか出ていかない。力が拮抗《きっこう》し、出られないのだ。

試合よりも、自分はトビヒを見ていた。彼の真剣な眼差しに、見覚えがある。その感覚が、心の深いところからゆっくりと浮かび上がってくるようだった。

提灯の明かり……。

それが、暗闇で動いている様が、頭を過った。

ふと気づくと、その二人の試合は終わっている。いずれもが頭を下げた。どちらが勝ったのか。

また、トビヒを見た。その声にも聞き覚えがある。何と言っただろう。

「貴殿を斬るのが、拙者の役目」

その声がすぐ近くでして、思わず、右手が刀の柄に触れた。横にいたマサミチがこちらへ顔を向ける。睨んでいる。左右に小刻みに首をふった。

また前を向いた。別の侍が二人、これから木刀を構えようとしているところだったが、もはや興味はない。

躰の奥の方から、震えるように、痺《しび》れるように、少しずつ熱いものが沸き上がってきて、その小さな泡が、一つずつ、細かく破裂していく。

だが、わからない。

それでも、トビヒを見ようとするだけで、また、別のものが見えた。

闇の中を走り抜ける。

己の息と足音。

白い草原が先に。

それが近づいてくる。

頭を少しふって、目を下へ向けると、自分の手が、膝で握られ、腕と肩に力が集まっていた。

何故か、息苦しくなっている。落ち着くために、大きく息を吸い、静かに、ゆっくりと吐いた。

だが、躰が震えている。寒いのではない。恐いのでもない。

これは、武者震いというものだろうか。

暗闇かと思えば、明るい日の中にいる。

試合はつぎつぎに人が入れ替わり、あっという間に勝負がついていく。しかし、その先にあるトビヒの顔だけは、じっと同じ位置で動かない。
提灯が地面に落ち。
刀を抜いて走り抜け。
白い草原へ。
そこにいたのは……、
赤い顔。
赤い面が、
こちらを見て、立っている。
刀に、一瞬の輝き。
その指の形。
その腰の構え。
トビヒがこちらを見た。自分は笠を外している。こちらの顔を認めたかに見えた。
腕を握る者があった。横にいるマサミチ。
彼の手を振り払って、立ち上がった。
「いけません」という声が後ろになる。
いけない？
いけないとは思わない。

自分のすることはわかっていた。

自分は、あの者を、斬るだろう。

真っ直ぐ前にいる、あのトビヒを。

向こうも、斬りたがっているのだ。

お互いの望み。

お互いの合意。

遮るものはない。

座っている侍たちの間を進み、試合場の中まで進み出た。左右両側に侍がいて、木刀を構えようとしていたが、いずれも数歩後ろへ下がった。

無言。

ずいぶん後方で何人かが叫んだようだが、聞き取れない。

太鼓が鳴ったようだ。

左右を確かめる。近くに敵はいない。

敵は正面の、縁の上。

トビヒが立ち上がった。

こちらをじっと見据える。

「お主は……」と言った口が、そこで結ばれる。

速い足取りで下りてきた。既に刀に手をかけている。

そこへ両側から、何人かが刀を抜いて詰めかけた。

「待て」トビヒが両手を広げて、それらを留める。「怪我をするだけだ。下がれ。私がやる。私の役目だ」

そのあとは、むしろゆっくりとした歩調となり、すぐ目の前まで来た。

「スズカ・ゼンノスケ殿か」トビヒが言った。

「はい」と頷く。

「いかがなされた？」

「お手合わせを所望《しょもう》」

「うん、出てこられるとは、さすが」トビヒは一瞬だけ笑った。「お相手いたす」

木刀を持っていた侍たちは、慌ててさらに下がった。

二人で中央へ行き、相手を見て、一礼をする。

「真剣で、よろしいかな？」とトビヒが言った。

頷いて答える。

大きく息を吐いた。

躰が熱かった。手の先まで力が籠もっていた。しかし、静かに息を吸い、冷ますことにした。

力まないのが良い。

辺りは静寂に包まれた。
トビヒの後ろにある桜の樹を眺め、その枝振りを見た。
トビヒがふっと息を吐いたのち、刀を抜いた。
こちらは、まだ抜かない。
桜を見ているうちに、静かな気持ちになった。
思い出した。この静けさを。
なにも聞こえないわけではない。
むしろ、すべてが聞こえた。
トビヒの息、足の動き、風の流れ。
トビヒの髪が、揺れている。
桜はまだ蕾《つぼみ》。
枝には、まだ葉はない。
幹には、輪をなす筋。
視線を右へ向けると、すぐ近くまでマサミチが来ていた。
今にも刀を抜いて、加勢しようとする気迫だった。
そちらを見て、僅かに首を横にふる。
そのような必要はない。

トビヒは、出ようとしている。こちらの呼吸を窺っている。
だが、息を読まれることはない。
落ち着いていた。
見えるものが多く、しかし、いずれも動かない。
トビヒの切っ先がゆっくりと走りだす。
滑らかに刀を抜いた。
相手の刀筋《たちすじ》に添わせて、斜め下から振り上げ、
躰を翻して、上から返す。
トビヒがこちらを向いたとき、
彼の頭に切っ先が届いた。
額を斬り、
顎、胸へ抜ける。
次の刀に備えて、腰を落としたが、トビヒはもう傾き始めていた。
後方へ倒れる。
地に落ち、赤い血が飛び、
遅れて、噴き上がる。
誰も声を上げない。

静まり返っていた。

刀を納め、建物に向かって一礼をする。

両側にいた侍たちが、こちらへ槍を向けたが、出てこない。

「お見事」と後ろで声が上がった。

マサミチの声だ。わざとらしい。

それに遅れて、幾らかの拍手がぱらぱらと鳴った。

2

「無礼な。その者を捕らえよ」建物の中の誰かが叫んだ。しかし、声が弱い。

槍の侍たちは動けなかった。皆がばらばらで統制が取れていない。先頭に立つ者がいないためだ。一人で出ていけば斬られることがわかっている。一度に大勢で出ないかぎり、力にはならない。敵が近すぎるためだろう。

「無礼ではない」大声を出したのは、マサミチだった。「ここは武術の試合場ではないのか。お二方とも正々堂々と試合をされた。何が無礼なのか！」

見ると、マサミチは後方へ向かって叫んでいる。見物の町人たちから、「そうだ」という声が幾つか上がった。

「真剣での試合を望まれたのも、トビヒ殿であった。その潔《いさぎよ》さに感服いたしました」マサミチはそう言って、建物に向かってお辞儀をした。

マサミチが近くへ寄ってくる。

「後ろへ」そう囁く。「出口へ向かって走って下さい。ここの者は私が止めます」

しかし、逃げれば、敵は追ってくる。マサミチは命を懸けようとしているが、その価値があるだろうか。

「待たれよ」との声があった。

建物の右手の格子戸が開く。

赤い面の侍が立っていた。

一瞬、風が舞い、旗がたなびいた。

「アカシです」マサミチが言った。

それは言われなくてもわかっていた。

「ささ、もう、ここまでです」マサミチの声が強くなる。「あちらへ逃げて下さい」

「いえ」前に出るマサミチを制した。「私が、あの者と」

「なりません」マサミチが躰を寄せ、肩で押してくる。「勝てる相手ではない」

それは、これまでになく感情が表れたマサミチの顔だった。目をじっと見据え、左右に一度首をふった。

「貴方様は、天下の器……。どうか、ご自重下さい」
「天とは、剣よりも上ですか？」
「え？」
マサミチから離れ、前に進み出ていった。
赤い面が、段を下りてくる。その足運び、たしかに見覚えがある。
天下人の指南役といえば、つまりは、剣術の最高峰。
天下とは、天の下にあるものすべてか。
剣は、天の下にあるのか。
そうかもしれない。
だが……、
自分にとっては、そうではない。
己の剣は、己より上にある。
己の命よりも高いところにある。
それが、わかる。
それが、今わかる。
今、試される。
この刀を握れば、それがわかる。

目の前に立った。
素晴らしい剣だ。自分は、それを知っている。
美しい剣だ。自分は、それを見た。
もう一度見たい。
それは、自分を斬った剣。
この刀が届かない先にあった剣。
二度と会えないものと思ったが、このような幸せがあろうとは。
心の底から湧き上がってくる歓喜があった。
しかし、それも一瞬で霧散《むさん》。
もう、なにもない。
しんと静まり返った場に、ただ二つの剣があった。
お互いに、名乗る必要はなかった。
無言で一礼。
相手も頭を下げた。
無を見る。
見たい。
静かに……、

草が伸びるように、優しく、刀を抜いた。
切っ先から蔦が先へ伸び、小さな蕾がつき、花が咲き開く。
そんな光景が見えた。
赤い面は、穏やかに笑っている。なにも語らない。
相手の切っ先が動く。
ゆっくりと躰の後ろへ。
同じ構えだ。
自分は、それを知っている。
だが、どう出てくるか、どう立ち向かうのか、
そんなことは、どうでも良かった。
ただ……、
ただ……、
美しさの中で、
花が散るように、静かに、
この刀を振ろう。
また、敵の背後の桜を見る。
みるみるその花が開いた。

咲き乱れ、空を覆う勢いで、薄紅色が広がった。
アカシは、動かない。
さすがに、トビヒとは違う。
静かな構えは、圧倒的だった。まるで、冷たい氷のようだった。
空に広がった桜が、散り始める。
花弁が雪のように、舞いながら、降りしきる。
周囲は、真っ白になった。
赤い面だけがそこにある。
その面の穴の奥。
その瞳に映るのは、花弁。
舞い散る桜か。
あるいは、血か。
己の剣は、既にどこにもなかった。
自分が構えているとも思えなかった。
己は……、
ただ、そこにある。
そこにあって、

ただ、美しさを、眺めている。
見届けよう。
己の剣を。
生きるものは、いずれは散る。
流れるものは、いずれは凍る。
風が撫《な》で、
土が抱く。
夢のように、ぼんやりとした宙。
凍ったものが、解け出るが如《ごと》く、
微かな熱を帯び、僅かに赤く光りながら、吹き出よう。
一点の赤。
一瞬だった。
アカシの刀が飛び、
己の刀が、迎えて走る。
目の前のアカシの姿が消え。
振り返ると、その背があった。
己の刀はどこへ行った？

それは、桜の枝に届かんばかりに、高く振り上げられていた。
動かない。
動けない。
アカシは、こちらをゆっくりと振り返った。
その刀は、地について、
切っ先が土に切れ込んでいた。
アカシは、傾き、斜めに、崩れ、落ち。
地で躰が一度跳ね、桜の花弁が周囲を舞った。
静かに止まる。
すべてが、終わった。
息を。
眼《まなこ》を。
己の息と眼を認め。
止まっていた呼吸を手繰り寄せ。
止まっていた眼を擦り開けば。
薄まりゆく紅色の代わりに、アカシの赤い血が広がり。
美しく、一輪の花のように開いた。

彼の刀は一瞬輝いたが、それは、握っていた手が緩んだからだった。

アカシは、片手を僅かに上げて、こちらへ来いと誘った。

その手が、ぎこちなく、赤い面を外した。

横に跪《ひざまず》き、
彼の言葉を聞いた。

「ゼンノスケ殿、見事だ」そう聞こえた。

「アカシ殿の剣、お見事でした」

彼は、ふっと息を吐く。

「何故、この一月の間に、それほど強くなられたのか」

「それは……」

よくわからなかった。だが、それは貴殿に斬られたおかげだ、と言いたかった。どう言えば良いのか、言葉を選んでいるうちに、またアカシの口が動く。

「美しい剣。カシュウ殿の剣だ」

「はい」

「よく学ばれた。よく生きられた」

「はい」

「もはや、貴殿を斬れる者はおらぬが、しかし……、怠《おこた》らず、精進されよ」

「はい」

アカシの口から、血が流れ始める。なにか、言おうとしたが、言葉として聞こえない。

「何ですか？」耳を近づける。

「良い道だった」その一言が聞こえ、あとは震え濁った音になる。

一礼をして、後ろに下がった。

「手当てを」と近くの者に叫ぶ。

若い侍が駆けつけ、アカシの首に布を当てる。一度こちらを睨むように見上げたが、刀を抜くような様子はない。

ゆっくりとその場を離れ、さらに後ろへ戻った。

建物の中では、何人かの侍たちが話し合っている。手に扇子を持ち、口を隠している者も多い。例外なく、こちらを何度も見る。

マサミチが、素早く近づいてきた。

「今のうちに逃げましょう」そう言った。

「何故、逃げる？」

マサミチは、答えない。

「間違ったことをしたわけではない」

「しかし……」マサミチは首を横へふった。

アカシは、運ばれていった。手応えはあった。無理なのではないか。だが、致命傷ではないかもしれない。自分だって助かったのだから。

どのように刀を振ったのか、よく覚えていなかった。

無心だった。

夢中だった。

それでも、アカシの動きはよく見えた。

切っ先が自分の僅かに手前を走るのを見た。

余裕というものはなかった。

己の剣は、いつの間に出たのか。

己の刀の動きは見ていない。

ただ、それは無駄のない筋で、躰の動きに乗っていた。

腕も伸び、振りも速まった。

胸から首へ入ったはずだ。大量の血が飛んだ。急所を斬ったことはまちがいない。

マサミチが指示したのとは逆方向、建物の方へゆっくりと歩いていた。

周囲で槍を構えている者たちは、皆遠く離れている。どうして良いかわからない様子だった。

階段の前まで来ると、上の縁にいる侍たちが慌てて後ずさりした。老人が一番近くにいる。その者も怯えている様子だが、しかし、動かずじっとこちらを睨んでいた。着ているものからして、位が高そうだった。

　まず、一礼をした。相手は、これで少し頷き、安心したように見えた。

「お礼を一言申し上げたいと思います」大きな声を出して、皆に聞こえるように話した。「素晴らしい剣に出会い、この上ない貴重なものを学びました。お二人は、本当に立派な志を持たれていたのだと思います。潔く真剣で勝負をしていただいたことにも、感謝を申し上げます。どうもありがとうございました」

「貴殿は、何者か？」老人が小声で尋ねた。

「私は、何者でもありません。一月ほどまえに頭を打ったらしく、それ以前のことをまったく、何一つ覚えておりません。自分の名も知りませんし、どこから来たのかもわかりません。申し訳ありません」

「そうか……、で、仕官を望んでいるのだな？」

「いえ、それも、よくわかりません。今は、なにも望んでおりません」

「では、これから、どうされるのか」

「帰ります」

「帰る？」

「はい、あの、もう帰ってもよろしいですか？」

「あ、いや……」老人は、近くにいた者たちと眼差しを交わしたのち、こちらをまた見た。「わかった。もし、仕官を望まれるのであれば、また、こちらへ、このムラサキを訪ねてこられよ」

「はい、ムラサキ様、ありがとうございます」

お辞儀をして、その場を離れた。

マサミチのところへ行くと、腕を摑まれ、出口の方へ引っ張っていかれた。そんなに急がなくても、と思ったのだが、これも彼の役目のうちだから、しかたがない。

外から、なにやら騒がしい声が聞こえた。

3

出入口の近くは、町人たちが大勢詰めかけていて、その中を通るのが一苦労だった。いろいろな声が耳に入る。

「あれは、もしかして、アカシ・ランサイじゃないか?」

「アカシが、あんな簡単に斬られるわけがない」

「あの若武者はどこの門下なんだ?」

「来たぞ、来たぞ」

「見たこともない侍だ」

それでも、群衆は両側に退き、道を開けてくれる。騒ぐ声は相変わらず大きいものの、近くにいる者たちは、目を見開き、口も開けて、呆然《ぼうぜん》としてこちらを見つめている様子だった。

　塀の外に出ると、ますます大勢の人間が集まっている。見渡すかぎり人間に埋め尽くされているようだった。試合場の中に入れたのは、ごく一部だったのだ。中は男ばかりだったが、ここには女も多い。町人たちだろう。侍もいる。次から次へ覗き込むようにして、こちらを見る。

「どっちの侍だ？」

「え、あの若い方が？」

　マサミチが、自分の笠を取り、それをこちらへ手渡した。

「被られますよう」と睨んで言った。

　そういえば、自分はどこかで笠を取ったのだ。忘れてきた。取りに戻りたいと思ったが、後ろを振り返ると、通ってきた道はもう人で埋め尽くされていた。

　大門《だいもん》を潜り大通りへ出ても、人が詰めかけている。しかし、ここまで来ると、何を見るために集まっているのか、ほとんどの者がわからないようだ。こちらを見る視線がなくなった。マサミチとともに、足早にその場を去った。

　そのあと、通りを東へ歩き、途中で別の通りへ入って北へ進んだ。もう誰にも目を向けられないようになっていた。マサミチは、辺りを見回し、道を横切って、店の一つに入った。こちらも、それについていくしかない。

　表の戸を閉め、彼は溜息をついた。こちらをじっと見て、無言で頷く。どういう意味なのかはわからない。この店は何なのかも教えてくれない。

中から女が顔を出し、マサミチを見て、こちらです、と招いた。

履物を脱いで、通路を奥へ入る。部屋の一つに案内された。中には五人の侍が座っていたが、マサミチを見て、全員が即座に立ち上がって、外に出た。入れ替わりに、マサミチと自分が中に入る。すぐに戸が閉められた。

マサミチが座ったので、自分も座り、笠を外して、マサミチに返した。出ていった者たちは、通路にいるようだったが、一言も発しない。部屋の中を覗くようなこともなかった。

女が盆に茶をのせて運んできた。それを自分とマサミチの前に置き、お辞儀をしてすぐに出ていく。

「無茶なことをされました」マサミチは呟くように言った。

「申し訳ありません。無我夢中でした」

「無我夢中？」マサミチが言葉を繰り返す。「とても、そのようには見えませんでした」

「そうでしたか」

「はい。あれは、アカシ・ランサイにまちがいない」

「以前に、私を斬ったのはあの人です」

「確かですか？」

「確かです」

「思い出されたのですね？」

「はい」

「ああ、それは、良かった。心配しておりました。拙者のことも、思い出されましたか？」

「いえ、そこまでは……。すみません」

「とんでもない。今のは口が滑りました」マサミチは頭を下げた。「素晴らしい試合だった。あのような鋭い振りを見たことがない。今でも、思い出すと躰が震えます」

「勝てないと思っていたのですね？」ときいてみた。

「恐れながら……、そう思いました。不徳の致すところ、お許し下さい」

「私のことを、ご存じだったはずですが」

「さきほど見た剣は、私が知っている剣ではない。ゼンノスケ様は、以前とはまったく違う。別人のように強くなられた。いったい、どうされたのですか？　それを是非伺いたい」

「アカシ殿も、同じように」

「驚かれたことでしょう。私も不思議です」

「いえ、そう言われても……、私にはわかりません」

「誰かについて学ばれたのですか？」

誰か？

あの穴の老人くらいしか、思い浮かばない。無言で首をふるしかなかった。

茶は、またも緑で苦いものだった。多少は慣れたが、やはりすべてを喉に通すことができない。特にこれは苦いように感じた。飲めば飲むほど喉が渇くのではないか、と疑った。

「あの、もし、私があそこで斬られたら、マサミチ殿はどうされるつもりだったのですか？」

「刀を抜き、アカシに斬りかかるつもりでおりました」

「そうですか……。それは、余計な心配をおかけしました。本当に申し訳ない」頭を下げる。

「いえ、そのような……。私では、アカシは倒せませんでした」

「倒せないのなら、逃げる方が正しいのでは？」

「正しくはありません。貴方様をお守りするのが私の役目。であれば、貴方様にもしものことがあれば、命をもってお詫《わ》びするしかありません」

「誰に詫びるのですか？」

「それは、貴方様にです」

「でも、私は死んでいるわけですから」

「私の主《あるじ》に対しても申し開きができません。役目が果たせなかったのですから」

「ああ、なるほど……」そこで、戸の方を見る。「今、外にいる人たちは？」

「私の部下です。見張っております」

「あのような者が通路にいたら、目立ちませんか？」

「いえ、この都には、よくあることです」

「そうなんですか。あと……、質問ばかりで申し訳ありませんが、今は、ここで何をしているのでしょうか？」

「茶を飲んでおります」

「はい、あ、つまり、休憩ですか？」

「そうです」

「このあとは？」

「敵の動きを探っております。これから、別の場所へご案内いたしますが、そのまえに、敵がどう出てくるかを見ております」

「敵というのは？」

「大きな声では申せません」マサミチは、床に手をついて、躰を寄せてきた。「天下人の軍勢です。貴方様のお命を狙っています」

「役人もですね？」

「手下は無数におります。いくらでも人を集めることができます。ただ、志を集めることは無理。あのアカシが斬られたことで、統制は大いに乱れるはず。なにしろ、あの方が要《かなめ》だったのです。おそらく、少なからずの勢力が、こちらへ寝返ることになりましょう」

「何故ですか？」

「アカシを倒したのが、ゼンノスケ様だからです。その噂が、今方々へ広がっておりましょう。

天下人に相応しいお方だと認め、こちらへつく者が出ます。また逆に、それを防ぎたければ、ますます、貴方様のお命を狙おうとするはず。今は、互いに忍びや使者を走らせ、勢力の確認をしております。また、こちらへ精鋭がまもなく参ります。その者たちとともに、ゼンノスケ様をお運びいたします」

「運ぶ？　歩くのではなく？」

「いえ、歩いていただくかもしれません」

荷車にでも載せられるのかと思った。都では、いつもこのように戦《いくさ》めいたことが繰り広げられているのだろうか。もっとも、これだけ大勢が集まり、侍も沢山いるのだから、争いになりやすいのは想像がつくところだった。

「おききしたいことがございます」マサミチが言った。

「何ですか？」

「トビヒを斬るために出ていかれたのは、どうしてですか？　思い出されたのですか？」

「それが、自分でもよくわかりません。トビヒの顔を見ているうちに、いくらかあのときのことが頭を過《よぎ》りました。それに、試合を見ていても、なんというのか、考えが飛び飛びになって、気がつくと、試合をしている者たちも代わり、落ち着かない気持ちになりました。トビヒが、私を斬りにきたことは、ええ、確かです。そのときの光景を見ました。そのトビヒが今私を見ている、と思えてきて、もう隠れることができない、ならば出ていくしかない、と思ったようです。

そう思ったときには、既にあの者の前に立っていたのです」

「私は止めましたが、お聞きにならなかった」

「そう、そうでしたね。申し訳ないことをしました。謝ります。許して下さい」

「いいえ、違います。私には、思いもしなかったことで、貴方様のお考えもわからず、恥じ入るばかりです。どうか、ご容赦いただきたい」

「未熟ゆえ、己を制することができなかった、と反省しております。ところで、アカシ殿は、赤い面を付けておりました。私を斬ったときと同じ面です。何故、面を付けていたのでしょうか？」

「おそらく、大勢の前でしたので、アカシ・ランサイと認められるのを避けたかったのでしょう」

「でも、彼の名を叫ぶ者がいましたね」

「あれは、こちらの間者《かんじゃ》です。アカシが死んだと、今は都中に吹聴しているはずです」

「アカシ殿は、私の師であったスズカ・カシュウの弟弟子だと聞きました」

「はい。スズカ様が若い頃についた師に、のちになってアカシはつきました。スズカ流ではありませんが、源流は同じということです。スズカの剣に似ているかと」

「似ています」

「だが、今や、ゼンノスケ様が天下の剣となりました。スズカ流の剣が、アカシ流を退けたことになります」

「アカシ流の門下は、大勢いるのでしょうね」

「何十人もおります。名前だけならば、百人を下らないでしょう」

「その皆が、仇を討ちにくる。面倒なことになりましたね」

「いえ、それは……」珍しく、マサミチはふっと息を漏らして笑った。「侍ならば、当然のこと。いえ、何人来ようが、貴方様に手出しはさせません。このマサミチがすべて退けてみせます」

「腕の立つ者は、いませんか？」

「おりません」マサミチは首をふった。「アカシ殿は、あまりにも才に優れ、人に教えることに関心がなかった。弟子には、目を見張るような者はおりません」

「でも、指南役だったのでは？」

「誰の指南もしていない。だからこそ、離れていく者が多数出ました」

　言葉が少ないマサミチにしては、よく語ってくれたとは思うのだが、それでも充分に理解ができたとは言いがたい。いったい何が起こっているのか。渦のように人々がうねって動いているように思える。その渦に、自分が巻き込まれている。否、そうではない、自分がその渦の中心かもしれない。しかし、では、自分が今すべきことは何か、という点が皆目《かいもく》わからない。この流れは、どこへ向かっているのか。それから、そもそもこれは正しい流れなのか。信じて良い流れなのか。

　ただ、心はとても穏やかだった。

それは疑いようもない。

数々の経験を忘れてしまったことも、今は気にならない。最も重要だと思われたものを思い出し、その相手の美しい剣を確かめられたからだ。

アカシが言ったように、何故自分は一月あまりの間に強くなれたのか。それも、今は少しわかるような気がした。

アカシとの立合いを克明に思い出しても、己の刀筋は、驚くほど的確だった。それは、考えもしない精確さだった。おそらく、考えていたのでは到達できない振りだったのだろう。すなわち、思考を遮断《しゃだん》できるようになった、ということではないか。

ただ、どうしてそれができるようになったのかは、まだわからない。斬られたために多くを忘れてしまったことが関係している、とは思われるものの、だが、それは単なる連想のようなものにすぎない。

トビヒの顔を見つめている時点で、既に自分の心は麻痺《まひ》していたのではないか。なにも思わず、なにも感じず、なにも考えない。何をすればどうなるのか、といった先を見通さない。ただ、ありのままに。水が高いところから低いところへ流れるように、自分は出ていき、刀を抜いたのだろう。今になって思うと、そういうことだったとしか言いようがない。

それから、アカシの最後の言葉で思いついたことがあった。

もしかして、アカシは、自分を斬るときに、既にこうなることを読んでいたのではないか。だから、僅かながらの手加減によって、傷を浅くし、敵を生かしたのではないだろうか。同じ門下だったスズカ・カシュウの弟子に、己の剣のすべてを託そうとしたのではないか。百人もいるという弟子の中からは、その素質が見出せなかったのか。そう考えると、そうとしか思えない。あの穏やかで、満ち足りた最期は、まさに有終。満足の言葉だったではないか。

赤い面を自ら取ったのも、つまりは、その継承だったのにちがいない。

それは、身震いするほど鮮烈な、剣の一つの到達点だと思えた。あの境地に、自分も至ることができるだろうか。己の刀で倒した相手であっても、依然として己よりもまだ高いところにある、と感じさせるなにかがある。

これこそが、今の自分にとっての最も大きな問題だと思われた。すなわち、敵に勝つこと、敵を倒すこと、相手を斬ることが自分の強さだと思うのは、志の低い浅はかさゆえ。その程度で、天下の剣となるはずもない。

では、何が不足しているのか。

強さ以外に、いったい何が必要なのか。

不足していることはわかる。だが、何が足りないのかは、わからない。それは、自分を忘れてしまった己が、これから一から学ばねばならないことにちがいない。

今では、トビヒが夜中に現れ、赤い面の者と斬り合った場面を、克明に思い出すことができた。

だが、そこだけだ。それ以外の事柄は、相変わらず霧の中に隠れている。自分がどこから来て、何をしようとしていたのかは、思い出せない。これは、己が摑んだ剣の極意に対する代償だったのかもしれない。つまり、失うことで得たのだ。得なければならないから、忘れ去るしかなかった。ということは、その封印を解けば、また弱い己に逆戻りすることになるのだろうか。

　そうは思えなかった。なにしろ、これは頭で考えた解決ではなく、ただ、躰が覚えていたこと、その自由な流れに素直に従っただけのことだったからだ。極意でもなんでもない。気づけばいつでも実行できたこと。しかし、考えることに囚われている間は、それを拭《ぬぐ》い去《さ》ることはとうていできなかっただろう。

4

　マサミチは、部屋から何度か出ていった。戻ってくると、座って話すのだが、今しばらくこちらでお待ち下さい、と同じ言葉を繰り返すだけだった。そのうちに、出ていってもなかなか戻らなくなり、こちらも退屈したので、幾度か戸を開けて通路を覗いた。そこには、マサミチの部下の侍たちが膝を落とし待機していて、さっとこちらへ顔を向ける。しかたがないので、また戸を閉める。部屋には塡《は》め殺《ごろ》しの障子《しょうじ》があるだけで窓はない。一度は厠《かわや》へ出ていったのだが、そこまでも一人の侍がついてきた。案内するというわけでもなく、黙って後ろを歩く。難しい顔をしているので、見るからに不気味だった。

ここは、どうやら宿のようだった。しかし、ほかに客がいる様子もない。通路では誰にも出会わなかったし、話し声や物音も聞こえない。

部屋の真ん中で横になり、昼寝をしていたが、マサミチが戻ってくるまえに日が暮れてしまった。もしかしたら、夜になり、暗くなるのを待っていたのかもしれない。

ようやく、マサミチが戻ってきた。自分の前に座ると、折り畳んだ紙を手渡した。広げてみると画《え》が描かれている。それは、アカシが斬合いをしている画だった。アカシは額から血を流し、後方へ仰け反っていた。若武者、アカシ・ランサイを斬り倒す、と文字が書かれている。その文字があったから、アカシだとわかったのであって、顔は全然似ていない。

「この若武者とは、私ですか？」マサミチにきいてみた。

マサミチは頷く。

アカシは額から血を流したわけではない。それに、斬合いのときには面を被っていた。だいぶ違うな、と思ったが、もちろん、あの場にいて見物していた者が描いたのではないだろう。

「これが出回っております」

「出回っている？　どういうことですか？」

「この画は、筆で描いたものではなく、木版で刷ったものです。同じ画が何枚も刷られて、それを大勢が見ます」

「どうして、そんなことをするのですか？」

「どうして、という理由は私にはわかりませんが、都の者たちは、こういう噂話が好きなようです」

「こんなことが、知りたいのですね」

「ところで、いよいよ味方の軍勢が動きました。天下人は、側近数名とともに城を離れ、都の東にある離宮にいらっしゃったのですが、既にそちらを取り囲み、陣を固めております。一方、城の内部では、老中《ろうじゅう》の四名が失脚、残りの者は、こちらに通じております」

「それは、どういう状況なのですか？」

「味方が優勢です」

「戦をもう始めているのですか？」

「戦ではありません。まだ、刀を抜いたわけではない。兵が動くことで、力を見せるというだけです。それぞれの立場を質《ただ》し、いずれにつくかを判断し、掌握できる勢力を見極めている段階です」

「よく意味がわかりませんが……」

「話し合っている、と思っていただければ」

「ああ、そうなんですか……。それは良いことですね」

「良いか悪いかは私にはわかりませんが、今は、大勢で無駄に命を取り合うような戦はいたしません」

「味方の大将は誰ですか？」

「貴方様です」

「え？」これには、さすがに驚いた。「私ですか？　えっと、なにか喩え話をされたのですか？」

「そうではありません。貴方様、ゼンノスケ様を天下人に奉るための軍勢です」

「でも、私がいないうちから、準備をしていたわけですよね。誰が、その、指揮を執ったのですか？」

「貴方様のお母上であられる茜《あかね》の丸《まる》殿です」

「茜の丸殿？　その人の名ですか？」

「名ではありませんが、茜の丸にお住まいであったので、そう呼ばれております」

「どうして、名前で呼ばないのですか？」

「尊い方を、名前ではお呼びできません」

「そういうものですか。あ、では、万が一私が天下人になったら、名前では呼ばれないのですか？」

「そのとおりです」

それが仕来りならば鵜呑みにするしかないが、名前がないというのは、つまり、すべてを忘れてしまい、自分が誰かわからない、という今の自分と同じではないか。そんなことを、ぼんやりと思った。

「で、今から、どうするのですか？」

「はい、まだ、直接の連絡は参りません。どちらへお導きすれば良いのか、迷っているのでございましょう。今しばらくお待ち下さい」

「あの、これは、私がアカシ殿を斬ったから起こった騒動なのですか？」

「いいえ、それは違います。軍勢が本日動くことは、数日まえに決まっておりました。私は、その際に貴方様をお導きする役目を仰せつかりました」

「早めにそれを言ってもらえれば、あんなことにはならなかったようにも思いますが。いえ、恨みがましく思っているのではありませんけれど」

「私は、貴方様にトビヒの顔を見ていただこうとしただけです」

「ああ、そう言われれば、たしかに……」

「それが、あのようなことになり、本当に驚きました」

「申し訳ない、余計なことをしてしまい」

「いいえ、まったく違います。アカシ・ランサイを倒されたことが、どれだけ我が方にとって有利となったか。それはもう絶大な力となりましょう。あれがなければ、刀を抜き、血を流す争いになったはずです。ゼンノスケ様がアカシを斬られたことで、敵勢の老中が二人腹を切ったのです」

「え、腹を切ったのですか？」

「もはや、勝ち目がないと悟ったということです。上の者がそのようであれば、下の者たちの半数は寝返ります。それは穴から漏れ出る水のようなもの。たちまちにして勝敗が決します」

「天下人は、取り囲まれて、どうなるのですか？」

「位を自ら退かれるものと思います」

「ああ、殺されるよりはましだからですね。その人が、私の兄なのですか？」

「はい。茜の丸殿のご子息、まえの天下人のご嫡子《ちゃくし》であられます」

「母は、どうして、兄ではいけないと思われたのでしょう？」

「そこは、私どもには思いも至らぬ高みの事情。よくは存じませんが、ただ、人には資質というものがございます。ゼンノスケ様に会われ、天下人により相応しいとお考えになったのではないでしょうか」

「私は、母のことをまったく覚えていないのですが」

「一度だけ、お会いになったことがございます」

「一度だけですか？」

「はい。貴方様は、ご幼少のときより、スズカ・カシュウ殿のもとでお過ごしになられました」

　つまり、物心ついて以来一度だけ、という意味らしい。

「うーん、なるほど、少しずつ、その……、話がわかってきました」

どうも複雑すぎる。忘れてしまったので、他人事《ひとごと》のように聞いているが、面倒なことになったものだ。忘れたままでいた方が良かったのではないか、と思えるほどだった。

ただ、大勢が自分のために働いていることは理解した。現に、マサミチがそうだ。あのナナシもそうだろう。自分のために命を懸けていることが、その態度から伝わってくる。おそらく、沢山の侍が、目指すところを一にして結集しているのだろう。もはや、良い悪いの問題とも思えない。そもそも、正しさなど、理屈で作られるもの。敵にも敵の正しさはあるはずだ。したがって、それぞれが敵味方どちらにいるのか、ということにしか意味がなく、その間際にいるものが、流れに押されて動く。そんなふうに想像した。

なによりもほっとしたのは、アカシとの斬合いが、味方に悪い結果となっていない、という点だった。ただし、あのことで切腹した者がいるというのだから、それには少々驚いた。たしかに、もし自分が斬られていたら、このマサミチが切腹をしたかもしれないのだ。

大将一人を倒せば、敵の軍勢は離散する、という道理もなんとなくわかった。また大将であれば、己の部下たちを生かすために、一人腹を切るという理屈もあるだろう。アカシ・ランサイは大将ではないものの、それに準ずる位にあったということだ。

「ここに私がいることを、敵は知っているのではありませんか？」

「今のところは、そのようなことはないと存じます。既に入城されたか、軍に加わっているものと想像しているはずです」

「しかし、さきほど、大勢が見ていたはず」

「はい、そのために、囮《おとり》を駕籠《かご》に乗せて北へ向かわせました」

「囮？　ああ、偽者ですか？」

「そうです。ここには、目立たぬよう、精鋭のみ数名残しました。ご心配なく」

「心配はしていませんが……。あ、そうだ、ナナシを知っていますか？」

「はい」

「良かった。あの者も、味方ですね？」

「そうです。もともとは茜の丸殿が使っていた者です」

「あ、あと……、ノギという者は？」

「いえ、それは知りません。誰でしょうか？」

「都で私を待っている、と文を残したのですが」

「どこに？」

　馬貸しの店で読んだ文の話をした。彼女が待っていた寺の名も出した。

「なるほど、それで、知延寺に行かれたのですね」

「いえ、そういうわけではなく、たまたま、大きな道を避け、山を越えようとしたら、その山に寺があっただけです。ナナシが、寺は安全だと教えてくれましたが」

「都の寺は、いずれも有力者の配下にあります。あの寺は、もともとは尼寺《あまでら》で、そういった勢力の外にありました。しかし、茜の丸殿の縁者がかつて要職に就いておられたことがあります。ですから、良い判断だったかと」

そのあと、またマサミチは部屋を出ていった。そこへ女が三人、膳を運んで入ってきた。もう夕食かと驚いた。

一人で食べるものだと思っていたが、女の一人が残り、すぐ近くに座った。しかし、一緒に食べるというわけではない。まず、酒を注ごうとするので、これは断った。

「お気に召されませんか？」ときくので、

「そうではありません。今は酒は飲まない方が良い」と答えると、神妙な顔で頷いた。

その後は、そこでじっとしている。見られていると落ち着かないものだが、そちらをなるべく見ないようにして食べた。膳が六つもあり、皿にのっているものも、すべて違っている。甘かったり、辛かったり、口に入れるまでどんなものかわからない。じっと見て、これは何だろう、と思うと、横の女が説明をしてくれる。尋ねたわけでもないのに、教えてくれるのだ。そういう役目なのだろう。

都には田がないのに米が美味い。どこかで穫れたものを運んできたのだ。船だろうか、と想像した。大きな平たい魚を丸ごと焼いたものもあった。あまりに料理が多いので、横の女に、食べたらどうか、と誘ったが、下を向き、首を横にふるばかりである。

「都では、皆がこのようなものを食べているのですか？」と尋ねてみた。

「いいえ、そのようなことはございません。これほどの料理は、滅多にあるものではなく、お客様のために、板前一同が精魂込めて作ったものでございます」

「もったいないことですね」と呟いてしまった。

女はなにも言わなかった。また下を向いてしまう。笑いを堪《こら》えているような顔にも見えた。

しかし、それは本心だ。たとえば、マサイやケジロのところには、こんな料理はない。そんなに離れた場所ではないのに、何故そのように落差があるのか。多少でも良いから、貧しい者たちに施しをすれば良い。無駄に贅沢《ぜいたく》をするよりは、合理というもの。それは、食べるものだけではない。都は建物も立派、歩いている者の着物も艶《あで》やか。布団もおそらく使っているはず。風呂だってある。同じ人間なのに、どうしてこのように差が著《いちじる》しくなるのか。非常に奇妙なことだ。

そもそも、人の間に上下がある、という理《ことわり》がその根ではないだろうか。何故上下があるのか、といえば、それが決まっていないと、困る場面があるからだ。たとえば、戦であれば、命じる者と従う者が決まっていなければ軍勢は結集できず、勢いは散り散りになってしまう。それ以前に、戦というもの自体が、その上下関係を決するために行われるのだ。

天下人とは、皆の上に立つ者であって、つまりは最上というわけだが、それを決めるものは何だろうか？　それは、誰の子かという血筋なのか、それとも、剣を極めたという技能なのか、あるいは、もっと大勢に認められた人の徳のようなものなのか。考えても、たぶん結論は出ないだろう。しかし、急にそれに自分が関わることになったのだから、わからないままで良いはずもない。

　まだ信じられない。というよりも、本当に自分はそれを受け入れられるのか、という疑問があって、いまだ大部分を疑っている。

　兄が天下人であるなら、それで良いではないか。何の不満があったのだろう。そこを母上に是非尋ねてみたいと思った。母ならば、それくらい尋ねても良いのではないか。

　食べ終わると、女が茶を淹《い》れてくれた。これは、あの苦い茶ではなく、味わいのあるものだった。あまりに美味いので、もう一杯飲むことにした。料理は、すべてはとても食べられなかった。途中で、無理だと女に打ち明けると、お好きなものだけをお召し上がり下さい、と言われた。そういうことだったのだ。だが、好きというならば、すべて美味くて気に入っていた。気に入らないからではなく、満腹で食べられない、ということを説明した。女は、また笑いを堪える顔をして黙ってしまった。都の女は、こんな具合なのだろうか。

5

　布団で休んでいたが、なにかざわめきのようなものがあった。都はそもそも人が多いのだから、昼間ならばずっと音が止まない。しかし、夜は静かになった。それが、今またざわめいている。

通路を人が歩く音が近づいてきた。枕元の刀を摑んだ。

「マサミチです」と小さな声が聞こえる。

「何ですか？」と寝たまままきいた。

「ただ今より、上様《うえさま》を城までご案内いたします」

「上様？　誰ですか」

「ゼンノスケ様のことです。お支度を」

勝手に呼び方を変えないでほしいものだ、と思いながら、布団から起き上がった。支度もなにもない。昼の着物のままだった。風呂にも入っていない。布団は片づけなくても良いだろうか、と考えた。とにかく、襖を開ける。マサミチが頭を下げたのち、顔を上げた。

通路の両側の者が膝をつき頭を下げている。その先、店の正面の戸が開いている。外になにか箱のようなものが置かれているのが見えた。篝火《かがりび》が焚かれているのか、非常に明るい。布団はそのままで良いらしい。通路を進み、草鞋《わらじ》を履こうとしたのだが、それがない。

「私の履物は？」振り返ってマサミチに尋ねた。

マサミチは土間に下り、石段にあった銀色の草履《ぞうり》を手で示した。それを履けということらしい。慣れないが、それを付けて表へ出た。

驚いた。

もの凄い数の兵が取り囲むようにして並び、近くの者たちは膝をついて頭を下げている。離れている者は、多くは鎧《よろい》を付け、槍を立て、あるいは旗を掲げている。山吹色の旗だった。その旗がかなり先まで見える。無数の松明《たいまつ》が燃え、どの方向にも明かりがあった。通りは兵で埋め尽くされていた。

これだけ大勢がいるのに、静まり返っていた。見える範囲の者は、皆がこちらを向いているが、一様に下を向き、目を合わせるような者はいない。

すぐ目の前にあったのは箱ではなく、人が入る駕籠《かご》だ。どこかで見たことがあるような気がした。その両側に自分よりも若そうな侍が二人ずつ、手と頭を地面につけている。また、駕籠の後ろには馬が五頭いて、その前に金の角がある兜を被った武者がやはり片膝をついて頭を下げていた。

不思議な光景に、これは夢かと思ったが、この静けさはあまりにも鮮明で、突き刺すように躰に染みる気分だった。マサミチが出てきて、横で片膝をつく。駕籠に乗るようにと手で示した。兵はどれくらいいるのだろう。見たところ、何百人もいる。その数をマサミチに尋ねたかったが、周りにいる者たちに聞かれてしまうのが、少し恥ずかしい。もう一度、通りの左右を眺めた。本当に、ぎっしりとどこまでも人がいるようだ。両側の家々では、雨戸が閉まり、表の戸もすべて閉まっている。これほど大勢が何をしているのかと、見物する者はいない。

なにもこんな大勢で来なくても良いのではないか、とマサミチに言いたかったが、難しい顔で睨まれるので、大人しく駕籠の中に乗り込んだ。マサミチが近くへ来て、「半時《はんとき》ほどのご辛抱《しんぼう》です」と言って、駕籠の戸を閉めた。

　誰かが、高い声で叫んだ。何と言ったのかわからなかったが、そのあと、皆が声を上げ、それが地を揺らすが如《ごと》く轟音《ごうおん》となって響いた。

　駕籠が持ち上がり、地面から離れたようだ。声が方々で上がり、人が動く音が聞こえる。駕籠から外を覗く細い窓があったけれど、近くを歩く人や馬が邪魔でよく見えない。進んでいることは、下の僅かな隙間からわかった。北へ向かうようだ。

　これは、もしかして戦というものだろうか、と考える。敵もこのように軍勢をどこかに集めて待っているのではないか。しかし、それならば、駕籠で出かけたりはせず、馬に乗せてくれるのではないか。少なくとも鎧か兜くらいの用意はしてくれるはず。それに、夜とはいえ、こんな街中を大勢で歩くとも思えない。この仰々《ぎょうぎょう》しさは尋常ではない。こんなことが都の流儀なのか。

　景色が見えず、一定の揺れと、一定の足音が続くので、眠くなってしまった。そういえば、時刻をきく暇もなかった。空を見る余裕もなかったのだ。

　しばらくして、歩く音が変わったので、外を覗いてみたら、土の上ではなく、板の上を進んでいるようだった。欄干《らんかん》がちらりと見え、橋だとわかった。ただ、水が流れるところまでは見えない。水の音もしない。それでも、長い橋だった。こんなに長い橋があるのだな、と驚いた。外に出て、ゆっくり眺めたいものだ。

　またしばらく進むと、今度は駕籠が少し傾き、石段を上っているのがわかった。この駕籠を担いでいるのは四人のようだが、苦労なことだ。とても自分にはできない力の出しようだと感心した。その石段を上ったところで、駕籠が一度地面に下りた。

戸を開けられ、マサミチの顔がすぐ横にあった。

「上様、お疲れではございませんか?」ときくので、

「駕籠を担《かつ》いでいる者が、疲れたのでは」と答える。

「そちらは、ただ今交替いたします」

そのために駕籠を下ろしたのか、と納得した。

「歩いていっては駄目ですか? せめて馬に乗りたい」と言ってみた。

「今しばらくのこと。どうかご辛抱を。お願いいたします」そう言って、戸を閉められた。

疲れていないかと尋ねておいて、結局は辛抱しろと言う。強引なことだな、と溜息をついたが、考えてみたら、自分が馬に乗っていたのでは、マサミチが誰かに叱られるのかもしれない。きっとそうだ。それぞれに、決まりがあり、役目があり、立場があり、皆が命や定めに従っているのだ。

これはつまり、自分が天下人になろうが、誰が天下人だろうが、大差がないともいえる。なにしろ、自分がこのようにしろと命じたわけではないのに、今はこれに従わなければならないのだ。天下人が従わなければならないものとは、何だろうか。

そうか、天か。

神のことか。

きっとそうにちがいない。崇《あが》め奉《たてまつ》る神が、皆の上に、この空の上にあって、我々を見ている。それが天下なのだ。

そして、実際には、人が定めたものがある。ずっと以前に決められて、皆で守っている理のことだ。そういうものには、天下人であっても従わなければならない。それも理屈だと思える。そうでないと、天下人が正気を失ったときに危険なことになるからだ。

こういった道理を、もっときちんと学びたいものだと思った。もしかして、学んだのに忘れてしまったのかもしれないが、それならば、もう一度学びたい。世の理というものがあるはずだ。

またうとうとしていると、声が幾つか上がり、駕籠が止まった。

どうしたのだろうと覗く。松明が沢山灯《とも》っていて、明るい広い場所にいることがわかった。前方には石垣が見え、大きな門があった。その門の扉が音を立てて両側に開いた。それを待っていたようだ。

再び前進を始めたが、軍勢はそこに留まり、駕籠の周囲の足音は少なくなった。それでも五十人ほどは一緒だった。馬もまだいる。マサミチは、歩いているのだろうか。駕籠の後ろらしく、姿が見えない。

また止まった。見ると、少し小さな門があって、それを開けている。声を上げ、太鼓を鳴らしている。夜だというのに騒がしいことだ。

ここでまた人数が減り、馬もいなくなった。十人ほどが駕籠についてくる。建物の間を通り、塀に沿って進んだ。松明も少なくなったが、白い塀に影が映っている。

小さい門を通った。その戸はすぐに開いたので、止まる必要がなかった。低い樹が並び、庭のようだった。大きな松明が焚かれた明るい場の真ん中で駕籠は止まった。駕籠を担いでいた者たちが走り去った。また、一緒に来た侍も四方へ離れた。マサミチが駕籠の戸を開けてくれたが、そのマサミチも、さっと後退し離れていった。

駕籠から降りろということらしい。

降りてそこに立った。立派な建物に囲まれている中庭だった。正面に玄関のような入口があり、松明がその両側で燃えていた。空を見上げ、星を見る。月はなかった。まもなく夜が明ける時刻だとわかった。

玄関の中に、何人か待っているようだった。入口の手前に控えている者もいる。そちらへ行くしかなさそうだ。歩いていき、低い敷居《しきい》を跨いだ。中央の女が板間に下りてきて、手をつき頭を下げた。ほかの者も頭を下げているので、誰一人顔が見えない。

「上様におかれましては、ますますの麗しきお姿、見事なご活躍、ご壮健ぶり、まことに嬉しゅうございます」

いちおう、膝をつき、お辞儀をしたが、相手が誰なのかわからない。

「ゼンノスケです。ただ今、参上いたしました」と言う。

「ようご無事で」そう言いながら、女は顔を上げる。

白い顔、赤い口、黒い長い髪、もちろん、見覚えはない。年齢はよくわからないが、若くはない。

「母上ですか？」と尋ねる。

「おお、覚えていらっしゃったか。このような幸せがこの世にありましょうか。さあ、中へ……」

新しい履物をそこで脱いだ。駕籠に乗っていたので、ほとんど歩いていない。長い通路を奥へ向かって歩いた。途中からその床が畳になった。

歩く先の襖は、そこにいる者が開けてくれる。奥へ奥へと入った。

ひと際明るい部屋に入る。従者たちは、いつの間にかいなくなった。もちろん、部屋の外か、通路か、どこか近くにはいるはずである。

奥に一段高いところがある。円形の座もある。そこに母が座るのだと思って待っていたが、首をふり、手でそちらへ、と指示される。母は低い場所に座った。

しかたがないので、その高い座に腰を下ろした。母は、手と頭を床につけてお辞儀をした。なかなか顔を上げない。

「母上、そのような堅苦しいことは無用です」と言うと、ようやく顔を上げた。

「ああ、なんという素晴らしきお声か……、耳に入れるだけで涙が出ます。返す言葉もございません」

こちらを見て彼女は微笑んだ。言葉がない、という意味がわからなくなった。

「これから、何をすれば良いのですか？」

「もうご心配はいりません。既に、形勢は決しております。小競り合いはあったようですが、いずれも刀や鉄砲を持ち出すには至らず、私も胸を撫で下ろしております。これも、ひとえに上様のご快挙ゆえのこと。ただただ、尊きお導きに感謝をする次第でございます」

「私は、なにも、その、導いたというわけでもありませんが」

もう少し言うなら、ここへ来ることも望んだわけではない。しかし、そこまで正直に言葉にしては、母が機嫌を悪くするだろうと察した。嫌な思いをしているわけでもなく、今はとりあえず、周囲の者たちが喜んでいるようなので、それで良いのではないかと思う程度だった。

「兄は、どうしたのですか？」

「はい、東の離宮にお籠もりになられます」

「籠もってどうするのですか？」

「さて、それは、私にはわかりませんが、なんでも、この世に未練はないとおっしゃった、と聞き及んでおります。あの方も、そうした侍の潔さは、さすがにお持ちでございましょう」

自分の息子に対しての物言いが、そのようになるものか、と聞いていた。

「まさか、切腹になるわけではありませんよね」ときいてみた。

「はい、それもご自身の判断でございますが、おそらくは、出家をされるものと存じます」

「え、僧侶になるのですか？」

「はい、その道が無難でございますが、さて、側の者たちが、それで納得するかどうか、そこまでは量ることができません」

「どうして、兄ではいけなかったのでしょうか？」

それが一番尋ねたかった疑問だった。

「はい、上様の寛容なお気持ちに感服いたしました。私も自分の腹を痛めたお方ですので、悪しく思いたくはございませんが、やはり、周りに集まった者たちが、さも己の力と思い込み、世を我がものと勘違いして、民を治める大事を疎《おろそ》かにしておりました。このままでは世が乱れ、再び以前のように戦に明け暮れることになりはせぬかと、義を忘れぬ者は、少なからず懸念をいたしておりました」

「では、あの、もう一つ、ききたいことがあります」

「はい、いかなる問いにも、お答えいたしましょうぞ」

「どうして、私なのですか？」

「とおっしゃいますと？」

「兄の代わりに、どなたかを天下人として立てる、ということです。なにも私ではなくとも、それに相応しい才のある方がいるのではありませんか？」

「そのような者はおりません」母はゆっくりと首を横にふった。

「いえ、でも……、たとえば、母上ご自身では駄目なのですか？」

彼女は、目を見開き、一瞬黙ったが、手を口に当て、下を向いた。

「どうしました？」

「いえ、失礼をいたしました」顔を上げるが、頬が赤いように見えた。「上様の突飛なご冗談にびっくりいたしました」

「冗談というわけでは……。いえ、母上でなくても、沢山の優秀な侍がいるはずです」

「もしや、ご本意でおっしゃっているのですか？」

「はい」

「ああ……、上様は、この世の理というものを、超越されているのです。いえ、それは、その機会がなければ知らぬままで成り立つものかもしれません。そう、たしかに、そのように言われてみれば、何故この理があるのかも、何故誰も疑わぬのかも、不思議といえば不思議。上様のご見識は、遠くを見通されているかのようです。私どもにはまったく及ばない高みかと、ただ今ようやくに察しました」

「よくわかりませんが、つまり、血縁者であることが重要なのですね？」

「さようでございます。それが、この世に生きる人間の絶対の理と言えるものです」

「なるほど」頷いてみせたが、しかし、納得できる理屈とは思えない。

「どなたの血を引く者かということが、人として最重要なこと。それが、人の道を決めるものと言えましょう」

「私は、そうは思いませんが……」

「はい、いえ、それは……、実を申しますと、この私も、同じように考えたことがございます。そもそも、武士がこの世を治めるようになったのも、血よりも秀でた才にこそ目を向けたからにほかなりません。血を継ぐ者は、いずれは衰え、才ある者の前から退くことになりましょう。ただ、そのような世となれば、才によって人を動かし、策によって人を陥《おとしい》れ、すなわち、遠からず戦になるのも必至。何故ならそれは、才なき者は滅びる定め、という道理に結びつき、相手を貶《おとし》めるために命を奪い合うことになるからです。それこそが侍の道と信じる者も多数おりますけれど、それではいつまで経っても世は乱れるばかり、国はまとまりません。民は怯え、心を安くして働くこともかないません。そうなれば、結局は、治める国が衰え、最後には滅びましょう。何のために天下人となるのか、と問われなければなりません。されども……、このようなお話をお聞かせして、上様、ご退屈ではありませんか？」

「いいえ。とても興味があります。続けて下さい」

「安堵いたしました」母は微笑んだようだ。「畢竟《ひっきょう》、才も大事ではありますけれど、あまりにそれを追求しても、目指すところを見失う結果となるということでございます。したがいまして、多くの者たちが容易に納得できる理として、昔ながらの仕来《しきた》りが今も活かされている、さように存じます。ただ、ときどきは、大きく偏ったものは疎《うと》まれ、害が広まれば目を瞑れなくなる、ということでございましょう」

「よくわかりました。ありがとうございます」

「上様は、いずれもお持ちなのです。楯突《たてつ》く者はおりますまい」

いずれもというのは、血と才ということだろうか。血は、自分には覚えがないが、皆が言うのだからそうかもしれない。才は、剣のことだろうか。剣ならばまだ、多少の自信はあるものの、しかし天下を治める才とは、まったく別のものではないのか、と考えた。そもそも、スズカ・カシュウも、アカシ・ランサイも、天下人の指南役だったという。ということは、天下人に剣の道を教えるのが役目。であれば、剣の才において天下人よりも上だったはず。ならば何故、指南役が天下人にならないのか、という疑問が生じる。

だが、これも自分なりの答が見つかりそうな気がした。剣の強さで世を治めるということはありえない。たとえ戦の世であっても、それは同じだったはず。大将がいくら武術に長《た》けていても、大勢で戦うときにはまた別の争いになる。おそらく知の才というのか、戦略が大勢を左右することになるだろう。また、それ以前にそもそも戦力を築くための方策がなければならない。一つには、治める地の富がある。また、協力者を集め、人を団結させる理屈が必要だ。そういったものまで含めた才は、一人の刀揮《かたなさば》きの何倍も何十倍もの力を生むはずなのだ。

世を治める才とは、そのような類《たぐい》ではないのか、とぼんやりと考えた。それに、なにも一人で治める必要はない。大勢で話し合って行えば、さらに正しいものになるのではないか。

もうまもなく、朝の膳の用意が整うとのことだった。そのまえに、酒をお持ちしましょうか、と母にきかれたが、それは断った。茶も今はけっこうです、と答えた。

「上様、この母の願いを一つきいていただけぬか」ときかれた。

「はい、何でしょうか？」

「そちらへ上がってもよろしいか？　そのお手に触れたい」

「ああ、どうぞ」そんなことか、と思った。

母は、近くへ来て座った。手を差し出すと、それを両手で包むようにした。

「秋にお会いしたとき、まさにこのようになると思いました」

「そうですか」

そのときのことは、自分は覚えていない。覚えていないことを、母は知らされているのだろうか。

「怪我をされたのでしょう？　まだ痛みますか？」

「いいえ、大丈夫です」

手を頬に当て、母は黙って涙を流した。

その顔を見ていると、こちらも目が潤みそうになった。

溜息をつき、気を鎮《しず》め、涙を止めて、これからどうなるのだろう、と考えることにした。こうなってしまったからには、もう戻るわけにもいかない。

6

自分のいる場所は、城の中だとわかった。その城は幾重《いくえ》にも塀に囲まれ、外側は深い堀に守られている。その堀の周囲には桜の樹があり、数日して満開となった。門の近くまで行くか、あるいは高い階の窓から、毎日眺めた。

それが、風が吹いた日に一気に散ってしまい、堀の面《おも》は花で染まった。命とは短いものだ、と思わずにはいられない。自分がこの城にいられるのも、桜の花のように短い期間なのではないか、という気持ちになった。

最初のうちは、何日めと数えていたが、その後、代わり映えのしない数日があっという間に過ぎた。それだけ平穏だったということで、都の人々は喜んでいる、と誰もが話した。

時間をかけて沢山の着物を身につける。しかも、それを何度も着替える。面倒なことだが、着替えをするときには、女が三人も手伝ってくれる。紐を自分で結ぶようなこともない。着替えだけではなく、なにもかもすべて、誰かがやってくれる。ものを落とせば、それを拾ってくれる者がいる。

最初は、ほとんどのものが珍しく、尋ねることが無数にあった。しかし、同じことが繰り返されるので、それらにも慣れてきた。だいたい、どこに何があるのかがわかり、周囲の者たちの顔も覚えた。

　大勢の侍たちと広間で顔を合わせたり、挨拶をすることも多々あった。ただ、発言するのも、挨拶するのも相手の方であって、自分は黙って座っていれば良かった。黙っている方が皆のためだ、と母に言われた。

　残念なのは、マサミチの姿を見なくなったことだ。ナナシも、現れなくなった。母にそのことを尋ねると、彼らには彼らの役目がありますので、ということだった。また、別の仕事をしているという意味だろうか。

　マサイとケジロの話をして、二人に米を届けてやってほしい、と言ったところ、里の近くに二人を迎える家を建てつつある、という報告を後日聞いた。そこまでしなくても良いのではないかと思ったが、それを言う機会はなかった。そんなこともあって、穴の老人については、黙っていることにした。饅頭《まんじゅう》くらい届けたいものだ、とは思ったが。

　馬貸しの店にあったノギの文が後日届いた。自分に宛てたものだと確認できたから、ということか。しかし、差出人のノギが今どこにいるのかはわからなかった。役人を使って捜すこともできると言われたが、そもそも彼女がどんな人物なのかもわからないので、それには躊躇した。万が一迷惑になってはいけない、と考えたからだ。

　城も宮も、大勢の人々が入替えになり、皆はそれで忙しそうだった。母も、以前は都から離れた場所にいたので、数々の荷が遠路運ばれてきて、それらの整理に一月はかかると話していた。

新しく寺を建てるとか、式典を行うとか、そういった報告を聞かされるのだが、ただ頷くことしかできない。具体的な選択の意見を求められるようなことはないので、こちらとしても安心ではある。

一人でいる時間がなくなったが、剣の稽古をするときは、人払いをして、中庭で刀を振った。これだけが楽しみか、と思うほどだ。刀を抜き、その輝きを見るだけで気持ちが澄み渡る。風を切って刀を振ると、今の立場も、この世の中も、すべてがその一瞬だけ無に帰すように感じる。無になるとは、無駄になるという意味ではない。ただ、そのもののまま、ありのままになるということだ。虚《むな》しさを感じるのは人間であり、もっと言えば、人間の欲なのではないか、と思う。

多くのものは、人の欲によって作られている。この都がそうだし、城も宮も寺も、ほとんどの建物は、欲で築き上げたようなものだ。貧しい者の小屋であっても、雨風を防ぎたいという欲の表れといえる。欲が悪いということではないが、それが大きくなれば大きくなるほど、もともとあった形が歪《いびつ》になるものだ。

そういう歪なことが、周囲でいかに多いかと日々感じる。しかし、自分もその欲をすべて捨てるわけにもいかず、どうすれば、形の歪さを少しでも直せるのか、というくらいにしか考えることができない。

たとえば、生きたい、死にたくない、というのも欲である。この欲がなければ、生きられない。誰もがそれを抱いている。誰にも必要なものといえる。それなのに、これが強くなることで、人を陥れ、人の命を取ってまでも、己の思うがままにしようとする。その欲によって、憎み合い、殺し合うのだ。

結局は、ある程度を認め、ある程度を捨てる、という道を探るしかない。

ぼんやりと、そんなことを考える時間が長くなった。

いろいろ不思議な人間が訪ねてきた。剣術の指南役の候補となる達人も来た。ところが、話を聞いたところ、刀捌きではなく兵法について学ぶことが主だという。それも面白いかもしれないと思い、薦められた書を読むことになった。それから、画を描く者、茶を淹れる者など、それぞれの道の達人にも会った。これらも、話を聞くと大変に面白い。また、舞う者、踊る者、歌う者も来た。眺めているには面白かったが、毎日そんなことをしたいとまでは思わなかった。このように役に立たぬと見えることでも己の身を磨く道があるのだな、ということがわかった。聞いた話では、花を飾る者、文字を書く者、木を刻む者、器を作る者など、まだまだ数々の道があるらしい。

半月ほどして、もうたいていのものに厭きてしまったが、そんな不満を言うわけにもいかない。せめて、城の外へ出ていきたいものだ、と思った。そのことを母に話すと、

「では、そのように取り計らいましょう」と簡単に言って頭を下げる。

翌日、出かけることになり、マサミチがやってきた。これは嬉しかった。

「出かけると言えば、マサミチに会えるのか」と尋ねると、

「はい」と短い返事だった。

それならば、毎日出かけることにしよう、と思ったが、さて、今日はどこへ行くのか、まだ聞いていない。

「どこへ出かけるのですか?」と尋ねる。

「鷹狩りに」マサミチは答えた。

「鷹狩り? 弓で鷹を狩るのか?」

「いえ、鷹を使って狩りをいたします」

「何を狩る?」

「獲物は、鳥、あるいは兎《うさぎ》」

「鳥が鳥を狩るのか……。小さな鳥を?」

「いえ、鶴《つる》なども狩ります。血を飲むために」

「血を飲む? それは、気が進まない」

「今日は兎です」

「場所は、どこで?」

「鷹狩りのための山がございます」

馬に乗って、そこへ行くことになった。マサミチと二人で行くのかと思っていたのだが、門を潜るたびに人数が増えた。最後に城の大門から出ると、大軍が待っていた。二百くらいいるのではないか。

「この者たちも一緒に？」

「はい」隣の馬にいるマサミチが答える。

「そんなに鷹狩りは大変なのですか」

　マサミチは答えない。

　道を歩くときは、前にも後ろにも兵がいて、道を行く者たちを左右に退ける。皆が地に手と頭をつけている。それを馬の上から見て、通り過ぎる。

　山はすぐ近くだった。山というよりも少し広い庭なのかもしれない。建物もあり、塀や門もあったからだ。鷹を使う者が、腕に大きな鷹をのせて待っていた。その者も馬に乗り、丘へ登っていった。大軍はその場に待たせ、自分を含めて馬は十頭ほどになり、さらに二十人ほどが走って後をついていく。ときどき振り返って、彼らを見た。馬を速く走らせては、人が大変になる。

　草原で見晴らしの良い場所に至った。そこへ兎が出てきたので、皆が声を出した。ただちに鷹が放され、一直線にその兎を追う。草の中に入って見えなくなったが、大きな翼を羽ばたかせて戻ってきた。兎がその足に掴まれている。なるほど、鷹が狩りをするところを見物するのか、と理解した。

　その後も三度、同じ光景を見た。ただ、どうもその兎は後方の誰かが放しているようだとも気づいた。必ず人間の間から走り出てくるからだ。鷹もそれを知っているらしく、前を見ず、後ろへばかり首を回す。人だけでなく、鷹も己の役目を知っているのである。

休憩になって、馬から下りた。草の上に座るつもりでいたが、敷物が広がり、座が用意される。風を避ける幕も張られた。あっという間に熱い茶も出てくる。どこにいたのか、女が茶を運んできた。こんな山にいるとは思えない艶やかな着物をきている。火が焚かれ、煙が風に流れる。よい匂いがして、何だろうと見ると、焼いた兎の肉が串刺《くしざ》しになっている。それを女が盆にのせて運んできた。味噌で味がつけられていて、自分には塩辛いが、我慢をして食べた。

「いかがですか？」マサミチがきいた。

「何がですか？」

「鷹狩りでございます」

「ああ、面白かった。この肉も美味い」そういった無難な返答にもすっかり慣れた。

周囲の者たちが息を漏らし、笑顔になる。皆が役目を果たせたと喜んでいるのだ。鷹も肉をもらっているのか、と尋ねれば、マサミチが、そうですと答える。

山の中を歩きたいと言うと、ではお供をいたしますとマサミチが答え、二人で近くの林の中へ分け入った。自分が先を歩き、マサミチが後をついてくる。しかし、他の者も少し離れてついてきた。なかなか一人にはなれないようだ。気にせず、どんどん奥へ進んだ。

「上様、どちらへ行かれるのですか？」マサミチがきいた。

「申し訳ないが、一人になりたい。ここで待っていてもらえないか」そう言ってみた。

「いえ、恐れながら、私はこれが役目」

「では、少し離れて見ていれば良い。隠れたりはしない」

「わかりました」

マサミチを残して、さらに奥へ歩いた。

樹が真っ直ぐに伸びている。既に小さな葉を出していた。緑の香りがする。暖かくなったな、と風を感じる。樹は密集していない。小さな樹もない。おそらくは、人が整えた場所。この樹々も植えたものかもしれない。都の周辺の山々は、薪のために樹が切り倒され、一度はすべて禿《は》げ山《やま》になったと聞いた。今は、ずいぶん遠くから運んでくるらしい。ここも禿げ山だったのかもしれない。

振り返ると、マサミチがじっとこちらを見ていた。だいぶ離れた。彼に背を向けて、樹の枝を仰ぎ見る。

目から涙が流れ、それが頬を伝った。

何故、自分が泣いているのかわからないが、悲しいという気持ちだけはわかった。

寂しいのではない。

悔しいのでもない。

虚しいのでもない。

ただ、悲しいのだ。しかし、その涙は、すぐに止めることができた。少しでも泣くことができて、むしろほっとした。山の中ならば、それがいつでもできる。城では、そのようなことは許されない。常に誰かが側にいるからだ。

すぐ近くの草の間から、兎が出てくる。

さきほどの兎とは色が違っていた。こちらを見たが、驚いたのか、草の中に姿を消した。焼かれて食べられるところだったな、と思った。そこに人影があった。いつからいたのかわからない。

「ナナシか？」

「はい」影は頷いた。

「久し振りだ」

ナナシは黙っている。動かない。

「見ていたのか？」

「何をでございますか？」

「城には来ないのか？」

「いつも、上様のお近くにおります」

「そうか……」

また兎が飛び出した。そちらへ一瞬目を向けたが、この間にナナシが消えるのだと思い、視線を戻した。ナナシは、自分の前の草を立て、後ろへ下がった。樹の陰に入り、さらに後方へ離れる。あの者のやり方も、だんだんわかるようになったな、と思った。

振り返ると、マサミチが少し近づいている。こちらを見据えていた。手を上げて応え、戻ることにした。

「いかがなされましたか？」

「いや、なにも……」

「話をされているような」

「ああ、兎がいたのだ」

「兎？」

「話は通じなかったが」

鷹狩りはそれで終わり、大勢の兵を従えて、城へ戻った。

7

城の中に道場があり、剣術の稽古を見る機会もあった。若い侍たちが並んで木刀を振り、またときには試合をする。声を上げ、汗を流し、一心に励んでいる。ときどき、脇の者から意見を求められ、あの者はこうした方が良いかもしれない、ということを伝えると、その者が代わって指導をする。直接声をかけてはいけない、と最初に注意を受けた。当然ながら、自ら刀や木刀を持って相手をすることはもってのほか、と釘を刺されている。

夜になれば、自分の部屋の前の中庭で、一人稽古ができた。着ているものが重く、動きにくいが、それも気にならないほど、躰は軽くなった。

相手は月か、あるいは、風に舞う葉か花か。

それでも、もう人を斬ることもないのだ、という清々しさはあった。それを思い出して、自分を鎮《しず》める。

もはや、考えることもなく、ただ、流れるままに刀を振った。

刀は、空を走り、切っ先は月を突く。

また、風を切り、地に落ちた花を揺らす。

そうするうちに、子供のときのことを断片的にだが思い出した。

このように、一人で刀を振っていたのだ。飛んでくる葉を切り、枝を折って突き進んだのだ。

自分は山で育った。そこには、母はいなかった。いたのは、父か？

そうではない。

それは、仙人のような老人だった。

恐い顔で、笑うことは少なかった。

その目を思い出した。

考えるな、と言われた、その声の響きも覚えている。

考えるな、とは何か、と考えてしまう。

考えないことなど、できない。どうしてもできない、できないと考えて、さらに悲しくなった。そうか、考えるから、悲しくなるのだな、と気づく。先日も、鷹狩りで山へ行き、昔のことを考えてしまった。だから、悲しくなったのだ。

斬合いになれば、考えることは不利。自分は、考えずに刀を使うことを覚えた。だから、アカシを倒すことができた。したがって、考えないことは、この場合は正しい。けれども、それが本当に正しいのならば、死こそが正しい、となる。死ねば考えないからだ。

剣の道とは、すなわち死の道か。

生きながら死ねる者が強い。

それは、たしかにそのとおりだと思える。ただ、それでは、剣がこの世に生きない。斬合いに勝つことだけでは、この世の役には立たない。役に立たなければ、この世を生きている意味がない。

たとえば、あの鷹であっても、人に飼われている。人の役に立っている。兎を襲っても人には逆らわない。この城にいる侍は、皆がそうだ。

役に立てば良いのか。

それだけのために、剣の道はあるのか。

刀を抜いたときには死に、鞘に納めたときには生きる。そのような切換えが必要だということだろうか。それは、いかにも都合が良い。あまりにも都合が良い。けれども、今のところは、そのように自分を騙《だま》すしかない。そう思うしかない。

だから、生きるには、むしろ考えなければならない。考えることが生きることであり、生きている証ともいえる。この世を治め、人を育《はぐく》み、皆が豊かになるためにも、まずは考えなければならない。そしてそれは、考えずに死の剣に頼ることとは正反対なのだ。

ただ、どこか似ているところもある。

それは、何だろう。

一つには、己の心がいずれにもあるということ。

今一つは、しかしいずれもが無であること。

これらが、同時に成立するとすれば、己の心は無となるか。

桜の花は命が短い。桜は、一年の大部分、無となる。しかし、その樹を眺めたとき誰もがそこに桜が咲くことを思い出すだろう。人の心とは、無を捉えることができる。そういうことではないだろうか。

毎日が暇で、無意味なことを考えてばかりいた。考えないようにしようと思えば、刀を抜くしかない。

それよりも、薪割りでも良いから、仕事がしたいものだ。山の中を歩いて、柴を集めてくるのも良い。土に鍬を入れ、畠を耕すのも良い。またやってみたい。作業の汗や疲れが懐かしい。そのような疲れがあれば、こんなに考えないで済むのではないか。

いつも食事のときに側にいる若い女が、具合が悪くなったとかで交替した。新しい者にきくと、そう答える。要領を得ない話なので、母に会ったときに尋ねた。

「あの者は、今は休んでおります。いずれ、元の役目に戻すつもりです。私のところにいた者で、信頼のできる女です」ということだった。

それは、自分も少し感じていたところで、話をしても機転の利いた受け応えをする。具合が悪くなったことが心配だ、と話すと、母は近くへ来て、囁くように言った。

「実は、料理人を入れ替えました。誰なのかはわかりませんが、不審なことは確か。よくぞ見抜かれました」

それで話がわかった。女は毒味が役目だったのだ。先日、これは召し上がらない方がよろしいかと存じます、と珍しいことを言ったのだ。そのとおりにしたが、女が来なくなったのは次の日からだった。

「毒を盛った者がいる、ということですね?」

「現物を捨ててしまったので、確かなところは、わからないとのことでした」

毒味の女は、回復しつつあるという。微量だったことが良かったのだろう。いずれにしても、命を狙われたのはこの自分である。役目とはいえ、その者が毒を口にしたのは不運としか言いようがない。

「命を狙う者が城の中にいるのは、落ち着きませんね」

「はい。そのようなこと、今後はけっしてあってはなりません。ただ、油断は禁物。まだ恨みに思っている者がいるということを、お忘れになりませぬように」

恨みを買ったのは、結果としてはわかるが、自分はそもそも恨まれるような選択をしたわけではない。担ぎ出されただけのことだ。だが、これもしかたがないことか、と思い直した。このように贅沢な生活をしていれば、どこかで無理が生じるだろう。世の中には、貧しさの中で飢えて死ぬ者が数多い。知らないとはいえ、多くの者たちが、この身を恨まない方がむしろおかしいのだ。

結局は、やはり上下の差が生む歪《ひず》みといえる。欲が作る差であり、また差が恨みを作るともいえる。どうすれば、このようなことがなくなるのか。

その次の日には、その女が戻ってきた。初めて名前をきいたところ、頭を下げたまま顔を上げない。どうしたと尋ねると、ようやく少し顔を上げ、涙を流している。

「それほど辛《つら》かったのか？」

「いいえ、あまりの嬉しさに涙が出ました。はしたないこと、大変申し訳ございません」

「何が嬉しい？」

「上様から、お言葉をいただいたことです」

「そうか……。しかし、今までも、話をしていたではないか」

「名前をきいていただけました」

「誰にも、名前はある。できれば覚えたいのだが、大勢なので、困っている」

「いえ、おっしゃるとおりでございます」女はまた頭を下げた。「この命が、上様をお守りできたことも、この上ない幸せと思っております」

「まあ、そのように、あまり固くなるのもどうかと思う」

「あ、はい」

「それに、味がおかしかったら、私の前であっても、すぐに吐き出すこと」

「はい……」

もしかして、自分の方が毒味としては才があるのではないか、と思ったほどだった。山で生きていれば、食べてはならぬものは、少し嘗《な》めればわかった。それを思い出したのだ。しかし、味ではわからない毒もあるかもしれない。言ってはみたが、あとになって、余計なことを言ったかもしれない、と思った。

さらにその次の日には、母が一人の侍を連れてやってきた。人払いをしていたので、ただ事ではない様子だった。その者は、自分と同じ歳頃で、顔も似ている。

「この者を、上様の影として、以後使います。お見知りおきを」

「影というのは？」

「つまり、身代わりです」

「身代わり？」

説明を聞くと、大勢がいる場所などに出るとき、この者を天下人として使う、ということらしい。自分の命が狙われることを心配しているのだ。

「毒味と同じですね」と言うと、

「そうです」と母は頷いた。

「お主は、それを承知しているのか？」ときいてみた。

「御意《ぎょい》」と頭を下げる。

「しかし、嫌な役目ではないか。役目が果たせるのは、命を落としたときかもしれない」

「御意」また床に頭をつける。

どうしたものか、と思って母を見たが、小さく頷くだけだった。その者を下がらせたあとで、母に尋ねた。

「あの者で済むのならば、最初から私でなくても良かった、ということではありませんか？」

「あの者が、お気に召しませんか？」

「いいえ、そうではなく、私の代わりに殺されでもしたら、と考えると、なにか、嫌な気持ちになります」

「お優しいこと……。しかし、あの者にしても、上様のために命を捧げられたと喜んで死ねる。このような素晴らしい死に方など、そうそうあるものではございません」

「素晴らしい死に方ですか……。そういうものがあるのですね」

「ございます」

毒味の女のことがあったので、それが普通のことなのかとも思った。本人は、喜んで役目を引き受けているのだ。自分としては信じられないことだが、どちらの考え方が間違っているというわけでもない。

夕刻になり、部屋で一人書を読んでいると、通路ではない方から小さな音がした。そちらを見ると、小さな紙が木の葉のように上から舞い下りてきた。天井の上にナナシがいることがわかった。

立ち上がり、部屋の隅へ近づき、小声で話した。通路にいる者に聞こえないようにするためだ。

「どうした?」

「茜の丸殿のところへ、三味線の女が来ております」

「三味線の女? ノギのことか?」

「はい」

「何故、私のところへ来ない」

「それは……、私にはわかりません」

「わかった。ありがとう」

部屋から出ていった。通路の者たちが驚いて顔を上げた。一人が後を追ってくる。顔見知りの従者だ。

「上様、どちらへ?」

「母上のところへ行く。案内してくれ」

「いえ、あの、お知らせいたしますので、こちらでお待ちいただければ……」

「案内はできぬと言うのか?」立ち止まって問《と》い質《ただ》した。

「いえ、そのようなことは……」

「では、頼む」

その者が前を歩き、それについていくことになった。

「もう少し速く歩いてくれないか」

「あ、はい、しかし……」

「急いでいる」

「承知いたしました」

通路を歩き、渡り廊下を進んだ。別の棟になるので、一度外に出た。履物は、適当にそこにあったものを履いた。新たに茜の丸と呼ばれている棟の門を通る。このときも、一悶着《ひともんちゃく》あった。上様のたってのご要望です、と従者が言っても、門番は上の者にきいて参ります、と答える。

「母上のところへ行くのに、誰の許可がいるのか?」と問う。

すると、はっと頭を下げた。返事をしないが、どうやら、通っても良いということのようだ。たまには、大きな声、強い口調が必要なのだな、とも思う。

その建物に入り、広い通路を真っ直ぐに奥へ歩いた。途中に控えていた者に尋ねると、母は謁見の広間らしい。さらに進むと、こちらに気づき、何人か侍が止めにきたが、それも無視して進んだ。

最後に止めたのは、襖の前にいた歳をとった女だった。

「茜の丸殿に何用でございますか」と両手をついた姿勢で見上げた。じっと睨まれたが、この者も知った顔だった。

「母上はこちらですか？」と大きな声できいた。

部屋の中に聞こえただろう。膝を折り、目の前の老女には、

「お役目ご苦労です」と耳打ちした。

襖が開いた。中にいた女が開けたものだ。入っていくと、下座の中央、広い場所にぽつんと薄紅色の着物の女がいて、両手と頭を床につけている。母が上座に座っていた。

「上様、ご用があれば、こちらから参りましたのに」

「いえ、その者を見たかっただけです」そう言って、母の隣に腰を下ろした。

女は、頭を下げたまま動かない。後ろに三味線が置かれているのが見えた。

「この者は、都で三味線を弾くという。上様にお目通《めどお》りを願ってきたのですが、私がまず話を聞くことにいたしました」

「そうですか。それは、差し出がましいことをいたしました」と母に頭を下げると、少し安心し

たのか、穏やかな顔になった。

「上様にお目にかかったことがある、と申しております」母は、ここで小さく溜息をついた。

「何が望みかと、尋ねていたところ……。このような者は毎日途絶えず参りますが、なにがしかを与えれば、普通はそれで来ぬようになります。ただ、この者は幾度も現れ、なにも受け取らず、また現れること既に七たびと聞き及びましたゆえ、それなりの事情があってのことかもしれぬ、と思いました」

「顔が見たいと思います」

「その者、面《おもて》を上げなさい」

女は顔を上げて、こちらを見た。目を見開き、口が震えだす。

「どうしたのか？　ここにいらっしゃるのが、どなたなのか、わかっておるか？」

「はい……。ゼンさん、私です。ノギです」泣き声になり、口に手を当てる。

「上様、いかがですか？」母がこちらを向いて、首を傾げた。

「せっかく来てもらったのに、申し訳ないことだが、私には覚えがありません」正直に答えた。

「そなたは、馬貸しの店に文を残しましたか？」

口を押さえて、泣いたまま、女は頷いた。

「そうか、では……、都のどこで待っていましたか？」

「あの……、ちえんてらで、お待ちしておりました」女は答えた。

「どうして、知延寺に？」

「はい……」涙を拭い、息を呑《の》むようにする。「私の、義理の叔父が、あの寺に以前おりました。もう亡くなりましたが、その縁あって……」

「そうか、わかった」頷いてから、母の方を見る。「この人が話していることは、本当です」

「そうですか。ならば、いかがいたしましょうか。金子を持たせますか？　それとも……」

「お金のために来たんじゃありません」女が言った。「なにもいりません。ゼンさんに、一目会いたかっただけです。ああ……」鼻をすすり、頬を拭った。「ごめんなさい。ご立派になられて、本当に……、本当に、ご立派になられて……。噂を聞いたときには、まさかと思いましたけれど、でも、聞けば聞くほど、ゼンさんだと……。ええ、きっと、きっと生きていらっしゃると、信じておりました。あの……、本当に、ありがとうございました。これで、願いが叶いました。なんと、お礼を申し上げれば良いのか、あの……、本当にありがとうございました。これで、失礼をいたします。ありがとうございました」

女はまた頭を下げた。

前に出ていこうとすると、母が袖《そで》を摑んで止めた。

女は、三味線を持ち、後ろへ下がっていく。

「待て、その三味線を弾いてくれないか」声をかけた。

「え？」女は、頭を上げる。そして、手に持っている三味線を見た。

「音が聞きたい。ここで弾いてくれ」

「はい……」女は頷く。

彼女は周囲を見回した。既に部屋から出るための襖が開いていた。その向こうに、侍が何人も控えているのが見えた。部屋には、四隅《よすみ》に一人ずつ、明かり番の女が座っている。いずれも動かず、顔も見えない。

道場のように広い部屋の中央まで、女はまた戻った。そこに座し、三味線を膝にのせた。

「あの……、本当に、ここで弾いてもよろしいのでしょうか？」と震えるような声で尋ねた。

「存分に」と母が答える。

帯に挟んでいた撥《ばち》を手に取り、弦を軽く叩いて、音を出す。その弦の張りを調整しているようだった。それが終わると、一度三味線を横に置き、両手を前に出し、お辞儀をした。

「恐れながら、一曲弾かせていただきます」

そう言うと、また三味線を膝にのせる。泣いた目のままだったが、口だけは笑おうとしていた。小さく掛け声をかけたのち、撥を振り、音を鳴らし始めた。

その音が部屋の中で響いた。

美しい音というよりも、泣いているような、悲しい音色だった。

右手が振られ、左手が弦を押さえる。

それは、まるで刀の振りのように見えた。

僅かなところへ、寸分違《たが》わず撥が振られる。

間があり、速さもある。

ノギというその名を、その音を聴いてまず思い出した。

それは懐かしい響き、
懐かしい調べで、
悲しく聞こえたのは、女の泣いた顔を映していたからだ。

けれども、ノギも調べを弾くうちに、たまに笑顔を見せるようになった。

すると、音色は一変し、楽しく、明るく鳴り響く。

この曲は聴いたことがある。それは確かだ。

次にどう奏《かな》でるのかがわかる。耳に残っているからだった。

高い声で、彼女は歌った。歌の詞はよくわからないが、好いた人という部分だけは、しっかりとした響きで、心にぶつかってくるような重さを感じた。歌は、春には花も咲きましょう、で終わった。

弾き終わったノギは、にっこりと微笑み、三味線を横に置いたのち、お辞儀をした。

「お粗末《そまつ》でございました」そう言った。

「良い音だ」と呟いたが、その声は彼女には届かなかったようだ。

ただ、母がこちらを見て、軽く横に首をふったのがわかった。

「またいつか聴きたいが、呼べば来てくれるか？」と女に尋ねた。

「ありがとうございます。でも、あの、私は都を発つつもりでおります」

「どこへ行く？」

「里へ帰ります」下を向き手をついたまま女は答える。

「都へ戻ったのだ、と聞いたが」母が尋ねた。「また、気が変わったということですか？」

「はい」ノギは小さく頷く。

「移り気なものよ」母が言った。

「はい」ノギは頷く。「私は、そういう軽い女でございます」

ノギは、下を向いた姿勢で三味線を引き寄せ、それを抱えて後ろへ下がった。部屋の隅で膝を立て、立ち上がったが、頭を下げたまままさらに後退した。

再び開いた襖から、次の間へ移ったところで、膝をつき、お辞儀してから、最後にもう一度顔を上げた。

その前で、襖が閉まった。

8

その夜の宴には、都の芸子が大勢やってきて、幾つも舞いを見た。また、三味線を弾く者も来て、調べも歌も聴いた。母が気を利かせて、呼んだものらしい。自分一人で食事をしながら、次の間で踊ったり、歌ったりしている者たちを眺めた。

芸に関心はなかったが、三味線だけは少し気になった。音はたしかにノギの弾くものと同じだった。否、どちらかといえば、この者たちの方が音が澄んでいる。撥捌きも速く、巧みだとわかった。おそらく、三味線にも道具としての上下があるだろう。また、人の技巧としての上下もあろう。どちらが上かは、自分にはわからない。

それでも、芸子の弾く三味線には、なにかもの足りないものを感じた。

酒を飲んだ。お珍しいことでございます、と毒味の女が言った。

「酒というものは、そもそも毒ではないのか？」とその者に尋ねると、下を向いて笑っているようだった。

早々に皆を下がらせ、部屋で一人になった。

庭へ下りて、刀を抜く。

月を探したが、雲に隠れているのか、今夜は見えないようだ。

したがって、刀も曇り、輝かなかった。

闇に向かって振ってみる。

すると、三味線の弦を切るような音が小さく聞こえた。

不思議なことだと思い、再び振ったが、今度は聞こえない。

その後は、静かに構え、
ゆっくりと、切っ先を巡らした。

そのうちに、数々の情景を思い出している自分に気づいた。

あの峠よりも幾つか前の宿場で、ノギに会った。都へ行くまえに、彼女は縁者がいる里へ寄っていく。大回りの道になるが、そちらの方が安全で楽な道だと言った。自分は一人なので、険しい峠を越えるつもり、と話したのだ。

その峠で野宿をすることになった。そこにトビヒらがやってきた。提灯の明かりが幾つも動いていた。闇の中、林を抜けていき、崖の前に出た。赤い面の侍がいつの間にかそこに立っていた。一部始終を思い出した。あれが、もう三月もまえのことになる。まだ、ところどころに雪が残っていた。

ノギは、さきに都に着き、自分を待った。なかなか来ないので、道を戻り、あの馬貸しの店のある里まで行ったのだ。そこで、宿や店の者にきいて回ったのだろう。最後には、文を残して都へ戻った。峠でなにかあったのだ、と最悪のことを考えたのにちがいない。

健気《けなげ》な彼女の様子が、頭の中で巡った。

その後も、待つことしかできなかっただろう。

あのナナシでさえ、自分は死んだものと判断していた。当時、母は都にいたのではない。軍勢を整え、都へ攻め上がる段取りをしていた。自分を大将に立てるつもりであったが、それが叶わなくなった。それでも、もう引けないところへ至っていたらしい。

もちろん、アカシ・ランサイの仕業と報告を受け、それが出陣の最後の決め手になったかもしれない。

自分がいない場合、母が天下人になったのか、あるいは誰か代理を立てたのか。その話は、ぼんやりとしか聞いていない。そんな話には、誰も答えてくれないからだ。幾つかは案があったという程度のことしか耳に入ってこなかった。

暗闇の中で振る刀は、虚しいものだった。

本来、剣など虚しいものなのか、とも思える。

今の自分は、まるで死んでいるようだ。

気持ちが乗らない。

自分が無駄に思える。

気持ちが乗らないから、無駄なことを考えてしまうのか。

これは、修行が不足している証だろう。

自分の置かれた立場に文句をつける筋合いではない。いずれにあっても、己を生かし、己の剣を活かすしか道はない。それはわかっている。

今の立場は己の才に適したものではない、ということは感じていた。それでも、人には、立場は選べない。それは、種が落ち、芽が出た地で咲かねばならない草花と同じこと。そのとおりの言葉を、母が話していた。

もともとは、兄との争いを避けるために、自分はスズカ・カシュウのもとに預けられた。そうなったのは、自分の血の方が、兄よりも僅かに濃かったからだという。成長したのちに、争いになることを怖れたのだ。

公には、病で死んだことにした。葬式まで執り行われたそうだ。

だから、自分はそこで一度は死んでいる。

それに、あの谷へ落ちたときが、二度めの死だった。

これが三度めの生というわけだ。

考えてみたら、目まぐるしいことである。

けれども、だからといって、もう一度死んでみようといった我儘《わがまま》も許されない。

それくらいはわかる。

今は、ここで生きるしかない。

もう、この刀を抜くことはないかもしれない、と寂しく思った。

epilogue

エピローグ

翌日は、なにか大事な儀式だった。見たこともない着物を身につけ、牛の引く車に乗って城から出かけていった。

黄金が梁《はり》や欄間《らんま》に鏤《ちりば》められた大広間で、帝《みかど》という人物に会った。帝とは何なのか、誰も教えてくれない。ただ、そういう位が古来あって、綿々と続いているのだそうだ。帝は高い声でなにか言ったのだが、まったく聞き取れなかった。儀式というのは、盃《さかずき》に口をつけるだけだった。酒が入っているものと思っていたが、なにもない。飲む真似をしただけだ。帝に会ったといっても、これだけだった。そこにいた全員がなにかの真似をしているように見えた。儀式とは、多かれ少なかれそのようなものらしい。

また城へ戻ったが、母がやってきて、お役目お疲れ様でした、これで名実ともに天下人となったのです、と言った。今日の儀式は、その名実の名の方だったようだ。となると、実よりも名の方があとらしい。それはそうかもしれない、と思う。自分の名も、聞き慣れないものに変わっていた。自分で名乗るような機会はないし、また、自分が呼ぶこともないので、なかなか覚えられない。

一番面白かったのは、その帝のいる宮までの道中、すなわち牛の引く車に乗ったことだった。揺れることは少ないものの、とにかく遅い。歩いている者たちは、牛に合わせなければならない。足を上げて下ろすまでが長い。あれは疲れるだろう。自分はその眺めが面白かった。ただ、帰りも同じで、すっかり厭きてしまった。やはり、馬の方が良いと思う。

城に戻ってからも、大勢を広間に集めて宴が催された。マサミチの顔もちらりと見えたが、ずいぶん遠くに座っていて、話をすることはできなかった。そこでも、また酒を飲んだ。自分の部屋に戻ったときには、予想外に足許がふらつき、これが酔うということか、とわかった。

床に就くまえに、自分の周囲の部屋に誰がいるのかを見て回った。急にそれが気になったからだ。どの部屋にも人が控えていて、二つ離れたところには、例の影の者がいた。自分と同じような着物をきて控えていた。いざというときに身代わりになる役目だということだ。その者を見て、初めて自分の着物が似合わないと感じた。いかにも肩が張っているし、袴《はかま》もとにかく長すぎる。このように動きにくい装いを誰が考えたのだろう。剣の稽古にこの頃身が入らないのは、一つには着物のせいがある。だが、それも言い訳にすぎないのではないか、とも思った。

部屋に戻って、付き人の女に尋ねた。

「もう少し、軽い着物はないのか？」

「軽いと申しますと、どのように？」

「動きやすいということ」

「もう夜も更けておりますが」

「夜でも、剣の稽古がしたい。それに、いざというときに、これでは走ることもできない」

「では、手配をいたします」

「あ、いや……、それよりも、もともと私が着ていたものはどうした？」

「はい、きいて参ります」

この城へ来たときの着物だ。それも、本当はもともとのものではない。知延寺のネイウンが用意した着替えだった。とても軽く動きやすく、侍に適したものだった。アカシと対したときにもそれを着ていた。あれは、たしか借りたもの。返すことをすっかり忘れていた。

そういえば、マサイが直して、洗ってくれた着物は、あの寺に置いてきた。多少汚れているかもしれないが、また洗えば使えるはず。誰かに取りにいかせるべきか。

もう床に就く時刻だった。こんな時刻に、着物を捜してこいとは、無茶なことを言った。女が戻ってきたら謝ろう、と考え直した。

自分は、どうも気が短い方だ。気をつけなければならない。大勢の人をまとめるには、そうあってはならぬと書にあったではないか。

女が戻ってきたが、驚いたことに、マサミチが一緒だった。女の後ろに若い侍が一人いて、二着の着物をのせた盆を両手に持っていた。一着は、知延寺での借りもの、もう一着は知延寺に置いてきたはずのものだ。いずれも綺麗に折り畳まれている。

「そう、これを着ていた」と手に取った。「こんな時刻に捜させて、申し訳なかった。礼を言う。もう下がって良い」

女と若い侍が退き、マサミチが一人残った。

「中へ」と言い、自分は着物を持って部屋の奥へ戻った。

しかし、マサミチは部屋に入らず、そのまま動かない。

「どうした？」

「お話ししたいことがあり、お目通りを願い出ました。よろしいでしょうか？」

「だから、中へと」

「いえ、ここでけっこうです」

「何の話か？」

「少し離れた場所へ赴くことになり、上様に最後のご挨拶に参りました」

「どこへ行く？」

「東へ」

「新しい役目か」

「はい」

「そうか、それは……、寂しいことだな」

「温かいお言葉、ありがとうございます」

「一度、マサミチと刀を交えてみたかったのだ。どうだ、そこで構えるだけでも、相手をしてくれないか」

「ご冗談を」

「冗談ではない。お主を初めて見たときのことも思い出した。この者と一度剣を交えたいと思った。そのときには、とうてい敵わぬとも思ったが」

「上様は、酔っておられます」

「斬り合うというのではない。刀を抜いて、ただ構えるだけで良い」

　マサミチは黙った。

「頼む」

「承知しました」

　二人で庭へ下りた。今夜は月が出ている。暗くはなかった。

　マサミチが立ち、自分も少し離れて立った。

　お互いに一礼をする。

　同時に刀を抜き、ゆっくりと構える。

　マサミチの剣は、真っ直ぐにこちらへ向き、切っ先とその目が一直線になる。

　自分の刀は、斜め下へ。切っ先は地面から僅かに浮く。

マサミチは動かない。

いかにもマサミチらしい構え。

その鍛えられた腕力と、背の筋に支えられた剛剣。

息もわからない。

躰の重心は、ほぼ中心にあって、不動の構えと見える。

長い時間と感じたが、僅かに一瞬だっただろう。

呼吸を戻し、刀を鞘に納めた。

マサミチも刀を仕舞い、地に両手をついた。

「ありがたき幸せ。上様のご厚情《こうじょう》一生忘れません」

「なにもわからない……」と呟いていた。

マサミチが顔を上げる。

「何が、わからないのでしょうか？」

「結局、斬り合ってみなければ、本当の強さはわからない。そういうものなのか」

「上様にわからないものが、私ごときにわかるはずがございません」

「そのような上手《じょうず》、私には言えない」そう言って笑った。

「いえ、本心でございます」

彼に近づき、自分も膝をついた。

「マサミチ、ありがとう」

マサミチは額を地につけた。

彼が去ったあと、もう一度、一人で刀を抜いてみたが、たった今の感覚は失われていた。なるほど、結局、剣というものはそういうものか、とわかった。

すなわち、これは人に相対し、人の命を取らんとする意志がなければ、働かないものなのだ。その気迫を失った者が、こんな危ない道具を振り回すものではない。

部屋に戻り、二着の着物を眺めた。特に古い方のものは、冬の寒い時期に布団もないところ、よくもこれだけで寝ていたものだ、と不思議に思った。今の自分にそれができるだろうか、と試したくなった。

それを寝衣の代わりに着て寝ることにした。

「なにか以前よりも、少し固いような気がする」と呟くと、

「糊《のり》を使ったためでしょう」と付き人が応えた。

「糊？　どうして糊を使う？」

付き人が首を傾げる。

「きいて参りましょう」

「その必要はない」

酒が回っていたためか、それとも昼間の慣れない儀式で疲れたからか、すぐに眠ることができで

きた。

だが、夜中に目が覚めた。

目を開けて、しばらく天井を眺めた。

静かだった。

「ナナシ、いるか？」と小声で尋ねたが、返事はない。

昨夜もいなかったように思う。どこへ行ったのだろうか。三味線女のことを知らせたのを母に叱られたのかもしれない。

起き上がった。刀を持ち、そっと襖を開けると、従者の女が座ったまま居眠りしていたが、慌てて顔を上げた。

「厠へ行く」と告げて、通路へ出た。

少し歩いたところで、ある部屋の襖を開ける。そこで寝ている者がいる。近づき、軽く肩を叩くと、目を覚ました。声を上げないように、口を押さえる。

「私の部屋へ行って、代わりに寝ていてくれ」

「上様ですか？」

「お主の名は何と？」

「ナベマツです」

「ナベマツ、しっかりと頼む」

「はい……」

そこから、別の襖を開けて、外を覗いてから出た。通路をしばらく歩く。

渡り廊下を過ぎたところで、庭先に下りた。履物がないが、素足で歩くことにする。その感覚も久し振りだった。

小さな戸を開けて外に出る。松明が燃えているところに、二人立っていた。そちらへゆっくりと近づいた。

こちらを見たので、手を軽く上げてから、近づいていく。一人は槍を向けようとしたが、明るくなったところで、顔がわかったようだ。慌てて、槍を下ろし、膝を折って、頭を下げた。

「見張り、ご苦労」そう言う。「申し訳ないが、履物を貸してくれぬか」

「は?」顔を上げる。

一人から履物を借り、そこで足に付けた。

「早朝の稽古をしたところだ」と笑って話した。

立ち上がって、また先へ進む。そこから、庭の端の塀に沿って歩き、次の門へ行き着く。ここは内側に閂《かんぬき》がされていたので、これを開けて、外を窺った。

両側を塀に挟まれた下り坂が下にある。そこへ石段で下りることができる。厨房《ちゅうぼう》へ荷を入れる裏口だろう。石段を下り、その坂を下っていく。幾度か曲がり角を過ぎ、大きな門に出た。松明も大きい。四人が、大扉にもたれて眠っていた。

静かに近づき、その大扉にある小さな戸の閂を外し、外に出た。

堀を渡る橋が見える。幾らか人がいるようだが、植込みの暗がりを辿って近づいた。橋を渡った先にさらに大勢がいて、そちらの方が明るい。

これは、しかたがないことか、と思いを決める。

堀の対岸を眺め、一番暗い場所はどこかと見当をつける。それから、見回りの者が背を向けた隙に橋の下へ入り、さらに急な傾斜を下りていった。滑りそうだが、橋の柱があるので、それに摑まることができる。

普通に立てる場所を見つけ、着ているものを脱ぎ、刀とともに帯で結んで頭の上に縛り付けた。水に入ると、思っていたほど冷たくはない。そこから、橋の下を先へ進んだ。たちまち深くなったが、柱に摑まれば良い。

堀の水は濁っているようだから、潜れば、姿は見えなくなるだろう。できるかぎり潜らなくても良いところまで移動することにした。

人の声や歩くときの軋《きし》みが上から聞こえてくる。松明の弾ける音もあった。枝を伸ばした樹の陰になっている薄暗い水面を選んで泳ぎ出た。音を立てないようにゆっくりと進んだ。

しだいに橋からも離れ、斜めに対岸を目指して泳いだ。結局、最後まで潜る必要もなく、頭の上の着物も濡れずに済んだ。堀にはもちろん船など浮かんでいない。当たり前だが、渡りにくいことが堀の役目というものだ。

石が積まれた岸に泳ぎ着き、その際に沿って、さらに橋から離れる方向へ移動した。どこか上がれる場所はないかと探し、大きな岩がある場所に至った。そこで岩の裏へ回り込む。だが、水から上がるのが大変だった。手が滑るので、何度か落ちそうになった。ようやく岩の上に立つことができ、横の草地へ飛び移った。多少音がしたが、橋にいる者までは届かないだろう。

樹の陰に走り、大きく息をした。そこで、着物をつける。身を隠していた樹は、既に散った桜だ。葉が生い茂っている。堀の対岸を見ると、城の高いところが、少し明るくなっていた。東の空に日が昇ろうとしているからだった。

通りを歩く者は少ない。それでも軒《のき》の下を選んで歩き、人目につかないように気をつけた。ときどきは走った。走ることが楽しい。久し振りに走っている自分を感じる。息が上がり、汗が流れたが、それがまた面白い。

明るくなった頃には、城よりもだいぶ南まで来ていた。通りを歩く者も増えてきたようだ。こうなると、もう普通に、何事もなかったように振る舞うのが良い。道の真ん中を堂々と歩くことにした。

ナベマツは、上手く務めているだろうか。否、そんなことは無理だ。側にいる者たちは、すぐに見抜くだろう。しかし、自分の行方がわかるまでは、事をおおっぴらにできないはず。自分の代わりをナベマツが務めてくれることを願った。

見覚えのある通りに出た。さらに行くと、アカシと対決した宮の前に至った。今は門は閉まり、中には入れないようだ。

その角を南へ進んでしばらく行くと、左へ逸れる細い道があった。石の柱が立っていて、知延寺と文字が彫られている。

周囲を確認してから、その道に入った。あとは上り坂だ。誰も歩いていない。通りから離れるほど静かになり、鳥の声が聞こえ始める。日を受けて樹の葉が瑞々《みずみず》しく輝いている。僅かな風でも、葉を茂らせた枝は揺れる。地面でも、その影が動き、零れた光も変幻した。なによりも、懐かしい山の香りがただよっている。

寺に至る道の途中だった。まだ、半分ほどではないかと思われたとき、前から笠を被った女が近づいてきた。薄紅色の着物で、三味線を背負っている。

やはり、ここだったか。住職が話していたとおりだ。忘れないということも、ときには役に立つものだ、と思う。

ノギが気がつき、躰を一度震わせて、立ち止まった。

その白い手が、笠をそっと持ち上げた。

森博嗣著作リスト

（二〇二一年九月現在、講談社刊）

◎S&Mシリーズ
すべてがFになる／冷たい密室と博士たち／笑わない数学者／詩的私的ジャック／封印再度／幻惑の死と使途／夏のレプリカ／今はもうない／数奇にして模型／有限と微小のパン

◎Vシリーズ
黒猫の三角／人形式モナリザ／月は幽咽のデバイス／夢・出逢い・魔性／魔剣天翔／恋恋蓮歩の演習／六人の超音波科学者／捩れ屋敷の利鈍／朽ちる散る落ちる／赤緑黒白

◎四季シリーズ
四季　春／四季　夏／四季　秋／四季　冬

◎Gシリーズ
φ《ファイ》は壊れたね／θ《シータ》は遊んでくれたよ／τ《タウ》になるまで待って／ε《イプシロン》に誓って／λ《ラムダ》に歯がない／η《イータ》なのに夢のよう／目薬α《アルファ》で殺菌します／ジグβ《ベータ》は神ですか／キウイγ《ガンマ》は時計仕掛け

／χ《カイ》の悲劇／ψ《プサイ》の悲劇

◎Xシリーズ
イナイ×イナイ／キラレ×キラレ／タカイ×タカイ／ムカシ×ムカシ／サイタ×サイタ／ダマシ×ダマシ

◎百年シリーズ
女王の百年密室／迷宮百年の睡魔／赤目姫の潮解

◎ヴォイド・シェイパシリーズ
ヴォイド・シェイパ／ブラッド・スクーパ／スカル・ブレーカ／フォグ・ハイダ／マインド・クァンチャ（本書）

◎Wシリーズ
彼女は一人で歩くのか？／魔法の色を知っているか？／風は青海を渡るのか？／デボラ、眠っているのか？／私たちは生きているのか？／青白く輝く月を見たか？／ペガサスの解は虚栄か？／血か、死か、無か？／天空の矢はどこへ？／人間のように泣いたのか？

◎Wシリーズ
それでもデミアンは一人なのか？／神はいつ問われるのか？／キャサリンはどのように子供を産んだのか？／幽霊を創出したのは誰か？／君たちは絶滅危惧種なのか？

◎短編集
まどろみ消去／地球儀のスライス／今夜はパラシュート博物館へ／虚空の逆マトリクス／レタス・フライ／僕は秋子に借りがある　森博嗣自選短編集／どちらかが魔女　森博嗣シリーズ短編集

◎シリーズ外の小説
そして二人だけになった／探偵伯爵と僕／奥様はネットワーカ／カクレカラクリ／ゾラ・一撃・さようなら／銀河不動産の超越／喜嶋先生の静かな世界／トーマの心臓／実験的経験／馬鹿と嘘の弓／歌の終わりは海（二〇二一年十月刊行予定）

◎クリームシリーズ（エッセイ）
つぶやきのクリーム／つぼやきのテリーヌ／つぼねのカトリーヌ／ツンドラモンスーン／つぼみ茸ムース／つぶさにミルフィーユ／月夜のサラサーテ／つんつんブラザーズ／ツベルクリンムーチョ／追懐のコヨーテ（二〇二一年十二月刊行予定）

◎その他

森博嗣のミステリィ工作室／１００人の森博嗣／アイソパラメトリック／悪戯王子と猫の物語（ささきすばる氏との共著）／悠悠おもちゃライフ／人間は考えるＦになる（土屋賢二氏との共著）／君の夢　僕の思考／議論の余地しかない／的を射る言葉／森博嗣の半熟セミナ　博士、質問があります！／庭園鉄道趣味　鉄道に乗れる庭／庭煙鉄道趣味　庭蒸気が走る毎日／ＤＯＧ＆ＤＯＬＬ／ＴＲＵＣＫ＆ＴＲＯＬＬ／森には森の風が吹く／森籠もりの日々／森遊びの日々／森語りの日々／森心地の日々／森メトリィの日々

☆詳しくは、ホームページ「森博嗣の浮遊工作室」を参照
(https://www.ne.jp/asahi/beat/non/mori/)

■冒頭および作中各章の引用文は以下によりました。
『能・文楽・歌舞伎』（ドナルド・キーン著／吉田健一・松宮史朗訳、講談社学術文庫）
■この本は、二〇一七年三月刊行の中公文庫版を底本としました。

N.D.C.913　388p　18cm　ISBN978-4-06-520739-0

マインド・クァンチャ　The Mind Quencher

二〇二一年九月十五日　第一刷発行

KODANSHA NOVELS

定価はカバーに表示してあります

著者――森《もり》　博嗣《ひろし》

発行者――鈴木章一

発行所――株式会社講談社
東京都文京区音羽二-一二-二一
郵便番号一一二-八〇〇一
編集〇三-五三九五-三五〇六
販売〇三-五三九五-五八一七
業務〇三-五三九五-三六一五

本文データ制作――講談社デジタル製作

印刷所――豊国印刷株式会社　製本所――株式会社若林製本工場

KODANSHA

SAIKAWA Sohei's Last Case

オメガ城の惨劇

MORI Hiroshi

森博嗣

KODANSHA NOVELS 講談社ノベルス

ミステリの進化に刮目せよ！
本格ミステリ'10　本格ミステリ作家クラブ選・編

豪華作家陣が競演！
ベスト本格ミステリ'11　本格ミステリ作家クラブ選・編

本格ミステリ界のオールスター戦！
ベスト本格ミステリ'12　本格ミステリ作家クラブ選・編

至高のミステリ11選！
ベスト本格ミステリ'13　本格ミステリ作家クラブ選・編

どこから読んでも面白い！
ベスト本格ミステリ'14　本格ミステリ作家クラブ選・編

美しき謎、ここに極まれり！
ベスト本格ミステリ'15　本格ミステリ作家クラブ選・編

謎解きのフェスティバルへようこそ！
ベスト本格ミステリ'16　本格ミステリ作家クラブ選・編

謎解き小説の〝未来〟がここにある！
ベスト本格ミステリ'17　本格ミステリ作家クラブ選・編

名探偵になりたいあなたへ――
ベスト本格ミステリ'18　本格ミステリ作家クラブ選・編

第19回メフィスト賞受賞作
煙か土か食い物　舞城王《まいじょうおう》太《た》郎《ろう》

いまもっとも危険な〝小説〟！
暗闇の中で子供　舞城王太郎

ボーイミーツガール・ミステリー
世界は密室でできている。　舞城王太郎

舞城王太郎のすべてが炸裂する！
九十九十九《ツクモジュウク》　舞城王太郎

第一短編集待望のノベルス化！
熊の場所　舞城王太郎

あなたを駆け抜ける圧倒的スピード感
山ん中の獅見朋成雄《シミトモナルオ》　舞城王太郎

舞城王太郎が放つ、正真正銘の「恋愛小説」
好き好き大好き超愛してる。　舞城王太郎

死と再生を繰り返す舞城ワールドの新たな渦！
獣の樹　舞城王太郎

殺戮の女神が君臨する！
黒娘　アウトサイダー・フィメール　牧野　修

その箱の中を覗いてはいけない――
破滅の箱　トクソウ事件ファイル①　牧野　修

壊れるべきは、世界の方じゃないか？
再生の箱　トクソウ事件ファイル②　牧野　修

メフィスト賞史上最大の問題作！
NO推理、NO探偵？　柾木《まさき》政宗

驚嘆の論理！　驚愕の本格推理！
妖精の墓標　松本寛大《かんだい》

非情の超絶推理
木製の王子　麻耶《まや》雄嵩《ゆたか》

実験的本格シリーズ
メルカトルかく語りき　麻耶雄嵩

悪徳銘探偵参上！
新装版　翼ある闇　メルカトル鮎最後の事件　麻耶雄嵩

銘探偵メルカトルが招く難事件！
メルカトル悪人狩り　麻耶雄嵩

神業ミステリー
神様ゲーム　麻耶雄嵩

パワースポット小説登場！
聖地巡礼　真梨《まり》幸子《ゆきこ》

「イヤミス」の決定版！
プライベートフィクション　真梨幸子

第44回メフィスト賞受賞作
琅邪《ろうや》の鬼　丸山天寿

KODANSHA NOVELS 講談社ノベルス

中国歴史奇想ミステリー
琅邪の虎　丸山天寿

中国歴史奇想ミステリー
咸陽《かんよう》の闇　丸山天寿

古代中国、奇想ミステリー！
死美女の誘惑　蓮飯店あやかし事件簿　丸山天寿

第37回メフィスト賞受賞作
パラダイス・クローズド　THANATOS《タナトス》　汀《みぎわ》こるもの

美少年双子ミステリ
まごころを、君に　THANATOS《タナトス》　汀こるもの

恋愛ホラー
フォークの先、希望の後　THANATOS《タナトス》　汀こるもの

美少年双子ミステリ
リッターあたりの致死率は　THANATOS《タナトス》　汀こるもの

美少年双子ミステリ
赤の女王の名の下に　THANATOS《タナトス》　汀こるもの

美少年双子ミステリ
空を飛ぶための三つの動機　THANATOS《タナトス》　汀こるもの

美少年双子ミステリ
立花美樹の反逆　THANATOS《タナトス》　汀こるもの

美少年双子ミステリ
溺れる犬は棒で叩け　THANATOS《タナトス》　汀こるもの

青春クライム・ノベル
完全犯罪研究部　汀こるもの

青春クライム・ノベル
動機未ダ不明　完全犯罪研究部　汀こるもの

青春クライム・ノベル
少女残酷論　完全犯罪研究部　汀こるもの

純和風魔法少女降臨
ただし少女はレベル99　汀こるもの

純和風魔法美少女の日常
レベル98少女の傾向と対策　汀こるもの

純和風魔法美少女と妖怪
もしかして彼女はレベル97　汀こるもの

純和風魔法美少女、ひと夏の経験
レベル96少女、不穏な夏休み　汀こるもの

純和風魔法美少女とカードバトル
レベル95少女の試練と挫折　汀こるもの

学園クライム・サスペンス
幻獣坐　The Scarlet Sinner　三雲岳斗《みくもがくと》

復讐の炎VS.テロルの氷！
幻獣坐2　The Ice Edge　三雲岳斗

本格ミステリの巨大伽藍
作者不詳　ミステリ作家の読む本　三津田信三

衝撃の遺体消失ホラー
蛇棺葬　三津田信三

身体が凍るほどの怪異！
百蛇堂　怪談作家の語る話　三津田信三

本格ミステリーと民俗ホラーの奇跡的融合
凶鳥の如き忌むもの　三津田信三

刀城言耶シリーズ！
密室《ひめむろ》の如き籠るもの　三津田信三

刀城言耶シリーズ最新作！
生霊《いきだま》の如き重《だぶ》るもの　三津田信三

怪奇にして完全なるミステリー
スラッシャー　廃園の殺人　三津田信三

酸鼻を極める恐怖の連続
ついてくるもの　三津田信三

怪奇短編集
誰かの家　三津田信三

ホラー&ミステリー
忌物堂鬼談《いぶつどうきだん》 三津田信三

講談社ノベルス25周年記念復刊!
聖女の島 皆川博子

大人気作家×大人気ゲーム 奇跡のノベライズ
ICO《イコ》 **—霧の城—** 宮部みゆき

ミステリ界に新たな合作ユニット誕生!
ルームシェア 私立探偵・桐山真紀子 宗形キメラ

ばらのまち福山ミステリー文学新人賞優秀作
旧校舎は茜色の迷宮 明利《めいり》英司

ホラー+本格ミステリー!
幽歴探偵アカイバラ 明利英司

学園ミステリ・アンソロジー
学び舎は血を招く メフィスト学園1 メフィスト編集部・編

新感覚ミステリ・アンソロジー誕生!!
忍び寄る闇の奇譚 メフィスト道場1 メフィスト編集部・編

学園ミステリ傑作集!
ミステリ魂。校歌斉唱! メフィスト学園 メフィスト編集部・編

最強ミステリ競作集!
ミステリ愛。免許皆伝! メフィスト道場 メフィスト編集部・編

超豪華アンソロジー
QED 鏡家の薬屋探偵 メフィスト賞トリビュート メフィスト編集部・編

本格民俗学ミステリ
吸血鬼の壜詰 【第四赤口の会】 物集高音《もずめたかね》

第40回メフィスト賞受賞作!
無貌伝~双児の子ら~ 望月守宮《もちづきやもり》

これが新世代の探偵小説だ!!
無貌伝~夢境ホテルの午睡~ 望月守宮

「無貌伝」シリーズ第三弾!
無貌伝~人形姫《ガラテア》**の産声~** 望月守宮

謎を積み込んだ豪華列車の向かう先は……!?
無貌伝~綺譚会《きたんかい》**の惨劇**《さんげき》**~** 望月守宮

最凶の名探偵VS.孤高の探偵助手!
無貌伝~探偵の証~ 望月守宮

無貌伝シリーズ、クライマックス
無貌伝~奪われた顔~ 望月守宮

伝説、完結!
無貌伝~最後の物語~ 望月守宮

本格の精髄
すべてがFになる 森 博嗣

硬質かつ純粋なる本格ミステリ
冷たい密室と博士たち 森 博嗣

純白な論理ミステリ
笑わない数学者 森 博嗣

清冽な論理ミステリ
詩的私的ジャック 森 博嗣

論理の美しさ
封印再度 森 博嗣

森ミステリィのイリュージョン
幻惑の死と使途 森 博嗣

繊細なる森ミステリィの冴え
夏のレプリカ 森 博嗣

清冽なる衝撃、これぞ森ミステリィ
今はもうない 森 博嗣

多彩にして純粋な森ミステリィの冴え
数奇にして模型 森 博嗣

最高潮! 森ミステリィ
有限と微小のパン 森 博嗣

森ミステリィの華麗なる新展開
黒猫の三角 森 博嗣

KODANSHA NOVELS

講談社ノベルス

冷たく優しい森マジック
人形式モナリザ　森 博嗣

森ミステリィの華麗なる展開
月は幽咽《ゆうえつ》のデバイス　森 博嗣

森ミステリィ、七色の魔球
夢・出逢い・魔性　森 博嗣

驚愕の空中密室
魔剣天翔　森 博嗣

豪華絢爛　森ミステリィ
恋恋蓮歩の演習　森 博嗣

森ミステリィ、凛然たる論理
六人の超音波科学者　森 博嗣

創刊20周年記念特別書き下ろし
捩れ屋敷の利鈍　森 博嗣

至高の密室、森ミステリィ
朽ちる散る落ちる　森 博嗣

端正にして華麗、森ミステリィ
赤緑黒白　森 博嗣

森ミステリィの更なる境地
四季　春　森 博嗣

優美なる佇まい、森ミステリィ
四季　夏　森 博嗣

精緻の美、森ミステリィ
四季　秋　森 博嗣

森ミステリィの極点
四季　冬　森 博嗣

森ミステリィの新世界
φ《ファイ》は壊れたね　森 博嗣

鮮やかなロジック、森ミステリィ
θ《シータ》は遊んでくれたよ　森 博嗣

清新なる論理、森ミステリィ
τ《タウ》になるまで待って　森 博嗣

森ミステリィ、驚嘆の美技
ε《イプシロン》に誓って　森 博嗣

論理の匠技
λ《ラムダ》に歯がない　森 博嗣

森ミステリィの深奥
η《イータ》なのに夢のよう　森 博嗣

純化される森ミステリィ
目薬α《アルファ》で殺菌します　森 博嗣

Gシリーズ最大の衝撃！
ジグβ《ベータ》は神ですか　森 博嗣

Gシリーズの絶佳！
キウイγ《ガンマ》は時計仕掛け　森 博嗣

Gシリーズの転換点
χ《カイ》の悲劇　森 博嗣

またひとつ連環が明かされる
ψ《プサイ》の悲劇　森 博嗣

森ミステリィの最新説！
イナイ×イナイ　森 博嗣

冴えわたる森ミステリィ
キラレ×キラレ　森 博嗣

森ミステリィの正道
タカイ×タカイ　森 博嗣

切実さに迫る森ミステリィ
ムカシ×ムカシ　森 博嗣

深淵に触れる森ミステリィ
サイタ×サイタ　森 博嗣

一陽来復、森ミステリィ
ダマシ×ダマシ　森 博嗣

KODANSHA NOVELS 講談社ノベルス

剣豪時代小説 ヴォイド・シェイパ　森 博嗣
剣豪時代小説 ブラッド・スクーパ　森 博嗣
剣豪時代小説 スカル・ブレーカ　森 博嗣
剣豪時代小説 フォグ・ハイダ　森 博嗣
剣豪時代小説 マインド・クァンチャ　森 博嗣
予測不能、森ミステリィ 馬鹿と嘘の弓　森 博嗣
ミステリィ珠玉集 まどろみ消去　森 博嗣
森ミステリィの現在、そして未来 地球儀のスライス　森 博嗣
森ミステリィの煌き 今夜はパラシュート博物館へ　森 博嗣
千変万化、森ミステリィ 虚空の逆マトリクス　森 博嗣

詩情溢れる、森ミステリィ レタス・フライ　森 博嗣
摂理の深遠、森ミステリィ そして二人だけになった　森 博嗣
森ミステリィの詩想 奥様はネットワーカ　森 博嗣
ミステリーランドの傑作がついにノベルスに！ 探偵伯爵と僕　森 博嗣
玲瓏なる森ミステリィ カクレカラクリ　森 博嗣
新感覚ハードボイルド！ ゾラ・一撃・さようなら　森 博嗣
優しく暖かな森ミステリィ 銀河不動産の超越　森 博嗣
稀代のストーリーテラー二人が生み出す奇跡 トーマの心臓 Lost heart for Thoma　森 博嗣 萩尾望都
小松左京賞受賞作家の新境地！ アクエリアム　森《もり》 深紅《みくれ》
南の島のバカンスが暗転!? マローディープ 愚者たちの楽園　森福 都

長編本格ミステリー 暗黒凶像　森村誠一
長編本格ミステリー 殺人の祭壇　森村誠一
第33回メフィスト賞受賞 黙過《もっか》の代償　森山赳志《たけし》
長編本格推理 聖フランシスコ・ザビエルの首　柳 広司
第30回メフィスト賞受賞 極限推理コロシアム　矢野龍王
前代未聞の殺人ゲーム 時限絶命マンション　矢野龍王
前代未聞の脱出ゲーム！ 箱の中の天国と地獄　矢野龍王
前代未聞の推理ゲーム！ 左90度に黒の三角　矢野龍王
完璧な短編集 ミステリーズ　山口雅也
パンク=マザーグースの事件簿 キッド・ピストルズの慢心　山口雅也

本格ミステリ
続・垂里冴子のお見合いと推理　山口雅也

"偶然の連鎖"がノベルスに!
奇偶　山口雅也

"遊び"にまつわる異色の短編集!
PLAY　プレイ　山口雅也

唯一無二の東京駅ミステリ!
古城駅の奥の奥　山口雅也

鮎川哲也賞の気鋭、ノベルスに登場!
妖精島の殺人(上)　山口芳宏

渾身の本格ミステリー
妖精島の殺人(下)　山口芳宏

本格冒険推理小説
学園島の殺人　山口芳宏

傑作忍法帖
甲賀忍法帖　山田風太郎

傑作忍法帖
柳生忍法帖・上　山田風太郎

傑作忍法帖
柳生忍法帖・下　山田風太郎

新シリーズ!!　悪意に満ちた街が崩壊する……
創造士・俎凄一郎 第一部 ゴースト　山田正紀

ミステリアス・コメディ!
名被害者・一条(仮名)の事件簿　山本　弘

「世界遺産シリーズ」第一弾!
白川郷　濡髪家の殺人　吉村達也

「世界遺産シリーズ」第二弾!
原爆ドーム　0《ゼロ》磁場の殺人　吉村達也

新感覚ミステリ!
乾いた屍体は蛆も湧かない　詠坂雄二

鬼才が放つ異世界譚!
日入国常闇碑伝　詠坂雄二

講談社ノベルス25周年記念復刊!
敗北への凱旋　連城三紀彦

ノベルス初登場!
怪人21世紀　中野ブロードウェイ探偵ユウ&AI《アイ》　渡辺浩弐

第38回メフィスト賞受賞作
掘割で笑う女　浪人左門あやかし指南　輪渡颯介

新感覚・怪談ミステリ
百物語　浪人左門あやかし指南　輪渡颯介

KODANSHA NOVELS　講談社ノベルス